## 本书是以下项目的阶段性成果

国家级一流本科专业建设点"汉语言文学"（教高厅函〔2022〕14号）

省级一流本科专业建设点"汉语言文学"（教高厅函〔2021〕7号）

# 编委会

主　编：孙长军

副主编：邓　建　刘　刚　裴梦苏

编　委（按姓氏音序排列）：

安华林　邓　建　董国华　刘　刚

毛家武　裴梦苏　孙长军　汪东发

王子昕　张　伟

扬帆文丛

# 海阔集

广东海洋大学
文学与新闻传播学院
优秀毕业论文集

（六）

孙长军　主编

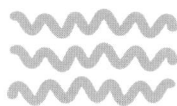

暨南大学出版社
JINAN UNIVERSITY PRESS

中国·广州

图书在版编目（CIP）数据

海阔集：广东海洋大学文学与新闻传播学院优秀毕业论文集．六/
孙长军主编．—广州：暨南大学出版社，2023.12
（扬帆文丛）
ISBN 978 - 7 - 5668 - 3759 - 2

Ⅰ.①海… Ⅱ.①孙… Ⅲ.①文学研究—文集②新闻学—传播学—文
集 Ⅳ.I0 - 53②G210 - 53

中国国家版本馆 CIP 数据核字（2023）第 157871 号


海阔集：广东海洋大学文学与新闻传播学院优秀毕业论文集（六）
HAIKUOJI：GUANGDONG HAIYANG DAXUE WENXUE YU XINWEN
CHUANBO XUEYUAN YOUXIU BIYE LUNWENJI（LIU）
主　编：孙长军

················································

出 版 人：阳　翼
策划编辑：杜小陆
责任编辑：潘江曼
责任校对：刘舜怡　王燕丽　黄亦秋
责任印制：周一丹　郑玉婷

出版发行：暨南大学出版社（511443）
电　　话：总编室（8620）37332601
　　　　　营销部（8620）37332680　37332681　37332682　37332683
传　　真：（8620）37332660（办公室）　37332684（营销部）
网　　址：http：//www.jnupress.com
排　　版：广州良弓广告有限公司
印　　刷：广州市友盛彩印有限公司
开　　本：787mm×1092mm　1/16
印　　张：14.5
字　　数：230 千
版　　次：2023 年 12 月第 1 版
印　　次：2023 年 12 月第 1 次
定　　价：59.80 元


（暨大版图书如有印装质量问题，请与出版社总编室联系调换）

# 序

　　本书是广东海洋大学文学与新闻传播学院 2022 届毕业学子的优秀毕业论文的结集，定名为"海阔集"。广东海洋大学位于中国大陆最南端的城市——湛江，面朝大海，春暖花开，故名"海"；"阔"字的形态是门里一个"活"字，通过这扇门活得通达无拘，活出属于自己的未来，是我们对众多学子的人生期许，同时也希望学子们的未来山高水长、海阔天空，故取名"阔"。学子们在此度过了美好的青葱岁月，这里是终点亦是起点，因此"海阔"也蕴含着对学子们的期许与祝福。故将本集命名为"海阔集"，以此来记录、纪念广东海洋大学文学与新闻传播学院 2022 届毕业学子们的学术成果。

　　本书共收论文 17 篇，涉及我院中文、新闻两系五个专业，涵盖中外文学、语言学、秘书学、新闻学、编辑出版学五个学科。在评审过程中，所有论文都由指导老师、评阅老师、答辩小组分别给出成绩并按比例相加，再经教授委员会多次讨论，优中取优。可以说，这最终脱颖而出的论文，反映了 2022 届毕业生专业素养所达到的高度。

　　撰写毕业论文既是学生对四年所学专业知识投入应用的一次学术实践，也是对自身学术素养与学术思维能力的一次提升。将四年中所学的专业知识用于学术实践，在实践中不断巩固所学是我院对撰写本科毕业论文的指导原则。绝大多数毕业生和其指导老师都做到了这两点，入选这部《海阔集》的论文更是其中的佼佼者。纵观这 17 篇论文，选题皆富有巧思、论述严谨充分、结构合理清晰、行文流畅自然，表现出了同学们较强的发现问题和解决问题的能力，具有一定的学术价值和创新意义。这些文章经过一次次修改完善，最终定稿成文。作为指导教师，看到学生的进步与成长，我们也深感欣慰。

让人值得肯定的是本书选题的前沿性与创新性。入选的论文，多紧扣时代脉搏，关注学术动态。值得一提的是，我校学生多致力于从学术界鲜少注意的角度进行挖掘分析，如《论王维诗歌"少年"意象的建构——以〈少年行〉和〈寒食城东即事〉为例》等。也有许多论文关注理论运用，切入现实生活，如《〈当代汉语学习词典〉手部动词释义探析》等。这些论文共同构成了贯通古今、海阔天空的新气象，是《海阔集》学术精神的体现。

规范性是本书的另一个特点。这里指的规范，不仅是成文的规范，还包括写作过程的规范。我们认为，学术思维的养成与学术论文规范性的训练是密不可分的。由于个体能力的差异，有些毕业论文在学术价值上有欠缺，但通过教师有意识、手把手地指导学生撰写学术论文，从选题到资料查询，再到研究综述，进而撰写开题报告，直至论述的展开、材料的运用，甚至摘要、注释的要求乃至最后格式的调整，都务求让学生做到心中有数。这样做的目的，除了保证论文质量，也为他们继续深造打下了基础，更让他们对学术、知识怀有敬畏之心。功夫不负有心人，我院学生的毕业论文获得了一致的认可，如《〈当代汉语学习词典〉手部动词释义探析》等文，在结构、行文方面都表现得十分出色，形式的规范也进一步提升了论文的品质，这对相关专业本科生进行学术研究和论文写作具有示范意义。

我院 2020 级、2021 级汉语言文学专业和汉语国际教育专业的杨诗琪、谭嘉得、陈惠蓉、王梓蕤、叶静、吴芷芸、秦易聪等同学负责本论文集初稿的编校工作，在此对他们的辛勤付出表示由衷感谢。

2022 届毕业生如今已迎着海风，沐浴着朝阳，在各自的海域起航。作为教师，每每到了与学生相别的时刻，心中有欣慰、有挂念，也有不舍。我们祝愿远航的学子们都能做好自己人生航船的船长，坚守正道，把定航向，劈波斩浪，一往无前。我们编写这部论文集，作为毕业礼物送给 2022届毕业生。同样，这部论文集也是他们为母校留下的最珍贵的纪念。

《海阔集》编委会
2022 年冬于湛江

# 目　录

## 语言文字

## 文学文化

## 新闻传播

语言文字

# 从许渊冲"三化论"看其"相思"的英译策略

## ——以许渊冲译《宋词三百首》为例

宁淞淇<sup>①</sup>　李　欢<sup>②</sup>

**摘　要：**"三化论"是许渊冲提出的重要翻译理论，对中国诗词英译有建设性的指导作用。在《宋词三百首》的英译本中，许渊冲先生采用"三化论"对 13 处"相思"进行了 7 种不同的英译处理，它们分别是 nostalgic、lovesickness、lovesick、pine、longing、love seed、grief，由此产生的翻译效果也各不相同。而影响这 7 种"相思"翻译策略的主要因素为押韵需要、诗歌主题以及意象创造。但不论出于何种因素的影响，译者都需要将原文作为英译的基础，并结合词中的具体语境进行灵活翻译。

**关键词：**许渊冲；三化论；宋词；"相思"；英译策略

许渊冲的译作及理论对中英文学翻译的影响深远，如张西平所谈，他的理论"并非自己编造出来的词汇"<sup>③</sup>，而是脱胎于数十年如一日的翻译工作。作为中国翻译文化终身成就奖、"北极光"杰出文学翻译奖的获得者，他致力于将中国文学经典推向世界，坚持"在'不逾矩'的前提下努力发

---

① 宁淞淇，女，广东海洋大学文学与新闻传播学院汉语国际教育专业 2018 级本科生。
② 李欢，女，广东海洋大学文学与新闻传播学院讲师。
③ 张西平．中国文化走向世界的话语转换——许渊冲翻译理论研究［J］．文化软实力研究，2017，2（3）：37–40.

挥译语优势，让翻译成为'文学'而非'科学'"①。

在许渊冲的译作中，唐诗宋词占据了半壁江山，他的《宋词三百首》(2012 年)② 英译本是学界公认的权威译本，是基于"三化论"创作的宝贵译著，在传播广度与深度上都处于译界前列。以下是对《宋词三百首》英译本（2012 年）（以下简称"许译《宋词三百首》"）研究现状的分析，以及结合"三化论"研究许译《宋词三百首》的文献统计。

撰写此文时，根据 CNKI 中的文献库统计，以"三化论""三化""三化原则"为主题检索到的文献共 32 篇，包括学术期刊文章 23 篇，硕士学位论文 7 篇，中国会议论文 2 篇。以"许译宋词""许译宋词三百首"为主题检索到的文献共 11 篇，包括学术期刊文章 9 篇，博士学位论文 2 篇。经过筛选合并，以"三化论"为理论基础，且涉及许译宋词的仅有 6 篇，分别是：闫敏、贾晓云的《"三化论"视角下许渊冲诗词"意美"的英译策略研究》(2022)③；耿娟、高玉芳的《"三化论"视角下许渊冲译〈水调歌头·明月几时有〉探析》(2021)④；王雁的《浅析三化原则指导下的宋词英译之美》(2020)⑤；周方衡的《从"三化论"看许渊冲的〈江城子·记梦〉英译本》(2018)⑥；黄云金的《译形译意——许渊冲的古诗英译理论及技巧探微》(2012)⑦；董雁的《从"三化论"看古诗词曲的英译》(2007)⑧。以上 6 篇文献都以"三化论"为理论基础，以许译宋词中的某首词或几首词为研究对象，研究角度各有不同，但都有共同点：集中为对某首词或几首词的单独分析，选取的宋词数量较少，并未形成同词异

---

① 祝一舒. 许渊冲翻译实践和理论的互动及追求 [J]. 西安外国语大学学报, 2019, 27 (4)：75.

② 许渊冲. 宋词三百首：中英对照 [M]. 北京：五洲传播出版社, 2012.

③ 闫敏, 贾晓云. "三化论"视角下许渊冲诗词"意美"的英译策略研究 [J]. 上海理工大学学报（社会科学版）, 2022, 44 (2)：136-140.

④ 耿娟, 高玉芳. "三化论"视角下许渊冲译《水调歌头·明月几时有》探析 [J]. 名作欣赏, 2021 (15)：163-164.

⑤ 王雁. 浅析三化原则指导下的宋词英译之美 [J]. 海外英语, 2020 (10)：44-45, 67.

⑥ 周方衡. 从"三化论"看许渊冲的《江城子·记梦》英译本 [J]. 淮海工学院学报（人文社会科学版）, 2018, 16 (11)：54-57.

⑦ 黄云金. 译形译意——许渊冲的古诗英译理论及技巧探微 [J]. 鸡西大学学报, 2012, 12 (2)：75-76.

⑧ 董雁. 从"三化论"看古诗词曲的英译 [J]. 科技咨询导报, 2007 (21)：101.

译的横向比较。此外，学界研究多着眼于"三化论"在宋词英译中的具体运用，忽视了影响"三化论"策略选择的因素。因此，本文力求填补有关许译《宋词三百首》中"相思"异译研究的空白，总结"三化论"在"相思"异译中的作用与影响。

# 一、许渊冲的"三化论"

## （一）"三化论"的提出

钱锺书最早提出"化境论"，他认为"化"是文学翻译的最高准则。如果译者面对原著时，能自然生动地将其翻译成另一门语言，且译文与原文韵味相同，那就是"入于化境"。①

在"化境论"的基础上，许渊冲进一步阐释："翻译甚至可以说是'化学'，是把一种语言化为另一种语言的艺术。大致说来，至少有三种化法：一是'等化'……二是'浅化'……三是'深化'。"② 从此，作为翻译方法论的"三化论"进入了学者的视野。它是指导译者进行翻译的完整体系，为文学翻译的实践提炼了操作性极强的一般性原则，在诗词翻译领域发挥着建设性作用。

## （二）"三化"的具体方法

"三化"中的"化"指"变化"，强调灵活的变通。据杨润芹所论，"'深化'就是将抽象的原文运用形象的译文翻译出来……'浅化'则是将形象的原文运用抽象的译文表达出来……'等化'则是将原文的抽象内容和形象内容同样运用相同形式的译文表现出来"③。"浅化"重在避短，常常取其表义而弃其神韵；"等化"追求原文与译文神韵相当；"深化"意于扬长，着重传达隐含的意思。

1. 等化——等而译之神相当

使用"等化"的条件是"当原文的表层和深层一致，译文和原文'意

---

① 钱锺书. 林纾的翻译 [M]. 北京：商务印书馆，1984：696.
② 许渊冲. 翻译的艺术 [M]. 北京：中国对外翻译出版公司，1984：82 – 83，65.
③ 杨润芹. 许渊冲翻译理论评介 [J]. 北极光，2018（11）：105 – 106.

似’能传达原文‘意美’的时候，可以采用‘等化’的译法”①。此时只需原汁原味地翻译，达到神韵相当的效果即可，具体有词性转换、灵活对等、正反说、主动、被动等。例如，许渊冲英译《诗经·小雅·采薇》时，将“昔我往矣”等化译为“When I left here”②，“昔”字的翻译体现在“left”的过去形式中，“往”意为“去、到”，“left here”与之意义对等，“矣”作为虚词可以不译；“今我来思”被译为“I come back here”③，“今”字的翻译体现在整句的一般现在时时态中，“来”与“come back”对等，“思”作为语气词可以不译。等化后的译文能最大程度地再现原文，使读者感受到品读原文的酣畅淋漓之感。

2. 浅化——浅而化之意归真

诗词中修辞手法的使用会为翻译带来不小的难度，如用典、双关、互文、象征、反语等。如果直译，对外国读者的理解能力是极大的考验。这时，以保证翻译的准确性为准，可采用“浅化”策略，根据许渊冲的阐述，“‘浅化’包括抽象化、一般化、减词、合而为一等译法”④。关键在于将难以理解的语句简单明了地译出。例如，许渊冲英译《诗经·小雅·采薇》时，利用“浅化”策略对“雨雪霏霏”进行了灵活处理，将其译为“Snow bends the bough”。⑤ 原文出现了“雨”和“雪”，而译文只翻译出了“雪”这一个意象。因为“雨”在原文中作动词使用，表示“落下”，“雨雪”意为“下雪”。虽然原文出现两个意象，但是根据实际语义译者只保留“雪”这个意象更为恰当，这就体现了“浅化”译法当中的减词法，这种点到即止的浅化处理，可以使译文产生返璞归真之感。

3. 深化——深而补之韵悠扬

“深化”是“三化论”的最高标准，具体译法有加词、具体化、特殊化以及一分为二等，如果运用得当，译者就能把原作者“欲言又止”的话挑明，帮助读者理解，“使其在领略中华传统文化深沉含蓄的同时，也能

① 许渊冲. 文学与翻译［M］. 北京：北京大学出版社，2005：76.
② 傅颖. 许渊冲宋词英译研究［J］. 海外英语，2017（9）：79 – 80.
③ 傅颖. 许渊冲宋词英译研究［J］. 海外英语，2017（9）：79 – 80.
④ 许渊冲. 文学与翻译［M］. 北京：北京大学出版社，2005：76.
⑤ 傅颖. 许渊冲宋词英译研究［J］. 海外英语，2017（9）：79 – 80.

获得审美上的满足"①。例如，在《诗经·小雅·采薇》中，许渊冲将"杨柳依依"译为"Willows shed tear"②，英文中并不存在与"依依"对等的词，译者便将"依依"背后的离愁别绪具体化处理，表达为"落泪"。虽然原文呈现的是杨柳飘拂的情景，但译者进一步地将不舍之情表达了出来，达到情景交融的效果。

不论是"三化"的哪一化，都要求译者实事求是，根据原文的具体情况灵活处理，甚至可以将"三化"进行融合。以下是结合"三化论"对许译宋词中"相思"英译的具体分析。

## 二、"三化论"视域下"相思"英译的具体分析

### (一)"相思"的七种英译含义

在许渊冲译介的《宋词三百首》中，许渊冲对原文中的"相思"采取了七种翻译。《现代汉语词典》(第7版) 对"相思"的解释为：动词，彼此思念，多指男女因相互爱慕而又无法接近所引起的思念。如：相思病、两地相思。③ 在许渊冲译介的宋词中，共有13处出现了"相思"一词(不含词牌名)。合并相同的英译后，共有七种：nostalgic、lovesickness、lovesick、pine、longing、love seed、grief。它们既存在相似的部分，也有意义不同的部分。根据《牛津高阶英汉双解词典》(第8版)，它们的具体含义如下：

1. nostalgic *adj.* nostalgic memories 引起怀旧之情的回忆

2. lovesickness *n.* 相思病

3. lovesick *adj.* unable to think clearly or behave in a sensible way because you are in love with sb. , especially sb. who is not in love with you 害相思病的(尤指单相思的)

① 董雁. 从"三化论"看古诗词曲的英译 [J]. 科技咨询导报, 2007 (21)：101.
② 傅颖. 许渊冲宋词英译研究 [J]. 海外英语, 2017 (9)：79-80.
③ 中国社会科学院语言研究所词典编辑室. 现代汉语词典 [M]. 7版. 北京：商务印书馆, 2016：1429.

4. pine *v.* to become very sad because sb. has died or gone away（因死亡、离别）难过、悲伤 pine for sb./sth. to want or to miss sb./sth. very much 怀念；思念；渴望

5. longing *n.* ［C，U］ a strong feeling of wanting sth./sb. （对……的）渴望，热望

6. love seed 直译为"爱的种子"

7. grief *n.* ［U，C］（over/at sth.）a feeling of great sadness, especially when sb. dies（尤指因某人去世引起的）悲伤、悲痛、伤心 ［C，usually sin.］ something that causes great sadness 伤心事，悲痛事 ［U］ （informal）problems and worries 担心；忧虑

通过对比可以看出，七种英译都含"相思"，但存在细微差别。例如："nostalgic"侧重于对过去生活的状态、地点的怀念；"lovesick"和"lovesickness"与"相思"最贴切；"pine for sb./sth."与"longing for sb./sth."相比，前者强调"怀念"，后者强调"渴望"；"love seed"直译为"爱的种子"，与"相思"差异明显；"grief"与"pine"的悲痛程度更深。

那么在许渊冲译介的宋词中，这七种英译又是如何体现"三化论"的运用呢？下面将具体分析"相思"的"三化"英译策略以及影响策略选择的客观因素。

## （二）"三化论"在"相思"英译中的体现

### 1. 等化

在"三化"策略中，"等化"的使用频率最高。许渊冲提出，只有"当原文的表层和深层一致，译文和原文'意似'能传达原文'意美'的时候，可以采用'等化'的译法"①。等化追求原文与译文神韵相当，一般采取灵活对等、词性转换、正说、反说等译法。例如：

---

① 许渊冲. 翻译的艺术［M］. 北京：中国对外翻译出版公司，1984：82–83，65.

（1）原文：只有相思无尽处。① （《玉楼春·春恨》晏殊）

译文：They can't measure the lovesickness overwhelming me. ②

（2）原文：琵琶弦上说相思。③ （《临江仙·梦后楼台高锁》晏几道）

译文：Revealing lovesickness by touching pipa's string. ④

以上两例中"相思"都被译为"lovesickness"，表示"相思、相思病"。译者采用灵活对等的等化译法，使译文与原文意义相当。《玉楼春·春恨》表达相思没有边界与尽头。其中"measure"使"相思"的重量可感，突出词人的相思之深。《临江仙·梦后楼台高锁》中"琵琶弦上说相思"表达词人意在通过弹奏琵琶来诉说相思之情，悲伤的乐音是对恋人怀想之切、相思之深的真实写照。译文中的"lovesickness"与原文"相思"之意高度对等，直指词人无限的思念之情。

不同于"pine"和"longing"的含蓄，也不同于"love seed""nostalgic"和"grief"的悲痛，"lovesickness"直指相思，恰好展现词人的心理状况——这种相思，凸显词中主人公思念状态的持续发展，既有时间上的跨度，也包含情感上的厚度，体现了译义与原文的对等。

（3）原文：空把相思泪眼和衣揾。⑤ （《怨春郎》欧阳修）

译文：In vain I wipe away my lovesick tears with sleeves. ⑥

（4）原文：满眼相思泪。⑦ （《卜算子》赵彦端）

译文：As lovesick tears will not be seen. ⑧

（5）原文：明日相思莫上楼。⑨ （《卜算子·风雨送人来》游次公）

---

① 许渊冲. 宋词三百首：中英对照 ［M］. 北京：五洲传播出版社，2012：242.
② 许渊冲. 宋词三百首：中英对照 ［M］. 北京：五洲传播出版社，2012：36.
③ 许渊冲. 宋词三百首：中英对照 ［M］. 北京：五洲传播出版社，2012：250.
④ 许渊冲. 宋词三百首：中英对照 ［M］. 北京：五洲传播出版社，2012：50.
⑤ 许渊冲. 宋词三百首：中英对照 ［M］. 北京：五洲传播出版社，2012：247.
⑥ 许渊冲. 宋词三百首：中英对照 ［M］. 北京：五洲传播出版社，2012：45.
⑦ 许渊冲. 宋词三百首：中英对照 ［M］. 北京：五洲传播出版社，2012：308.
⑧ 许渊冲. 宋词三百首：中英对照 ［M］. 北京：五洲传播出版社，2012：159.
⑨ 许渊冲. 宋词三百首：中英对照 ［M］. 北京：五洲传播出版社，2012：312.

译文：If you feel lovesick, do not go up high. ①

（6）原文：相思一度。② （《解佩令·人行花坞》史达祖）

译文：Deep, deep am I lovesick. ③

在上述例子的译文中，译者使用词性转换译法，将原文为动词的"相思"译为形容词"lovesick"，即"害相思病的"，虽然词性不同，但是含义相差不大。"相思泪眼""相思泪"与译文"lovesick tears"在意义、形式上都达到了双重对等。例（5）《卜算子·风雨送人来》与例（6）《解佩令·人行花坞》中的"lovesick"表达的都是主人公相思的心理感受及状态。译者将"相思"译为"lovesick"还考虑了押韵的需要，在《解佩令·人行花坞》"Deep, deep am I lovesick；My sorrow is thick, thick. "一句中，"deep""lovesick"与"thick"同押/□/韵，三词同韵，连读增强了译文的韵律感，达到了音美感耳的效果。

（7）原文：定不负相思意。④ （《卜算子·我住长江头》李之仪）

译文：Then not in vain for you I pine. ⑤

例（7）中，译者采用等化的特殊化译法将"相思"译为"pine for sb. /sth. "，表示渴望、思念某人。原文的"相思意"指女子对意中人的渴望与思念。"定不负相思意"既是女子对意中人的完美想象，也是她自己真挚情感的表现。假如"我心"与"君心"相通，那么单相思就将化为共同的承诺与期许。"我"深知自己专情，如果你能像"我"对待你一样对待"我"，那么你必定不会辜负"我"的情意。译文"Then not in vain for you I pine"运用了倒装，突出强调相思的对象是"you"，实际语序应为"I pine for you"。原文"定不负相思意"侧重表现相思的主体"我"及

---

① 许渊冲. 宋词三百首：中英对照 ［M］. 北京：五洲传播出版社，2012：167.
② 许渊冲. 宋词三百首：中英对照 ［M］. 北京：五洲传播出版社，2012：326.
③ 许渊冲. 宋词三百首：中英对照 ［M］. 北京：五洲传播出版社，2012：194.
④ 许渊冲. 宋词三百首：中英对照 ［M］. 北京：五洲传播出版社，2012：262.
⑤ 许渊冲. 宋词三百首：中英对照 ［M］. 北京：五洲传播出版社，2012：74.

"我"的情意之深，而译文"Then not in vain for you I pine"更强调相思的对象，这为读者提供了特殊的心理转换体验。

根据上文有关"相思"等化策略的分析，译者在英译"相思"时重在内容与情感的对等，经过"等化"后的"相思"与"浅化""深化"处理的译文相比更具精准性。读者能够准确把握原文，此时"相思"与读者的距离最适中。

2. 浅化

"浅化"是为了避开原文中复杂难懂的部分，具体译法有抽象化、一般化以及减词等。唐诗宋词以引经据典为特色，而诗词中的"'典故'常常让译者无从下手，必须先得其真解才能达其义蕴"①，不光是典故，意象、主题、修辞都有可能将读者拒之门外，而"浅化"则能很好地化解这一难题，译者只需取原文实意，简化原文，使译文通俗易懂即可。例如：

（1）原文：一种相思，两处闲愁。②（《一剪梅·红藕香残玉簟秋》李清照）

译文：One longing leaves no traces, but overflows two places. ③

此例中，译者采取"浅化"中的一般化译法，没有将"相思"译为感情色彩更强烈的单词，而是将它浅化为"longing"，表示"（对……的）渴望，热望"。译者在两人饱受离别的相思之苦上收束，并未强调词人心中相思苦情的难以排遣。"one longing"与"two places"是词人与丈夫两人现状的写照，比起"lovesick"与"lovesickness"的难以忍受，"longing"更强调词人对丈夫的牵挂；比起"grief""生离死别"之悲痛，"longing"更强调词人对夫妇二人团聚的殷切盼望。这种淡化处理是译文中的独特留白，点到为止的表达是相思之情的无奈见证，更是译者对词人内心盼望家人团聚的强调。译者将原文的相思之情化作更贴切的期盼之情，有利于读者体会词人真正的思想感情。

---

① 傅颖. 许渊冲宋词英译研究［J］. 海外英语，2017（9）：79 – 80.
② 许渊冲. 文学与翻译［M］. 北京：北京大学出版社，2005：293.
③ 许渊冲. 文学与翻译［M］. 北京：北京大学出版社，2005：129.

（2）原文：相思枫叶丹。① （《长相思令·长相思》邓肃）

译文：The longing maple leaves turn to red dye. ②

此例中，译者将"相思"译为"longing"，"longing"作形容词时，表示"渴望的；热望的"。译文的大意为：相思的枫叶染上了深红。译者将"相思枫叶"简单明了地译为"longing maple leaves"，没有赋予其更深一层的含义，而是做了一般化处理。值得注意的是，枫叶是自然界的产物，不具备人类特有的思想感情。词人借枫叶的颜色转为深红来表达相思之情渐浓，相思的是主人公，而非枫叶。但译者剔除了原文中"我患相思而非枫叶患相思"的言外之意，将翻译视角转向枫叶，以"longing maple leaves"取代了实际上相思的主人公，以枫叶代人，以颜色代替情感，原文中的人的相思之浓就转移到了译文中枫叶的颜色之红上。

（3）原文：还解相思否?③ （《生查子·情景》姚宽）

译文：Are you longing for me with sighs?④

此例中，译者将"相思"译为"longing"，一句"Are you longing for me with sighs?"道出了女子的疑惑：分别后，你还会思念我吗? 通过挖掘，原文"还解相思否?"其实既是对上片离别之情的呼应，也是女主人公专一的证明，饱含了主人公对心上人心意的揣度与担忧，她更想知道二人的感情结局。译文只留下一个盼望回复的女子形象，"longing"背后女主人公忠贞不渝的决心、心上人的不确定性、两人感情的未知性都浅化成了云淡风轻的一个问号。

译者将"相思"译为"longing"时，押韵也是其中一个重要的影响因素。诗歌中的押韵能使作品产生节奏上的延续，音韵美顺应而生。译文中的"pine"与"mine"重读元音音素都为/ai/，读来朗朗上口，给读者留

---

① 许渊冲. 宋词三百首：中英对照 ［M］. 北京：五洲传播出版社，2012：302.
② 许渊冲. 宋词三百首：中英对照 ［M］. 北京：五洲传播出版社，2012：147.
③ 许渊冲. 宋词三百首：中英对照 ［M］. 北京：五洲传播出版社，2012：308.
④ 许渊冲. 宋词三百首：中英对照 ［M］. 北京：五洲传播出版社，2012：160.

下了回味的余地，体现了中国诗词押韵的特点，使译文清新隽永，诗意益然。

根据上文有关"相思"浅化策略的分析，译者在英译"相思"时主要从诗歌主题、词人情感以及押韵需要等方面出发，依原文选取具体译法。经过"浅化"后的"相思"简明晓畅，使读者能快速明白主要内容，此时"相思"距离读者最近，容易令读者产生共鸣。

3. 深化

"深化"是"三化论"中的最高标准，它要求译者准确理解原文，将原文中更深一层的含义表达出来，采用的译法为特殊化、具体化、加词、一分为二等。在以下翻译中，许渊冲采取"深化"使译文呈现出别样的翻译风采。

(1) 原文：化作相思泪。① (《苏幕遮·怀旧》范仲淹)

译文：Wine in sad bowels would turn to nostalgic tears. ②

译者将"相思"译为"nostalgic"。全词上片描写苍茫的秋景，下片直抒词人离乡的哀愁。"相思"本指男女间的思念，但本首词中传达的是思乡之情与返乡希冀。在译文中，译者对"相思"具体化处理，从主旨出发将其译为"nostalgic"，将"相思泪"译为"nostalgic tears"，而非"lovesick tears"，准确无误地表达出词人的羁旅愁思。这样，"相思"背后的乡愁以及孤独惆怅便被挖掘出来，译文与原文也更加贴切。

在这首词的英译中，译者精准把握诗歌的真实主题，明确词人传递的思想感情，选择从全词出发进行翻译，而不是着眼于具体的词句。这体现了诗歌主题对宋词英译的重要影响：诗歌的主题不仅决定诗词的情感走向，还决定译者翻译时的译法选择。

---

① 许渊冲. 宋词三百首：中英对照 [M]. 北京：五洲传播出版社，2012：235.
② 许渊冲. 宋词三百首：中英对照 [M]. 北京：五洲传播出版社，2012：23.

（2）原文：当初不合种相思。① （《鹧鸪天·元夕有所梦》姜夔）

译文：The love seed we once sowed forever keeps on growing. ②

例（2）中原文"种相思"的"相思"本指情缘，但译者将"相思"译为"love seed"（相思果）。虽然与恋人相隔甚远，离别已久，但是词人依旧怀揣缱绻的深情、苦楚的思念，种下的不仅是情缘，而且是词人对恋人的深切挂念。译者在翻译时充分考虑意象的重要性，结合原文生动灵活地创造出"love seed"。"相思"本只是主人公内心抽象的感情，但译者翻译时，先由抽象的相思之情联想到具体的相思树，再由相思树联想到垂挂枝头的相思果。深化后，抽象的相思转化成一颗颗具体可感的、有重量的相思果实，"相思果"跃然纸上，无形的相思便被赋予了具体可感的形象。

同时，"相思果"会随年月生长，如同诗人与日俱增的相思，待枝头挂满沉甸甸的果实时，也意味着词人的思念之深。将"相思"译为"love seed"更能让读者感受到词人貌似悔恨当初种下情缘，实则是对所爱之人念念不忘的深刻情感。这一意象的出现使词人的别情离绪更为明显，也为译文增添了几分浪漫色彩，给读者留下遐想的空间。

（3）原文：春初早被相思染。③ （《踏莎行·自沔东来丁未元日至金陵江上感梦而作》姜夔）

译文：Early spring dyed in grief strong. ④

例（3）中原词以梦见情人为始，以情人归去为终。基于全词悲戚的基调，译者采用深化的特殊化译法将"相思"译为"grief"，更能凸显主人公悲楚落寞、相思情重的形象。"grief"意为"伤心事"，不论是从词的理性意义出发，还是从词义的附加色彩来看，"grief"的表达都更具体深刻。译文中，"相思"已转化为与诗人相关的物什或者心事，重重地压在伊人心底。"dyed in grief strong"中的"grief"由"strong"修饰，更加突

① 许渊冲. 宋词三百首：中英对照［M］. 北京：五洲传播出版社，2012：324.
② 许渊冲. 宋词三百首：中英对照［M］. 北京：五洲传播出版社，2012：188.
③ 许渊冲. 宋词三百首：中英对照［M］. 北京：五洲传播出版社，2012：324.
④ 许渊冲. 宋词三百首：中英对照［M］. 北京：五洲传播出版社，2012：189.

出了悲痛之强、之深。可见，"grief"比"相思"更加沉重。

通过上文有关"相思"深化策略的分析，可以看出译者主要从诗歌主题和意向创造两方面对"相思"进行"深化"。"深化"后的"相思"与读者距离最远，需要读者付出更多的心思进行理解与赏析。

不论是等化、浅化还是深化，译者都依实际情况对"相思"一词的英译进行了灵活处理，"三化"后的"相思"体现出了不同的特色，在全诗中起到了画龙点睛的作用。等化后的"相思"让读者品味到原文一般的深情；浅化后的"相思"返璞归真，使读者开门见山地体会到主人公的思想感情；深化后的"相思"令读者心领神会，仿佛亲临诗词中，读罢意犹未尽。

"相思"一词虽然简单，但是影响"相思"三化策略选择的因素多种多样，经过不同处理的"相思"也呈现出不同效果。不论是诗歌主题、意象创造还是押韵需要，任何影响英译策略选择的因素都需译者结合诗歌的全貌认真考量。不论是等化、浅化还是深化，原文始终是译者第一个考虑的因素，每一字、每一句的翻译都应遵循"译者依也，译文只能以原文字句为依据"①。

## 三、结语

本文通过许渊冲译介《宋词三百首》中具体的"相思"英译，探讨"三化论"在指导"相思"英译时的具体体现以及效果，总结了影响"相思"英译的因素主要有押韵需要、诗歌主题以及意象创造。《论语》有言："知之者不如好之者，好之者不如乐之者。"许渊冲联想至诗词英译，指出好译文的标准是"'知之'就是要使读者知道原文说了什么，'好之'是要读者喜欢译文，'乐之'是要读后得到乐趣"②。浅化使读者知之，等化使读者好之，深化则使读者乐之。不论是"三化"中的哪一化，英译宋词都需结合具体的语境进行灵活处理，"三化"只是翻译的途径，只有真正贴合原文语境的译法才能使"相思"之情难以忘怀，才能使更多的读者品味宋词的韵味，发现中国诗词的魅力。

① 许渊冲. 译学与《易经》[J]. 北京大学学报（哲学社会科学版），1992（3）：85-92.
② 许渊冲. 西风落叶 [M]. 北京：外语教学与研究出版社，2015：224.

# 对外汉语教材中的能愿动词编排对比

## ——以《会通汉语》和《汉语教程（第3版)》为例

梁可弦①　　沈晓梅②

**摘　要：** 当前学术界对能愿动词与对外汉语教材相结合的研究尚少，因此有必要对能愿动词作进一步探讨，以促进对外汉语教材建设。本文以《会通汉语》和《汉语教程（第3版)》中的能愿动词为研究对象，从词汇的选用和等级、语法点的释义、语法点的分布、练习题设置四部分对能愿动词在教材中的编排内容进行考察，比较两套教材在对能愿动词的教学内容安排时各自的优势与短处，同时对照《汉语水平词汇与汉字等级大纲》分别考察二者对其的执行力度，并据此阐述在编写教材时的一些见解，探究如何更有效地学习和运用能愿动词。

**关键词：** 对外汉语教材；能愿动词；编排；对比

能愿动词在现代汉语语法体系中占有举足轻重的地位，在对外汉语语法教学过程中，能愿动词既是重点，也是难点。在第二语言教学中，教材所起的作用是连接教师与学生的桥梁，教材编写是否合理直接影响教师的教学和学生的学习。

目前，关于能愿动词本体论的研究主要涉及名称、归类、范围、语法结构、意义和语用等方面，已然相当深入。关于名称，现在的一些语法论著或教材，多称为助动词和能愿动词。本文主要是比较分析对外汉语教材，所以本文在研究中使用"能愿动词"这一名称。关于范围，刘月华在

---

① 梁可弦，女，广东海洋大学文学与新闻传播学院汉语国际教育专业2018级本科生。
② 沈晓梅，女，广东海洋大学文学与新闻传播学院副教授。

《实用现代汉语语法》中将能愿动词分为意愿和可能两大类，对能愿动词的语法特征和句式结构特征分别进行说明并举例论证。① 此外，刘月华还从意向的角度深入分析，列举不同义项下的例句在否定等特殊情况下的使用情况并进行说明。

在对外汉语教学中，学者专家对能愿动词的研究主要集中在习得偏误分析、不同语言中能愿动词的对比分析、教学设计研究、教材研究和四个方面。

习得偏误分析方面，高良连（2009）、尚超（2013）、张晓玉（2015）对不同母语背景的学生的语料进行了偏误分类，并总结了产生偏误的原因，但其中部分研究没有进一步提出建议。

不同语言中能愿动词的对比分析方面，纪漪馨在《英语情态助动词与汉语能愿动词的比较》② 中对英语的情态助动词与汉语的能愿动词在语法功能和意义两方面进行了对比分析，从而设计出适当的教学策略。在宁姗《用语言对比方法进行汉语教学点滴——能愿动词"能"和"可以"教学札记》③ 中，把汉语和法语中情态动词"能"和"可以"作对比，分析得出能让学生更容易理解的学习方法。这两位学者的研究更多集中于策略的研究上；还有林珠里《汉韩能愿动词比较分析》④、张俞《汉俄可能类助动词比较研究与对俄汉语教学》⑤ 等文都是集中于对不同语言的句法结构进行对比分析，并据此总结教学对策。

教学设计研究方面，潘霄驰（2014）着重于"能"和"会"的中英语义对比，偏误和教学策略的研究⑥；吕兆格（2003）把英语、日语中的助动词与汉语中的能愿动词进行对比，并对外国留学生的语料进行调查统

---

① 刘月华. 实用现代汉语语法 [M]. 北京：商务印书馆，2010.

② 纪漪馨. 英语情态助动词与汉语能愿动词的比较 [J]. 语言教学与研究，1986（3）：67 – 77.

③ 宁姗. 用语言对比方法进行汉语教学点滴——能愿动词"能"和"可以"教学札记 [J]. 世界汉语教学，1990（3）：183 – 187.

④ 林珠里. 汉韩能愿动词比较分析 [D]. 武汉：华中科技大学，2011.

⑤ 张俞. 汉俄可能类助动词比较研究与对俄汉语教学 [D]. 哈尔滨：黑龙江大学，2017.

⑥ 潘霄驰. 针对母语为英语留学生的对外汉语"能"、"会"教学设计 [D]. 长春：吉林大学，2014.

计和偏误分析，据此研究合适的教学方法①。

教材研究方面，李林玲在《〈新实用汉语课本〉能愿动词教学研究》②中选定的研究对象是该教材出现的 12 个能愿动词，分别从语义和语用的角度对它们进行分析，并从教学方法和课堂设计上进行了延伸。王慧琳的《初级对外汉语教材助动词编排研究》③、王奇的《汉语能愿动词在教材与大纲中的分布研究》④ 等文对不同教材中的能愿动词进行搜集和分析，对教材的编排进行评估并给出相应的编排建议。

总的来说，前人关于习得偏误的研究大部分集中在对偏误的类型及原因的分析，并据此设计教学策略。而且其中很多都是针对个别词，如"会""能""可以"。在教材研究方面，通过对不同对外汉语教材中能愿动词的布局情况进行系统对比研究的还是相对较少。不可否认的是，对外汉语教学中教材的编排研究和教学研究都是极为重要的部分。

本文的研究对象为《会通汉语》和《汉语教程（第 3 版）》（简称《汉语教程》）中出现的能愿动词。本文之所以选择这两套教材，是因为它们都是目前使用范围比较广且在国内比较权威的教材，具有较高的研究价值。对它们进行对比分析，不仅可以为教材的编写和修订提供参考意见，而且能帮助汉语学习者更高效地掌握能愿动词的意义和用法。加之，由于《会通汉语》和《汉语教程》出版时间比较接近，又都是综合性教材，因此更具可比性。

## 一、《会通汉语》和《汉语教程》中能愿动词的选用和等级编排

### （一）两套教材的编写理念

《会通汉语》中，展示了大量贴近现实生活的场景，涉及社会各个领域，它们不仅可以作为学习汉语的良好素材，而且可以帮助学生理解当今

---

① 吕兆格. 对外汉语教学中的能愿动词偏误分析 [D]. 天津：天津师范大学，2003.
② 李林玲.《新实用汉语课本》能愿动词教学研究 [D]. 重庆：重庆师范大学，2015.
③ 王慧琳. 初级对外汉语教材助动词编排研究 [D]. 南宁：广西大学，2015.
④ 王奇. 汉语能愿动词在教材与大纲中的分布研究 [D]. 长春：吉林大学，2020.

中国的社会、生活习俗以及思想。在每一课的最后，教材会提供一到两种不同的贴合课程主题的阅读语料，作为拓展式学习的一部分供学生进一步学习和利用①。

**（二）《会通汉语》中能愿动词的选用和等级**

通过统计，《会通汉语》共收录能愿动词 10 个。大纲是汉语教学的重要基础，是汉语教学特色的体现。下面将根据《汉语水平词汇和汉字等级大纲》（以下简称《词汇大纲》）把《会通汉语》中的所有能愿动词进行等级分类，具体情况如下②：

表1 《会通汉语》生词表中的能愿动词

| 教材 | 大纲级别 | 能愿动词 | 能愿动词个数 |
|---|---|---|---|
| 一 | 甲级 | 想、要、应该、可能、能、可以、会 | 7 |
| 二 | 甲级 | 得（dei）、愿意 | 3 |
| | 乙级 | 肯 | |
| 三 | / | — | 0 |
| 四 | / | — | 0 |
| 五 | / | — | 0 |
| 六 | / | — | 0 |

由表1可看出，《会通汉语》在读写一和读写二就出现了收录的所有能愿动词，符合《词汇大纲》各级能愿动词增减的趋势。杨寄洲认为，一部具有实用性和科学性的初级汉语教材必须做到每一课的生词数量控制在一定的范围内。③《会通汉语》中相对来说词汇分布不太均衡。

① 卢福波.会通汉语［M］.北京：人民教育出版社，2015：5.
② 国家汉语水平考试委员会办公室考试中心.汉语水平词汇与汉字等级大纲［M］.北京：经济科学出版社，2001.
③ 杨寄洲.编写初级汉语教材的几个问题［J］.语言与教学研究，2003（4）：52-57.

### （三）《汉语教程》中能愿动词的选用和等级

通过统计，《汉语教程》共收录能愿动词 16 个。根据《词汇大纲》将《汉语教程》中的所有能愿动词进行等级分类，具体情况如下：

表 2　《汉语教程》生词表中的能愿动词

| 教材 | 大纲级别 | 能愿动词 | 能愿动词个数 |
|---|---|---|---|
| 一 | 甲级 | 要、想、会、能、可以、愿意、应该、可能 | 8 |
| 二 | 甲级 | 该、能够、敢 | 4 |
|  | 乙级 | 肯 | |
| 三 | 甲级 | 得（de） | 4 |
|  | 乙级 | 好、应当、准 | |

从表 2 可看出，《汉语教程》初级收录的能愿动词数量最多。随着等级的提高，收录的数量逐渐减少，与《词汇大纲》所提倡的各级能愿动词的增减趋势一致。

### （四）二者的对比

通过数据的对比可以发现，两套教材在能愿动词的选用和等级上既有共同之处，也存在不同。

《会通汉语》和《汉语教程》两套教材的共同点：都把能愿动词集中编排在初级阶段，所收录的能愿动词大都是易于学习、使用频率高的甲级词和乙级词。

两套教材的不同点：

（1）《汉语教程》初级、中级、高级三个级别教材中的能愿动词个数比为 8∶4∶4，虽然初级阶段已输入较多能愿动词，但是中、高级阶段仍没有放松对能愿动词的学习。而《会通汉语》初级教材中已完成了全部能愿动词的学习，可见《会通汉语》更注重在初级阶段对能愿动词的学习。

（2）《会通汉语》中独有的能愿动词有"得（dei）"，《汉语教程》独有的能愿动词分别有"得（de）""该""能够""敢""准""好""应当"。其中《汉语教程》中选用的"好""准"这几个词更加口语化。并且《会通汉语》的"得（dei）"和《汉语教程》的"得（de）"意义和用法都不相同。

## 二、《会通汉语》和《汉语教程》中能愿动词的释义编排

薛秋宁认为，为了帮助学习者更好地理解和掌握汉语词语，国内出版的对外汉语教材在编写时大多都附有英文翻译。好的译注可以帮助学习者更好地理解词语的意义，提供用法方面的指导，提高学习效率。[①]

### （一）《会通汉语》中的能愿动词释义情况

词义的注释一般会涉及义项的选择、媒介语的使用、释义方式等问题。《会通汉语》中生词的体例是序号、生词、拼音、词性（中文缩写）、英文注释、例子。从能愿动词的英文翻译、义项注释、例子设置等方面进行考察，《会通汉语》采用了媒介语英语进行释义，对义项的讲解则采取中英文相结合的方式。《会通汉语》在选择英文释义词语时，绝大部分只选择一个最简明的英文单词。《会通汉语》中生词表紧密地附在每个功能项目下的简短对话和课文后面，即生词和课文出现在同一页，这样的编排便于学生查找生词。[②]

### （二）《汉语教程》中的能愿动词释义情况

《汉语教程》中生词的体例是序号、生词、拼音、词性（中文缩写）、英文注释。

在以往研究中，很少有文章关注教材中生词注释模式的问题。[③] 注释有助于学习者汉语初级阶段的学习，当学习者自学的时候，英文注释是有帮助的，但随着学习者汉语水平的不断提高，此时由以英文注释为主逐渐向以义项注释为主过渡，更有利于学习者的汉语水平的进步。《汉语教程》

---

① 薛秋宁. 对外汉语教材生词英译存在的问题分析 [J]. 海外华文教育, 2005, 34 (1): 61.
② 徐杏蕊. 《会通汉语·读写1》的特色研究 [D]. 武汉: 华中师范大学, 2016.
③ 王汉卫. 论对外汉语教材生词释义模式 [J]. 语言文字应用, 2009 (1): 124 – 133.

在初级阶段更多地采取英文注释和义项注释相结合的方式，而到了中级阶段又以英文注释为主，这与学习者学习进度的匹配度相对较低。

### （三）二者的对比

表2 《会通汉语》生词示例（读写一第4课）

| 序号 | 生词 | 汉语拼音 | 词性 | 英语释义 | 示例 |
|------|------|----------|------|----------|------|
| 18 | 本子 | běnzi | 名 | notebook | 一个本子 |
| 19 | 要 | yào | 动 | to need | 要什么；要多少 |
| 20 | 本 | běn | 量 | | 一本书 |
| 21 | 铅笔 | qiānbǐ | 名 | pencil | 买铅笔 |
| | 笔 | bǐ | 名 | tool for writing and drawing | 一支笔 |
| 22 | 支 | zhī | 量 | measure word for pens, pencil, etc. | 一支铅笔 |
| 23 | 写 | xiě | 动 | to write | 写字 |
| 24 | 还 | hái | 副 | also, still | 还有；还要；还买 |
| 25 | 再 | zài | 副 | again（in the future），once | 再买一个；再说 |

表3 《汉语教程》生词示例（第一册第24课）

| 序号 | 生词 | 汉语拼音 | 词性 | 英语释义 |
|------|------|----------|------|----------|
| 1 | 会 | huì | 能愿、动 | can；may；to be able to |
| 2 | 打 | dǎ | 动 | to play；to practice |
| 3 | 太极拳 | tàijíquán | 名 | t'ai chi ch'uan, in China shadow boxing |
| 4 | 听说 | tīngshuō | 动 | to hear of |
| 5 | 下 | xià | 名 | next |
| 6 | 报名 | bàomíng | 动 | to register（for）；to sign up（for） |
| 7 | 开始 | kāishǐ | 动 | to begin |

《会通汉语》和《汉语教程》的共同点：由于词汇形式的汉字不多，两套教材在标注生词词性的时候都是用中文缩写来表示。不熟悉英语的学生在阅读和记忆词性的英语缩写方面会有困难，但由于标注词性的汉字不多，基本所有的学习者都能通过教材附录中的"语法术语缩略形式表"来识别词性，这也是比较公平的。

《会通汉语》和《汉语教程》的不同点：

（1）在选择英语对译词的词这一方面，《会通汉语》列出两个或更多含义相近的英语词。以"能"举例，在《会通汉语》中的英文释义是"can"，《汉语教程》的英文翻译是"can；may"，而"要"也可以对应英文中的"can""may"，然而"能"和"要"有不同的搭配对象，当它们同时被列出时，学习者必然要对其进行区分，这可能会引起混淆。《会通汉语》只展示与语境意思最接近的英文释义，这样学习者不必受到不必要的困扰，有助于提高学习者习得的准确率。

（2）在生词表的呈现上，《会通汉语》比《汉语教程》更全面。通过对比表 2 和表 3 可知，《会通汉语》在生词表上增加了使用生词的具体例子，充分使用旧词语和新学词语，加深学生对它们的用法的理解和掌握。

## 三、《会通汉语》和《汉语教程》中能愿动词的语法点编排

吕文华在《汉语教材中语法项目的选择和编排》中提出"汉语教材中语法项目的选择、编排是否合理是教材是否具有科学性的一个主要标志"①。语法项目也是评估教材编写成功与否的重要标准。本节将对《会通汉语》和《汉语教程》中所选的能愿动词的语法点出现节点，以及它们的排列方式进行分析。

### （一）《会通汉语》中的能愿动词语法点分布

《会通汉语》中选编的能愿动词的出现篇目及语法项目如表 4 所示。

---

① 吕文华. 汉语教材中语法项目的选择和编排［J］. 语言教学与研究，1987（3）：117 - 127.

表4 《会通汉语》语法点分布情况

| 课本 | 课文 | 语法项目 |
|---|---|---|
| 读写一 | 第4课 | 想→表愿望：想 + V |
| | | 要→要求给予某物品：要/来 + V + NP |
| | 第6课 | 会→掌握、具备某种能力：会 + V（ + N） |
| | 第11课 | 应该→劝告对方做合适的事：应该 + V |
| | | 能→具备某种做事的能力或条件：能 + V |
| | 第12课 | 要→决心做某事：要 + V |
| 读写二 | 第9课 | 愿意→接受并喜欢做某事：S + 愿意（ + VP） |
| | | 肯→接受或愿意做某事：S + 肯（ + VP） |
| | 第10课 | 想→随意地选择自己想做的事：想 $VP_1$ 就 $VP_1$，想 $VP_2$ 就 $VP_2$ |
| | 第12课 | 得（de）→某事客观上不能不做：不得不 + VP |
| 读写三 | 第12课 | 得（dei）→某个话题有很多内容，要先从 a 开始说：说来话长，还得从 a 说起 |
| | | 得（dei）→做某事的最低要求：怎么（着）也得…… |
| 读写四 | 第3课 | 能→用询问的方式：能否/能不能…… |
| | | 可以→用商量的方式：跟你商量个事，……可以吗？ |
| | 第4课 | 得（dei）→以先做 b 事为理由，暂缓做 a 事：a + ［时间］ + 再说，我得先 + b |
| 读写五 | 第3课 | 能 & 该→采取一切能够或应该采取的措施：能/该 + V + 的 + (N) + 都 + V +（了） |
| | 第10课 | 可以→表示某一推论是合理的：a ［根据］，因此可以说，b ［结论］ |

## （二）《汉语教程》中的能愿动词语法点分布

《汉语教程》中选编的能愿动词的出现及语法项目如表5所示。

表5 《汉语教程》语法点分布情况

| 课本 | 课文 | 语法项目 |
|---|---|---|
| 第一册<br>（上、下） | 第24课 | 会→表示有能力做某事 |
| | | 想→表示希望、打算 |
| | | 要→表示做某事的愿望 |
| | | 能/可以→表示有能力或有条件做某事 |
| | | 能/可以→表示情理上允许或环境许可 |
| 第二册<br>（上、下） | 第8课 | 该→表示根据情理或经验推测必然或可能的结果：该……了 |
| | | 要→表示动作即将发生：要……了、就要……了、快要……了、快……了 |
| | 第20课 | 能→比较：能愿动词"能"和可能补语的用法 |
| 第三册<br>（上、下） | 第12课 | 可能→比较："恐怕"和"可能" |
| | 第13课 | 敢→有勇气、大胆地做某事 |
| | 第16课 | 可能→表示估计，也许、或许 |
| | 第18课 | 好→用于后一小句，表示前一小句中动作的目的 |
| | 第19课 | 不得（de）不→表示动作行为不是出于自愿，是在没有办法的情况下才做的 |
| | 第21课 | 准→表示准许；同意 |

### （三）二者的对比

通过对比，我们发现《会通汉语》和《汉语教程》在能愿动词的语法点的编排上存在相似之处，但又存在差异。

二者的相似点：

（1）两套教材都遵循了从易到难的原则，之所以能愿动词的大部分单个的语法项目都被放在初级、中级阶段，是因为初级、中级阶段输入语法点有利于夯实基础。

（2）两套教材都有编排不充分的地方，比如"能"，二者都没有细化这一语言项目。

两套教材的不同点:

（1）从整体把握语法点的编排分布模式看，《汉语教程》的每个阶段分布相对更平均。而《会通汉语》读写五仅有 2 个能愿动词的句式结构，不利于高阶学习者巩固能愿动词的学习。从每课的编排分布上看，《会通汉语》语法点的编排较为分散，放在每一个会话或课文后，但更便于学习者课前及课中通过对话实例来理解语法点。而《汉语教程》则是在每一课的"语法"板块集中呈现该课所有的语法点，为学习者课后查阅复习提供一定的便利。

（2）从两套教材的能愿动词语法点数量上看，《会通汉语》共有 19 个，《汉语教程》共有 14 个。学习者比较常见的偏误中，能愿动词绝对是榜上有名的，因此《汉语教程》的数量偏少了。

（3）《汉语教程》在初级阶段主要是对个体能愿动词的用法讲解，到了中高级阶段增加了句式结构以及使用频率较低的个体能愿动词的介绍。《会通汉语》则从初级阶段开始能愿动词就是以句式结构的形式呈现，从初级到中高级的循序渐进原则主要体现在句式的复杂度上。

## 四、《会通汉语》和《汉语教程》中能愿动词的习题设置编排

在对外汉语教学中，练习在汉语学习中非常重要，因为学习者可以通过反复的练习获得汉语的交际技能。本节会从能愿动词的练习题设定入手，对教材中能愿动词的练习情况设置的合理度进行分析和比较。

### （一）《会通汉语》中的能愿动词习题设置

《会通汉语》注重课内课外兼顾，重视交际能力的培养。《会通汉语》中的练习贯穿于每课的各个部分，不仅有针对性较强的单项练习，还有以功能为导向的综合性练习，每一部分不同的语言知识点后紧跟该知识点相对应的单项练习，此部分多是要求学生在课堂中完成，而综合表达训练部分则属于综合性练习的范畴，其中包括一些课外的任务，如写信、调研等。两者搭配训练，学生语言能力和交际能力的提升也会更快。

### (二)《汉语教程》中的能愿动词习题设置

《汉语教程》为了集中训练，单独把练习题作为每一课的一个板块列出来，能愿动词的练习题也是如此在每节课中呈现的。《汉语教程》中总共有98道与能愿动词相关的练习题，凡课文中出现过与能愿动词相关的内容，课后都会为了巩固能愿动词，安排适当的练习。

《汉语教程》包括填空题、根据例句提问题、朗读题和替换题这四种类型的练习题。

### (三) 二者的对比

通过对两套教材的练习题进行对比分析，可以得出以下结论：

（1）从题型的多样化这个角度来看，《会通汉语》的练习形式较之《汉语教程》要更丰富多样。李绍林建议，练习风格的类型最好要比训练风格的分布更广一些，每一堂课要尽量有多种类型的练习题。① 《汉语教程》涉及语言交际能力的培养比较少，因此技能练习的增加对《汉语教程》来说是有必要的，能帮助学习者逐步提高语言交际能力。而《会通汉语》有个别题型比较新颖，如读写一中的"看图，用'应该 + V'和'多/少 + V'给出建议或劝告"，让学生利用模拟语境练习能愿动词说的能力，不但可以使学生的汉语学习更具沉浸式，而且能激发他们的学习热情和主动性。

（2）从练习题的难度及合理性上看，两套教材均比较适中。学生在学习的过程中，想要达到问题解决的"自动化"，最有效的方法就是多练习，增加练习量是影响信息保持量的一个可靠的因素。② 在《会通汉语》中练习题有四个难度级别，它们的跨度相对合理一些，其中较少题目是简单题目和特别难的题目，主要是难度适中的题目。而《汉语教程》中练习题难度分为三个级别：简单、偏简单和适中，它们的跨度比较小。其中，简单

---

① 李绍林. 对外汉语教材练习编写的思考 [J]. 云南师范大学学报，2003，(3)：34 – 39.
② 金维. 发展汉语中级综合练习设置考察与分析 [D]. 锦州：渤海大学，2014.

的练习题占大多数，但其题目数量很多。①

总的来说，《汉语教程》和《会通汉语》中练习题的整体布局都是合适的，练习题的操练覆盖了语用策略、语法规则、意义等多个方面。习题中的句子、对话等与生活息息相关，与时俱进，有较强的普适性。

## 五、对教材中能愿动词的编排建议和课堂教学策略

### （一）教材编写建议

前文的统计结果表明，两套教材在编排上都存在一些亟待改进的地方。因此，笔者在考察结果收集资料的基础上，就能愿动词在编写对外汉语教学资料与教学提出几点建议。

1. 注释方面

可以用多种方法解释能愿动词，若编撰的教材是为特定的国家而编写的，则增加英语、汉语和母语三种翻译有利于达到较理想的学习效果。此外，可以按学生的不同发展阶段编写，如由用英语对汉语进行注解，过渡到中英双语并行，再逐渐到用元注释法进行注解。② 还能在释义时把文字标注和非文字形式注释组合起来运用。

2. 语法点安排方面

从学生学习效果的角度上看，一个杂乱无序的编排框架可能会对学生的学习效果产生较大的负面影响。

在语法点的编排上，编写教材的作者应在介绍语法规则时，采用规范通俗的语言，尽可能地减少学生的畏难情绪。③ 与此同时，能愿动词的语法项目应尽可能均匀分布于初级、中级、高级三个阶段，可参考能愿动词的等级，让学习者在学习新的语法点之时巩固旧知识，更好地夯实基础。

3. 练习题设计方面

设置练习题时建议既要有经典题型，也要有新颖题型，在满足实用性

---

① 尤小兵. 对外汉语教材中能愿动词的编排研究［D］. 合肥：安徽大学，2019.

② 高鸽. 对外汉语教材中的名量词编排分析——以《发展汉语》《汉语教程》两部教材为例［D］. 烟台：烟台大学，2021.

③ Martynova Alisa. 俄罗斯初级汉语综合教材分析——以《Практический курс китайского языка（实用汉语教科书）》第一册为例［D］. 济南：山东师范大学，2019.

和趣味性两个条件的基础上，调动学生的学习积极性。在要素练习中，可以适当增加选择的形式。选择题有更多解题方式和更清晰的目标导向，有利于让学习者更有意愿完成练习。在技能练习中，题目的背景及语料应尽可能与时俱进，可以适当加入中国的文化知识，拓展学生的知识面。

此外，编写者应科学把握题量。胡明扬在《对外汉语教学中词汇教学的若干问题》① 中指出，太多或太少练习题都不适宜，太少不利于巩固练习语法点，对学生学习意义不大，而太多则会增加学生的学习负担，引发学生的厌倦心理。

### （二）课堂教学策略

1. 有所侧重

目前的汉语主要依靠英语作为中介语进行教学，但由于汉语能愿动词的义项比较多且关系交织复杂，所以简单的汉英对译并不能明确传达其中的含义。在汉语教学过程中，教师应循序渐进，把重点放在分析它们在语义、语法规则以及具体语境中的区别和联系，带领学生整体把握个体词语不同义项和它们之间的关联，准确辨析含义。

2. 情景法教学

教师采用情景法教学，让学习者在实际语境中进行学习。在教学活动中，教师可以选择学习者感兴趣或者与日常生活相关的例子，结合时事热点或者学生的文化背景，创设情境让其练习。例如：在教授“会”和“能”时，可以举例“在感恩节我们会吃火鸡”“因为疫情，我今年不能回俄罗斯”，这样既能提高课堂趣味性，也能帮助学习者把书本的语言知识转化为语言能力和交际能力。

3. 因材施教

教师应做到因材施教，针对不同的学习者采取不同的教学策略。初学者的词汇量有限，所学内容相对单一，而对于已接触过比较多能愿动词的中、高级阶段的学习者，教师可以侧重于对个别能愿动词在语义及语用层面的辨析。

---

① 胡明扬. 对外汉语教学中词汇教学的若干问题 [J]. 语言文字应用，1997（1）：12–17.

## 六、结语

教材是教和学的桥梁，优质教材可以提高教师的教学质量，令学习达到事半功倍的效果，《汉语教程》适合年龄稍长、基础较弱的人，而《会通汉语》更受到年轻人及学习力稍强的人喜爱。

本文虽对两套教材中能愿动词的编排进行了较详细的调查统计和对比分析，但由于笔者能力有限，仍有许多不足，如对能愿动词在教材中的编排情况统计不够全面，没有结合语料库等进行研究等。如今能愿动词在对外汉语教学中尚存较多值得探讨和解决的难题，望本文能为对外汉语教学实践提供有益参考，为对外汉语教学事业尽绵薄之力。

# 《当代汉语学习词典》手部动词释义探析

李　莉①　安华林②

**摘　要：**《当代汉语学习词典》是 2020 年出版的外向型汉语学习词典，目前研究较少。本文通过建立语料库、人工分词、数据统计等方法，对《当代汉语学习词典》的手部动词进行封闭式考察。本文将手部动词分为徒手类、持具类、徒手－持具类、用料类四大类，具体分为 43 个小类。通过对手部动词释义用词的词数、词性和等级进行统计分析，发现释义用词基本符合目标用户的水平。在释义结构层面，统计了单词式、短语式、句子式三种释义类型的数量，分析其释义结构，分别总结出最优的释义模式。最后，针对《当代汉语学习词典》手部动词释义的不足提出修改建议。

**关键词：**《当代汉语学习词典》；手部动词；释义用词；释义结构

《当代汉语学习词典》（以下简称《当代》）是一本外向型汉语学习词典③。现有的研究成果分为两类：一是针对词典的整体性论述，如白冰④、

---

① 李莉，女，广东海洋大学文学与新闻传播学院汉语言文学专业 2018 级本科生，华中师范大学语言学及应用语言学专业 2022 级硕士研究生。

② 安华林，男，广东海洋大学文学与新闻传播学院教授。

③ 张志毅. 当代汉语学习词典 [M]. 北京：商务印书馆，2020.

④ 白冰.《当代汉语学习词典》编纂出版实践 [J]. 出版参考，2021（9）：60 – 63；白冰. 创新　探索思考——《当代汉语学习词典》编纂出版工作总结 [J]. 辞书研究，2022（1）：26 – 39.

苏新春①、李智初②、李仕春③、仇志群④等。二是针对词典的微观研究。例如，王菲⑤从近义词辨析的角度，对比分析了《当代》等三部词典中"骗"义的近义义场；戴军明⑥考察了《当代》称呼语语用信息的呈现情况，提出了词典编纂和修订建议；张鑫⑦以《当代》下肢动词为研究对象，与其他词典进行释义对比研究；齐红飞、王东海⑧从词典编纂学角度运用传信范畴理论对副词的释义进行探索。总体看来，学界对《当代》的研究还不多。

手部动词即手部动作动词，目前研究成果较为丰硕，但从词典释义角度研究的文献数量有限。吕艳辉⑨对两本内向型汉语词典的手部动词进行了释义词语的统计及释义方式的论述，指出词典手部动词释义的问题。梁会芳⑩、叶梦⑪分别以汉语词典和英语词典的手部动词为对象，分析两者在释义方法上的异同。郭文婧⑫选取三本汉英学习词典的手部动词，基于多维释义模式理论，构建了手部动词释义的优化方案。李雪倩⑬选取内向型汉语词典和对外汉语词典的单音节持具类手部动词，对该类手部动词在两

① 苏新春. 从《当代汉语学习词典》看张志毅先生的词典学思想 [J]. 辞书研究, 2022 (1)：18－25，126.
② 李智初.《当代汉语学习词典》编纂中的10个靠拢 [J]. 鲁东大学学报（哲学社会科学版）, 2022 (1)：1－7.
③ 李仕春.《当代汉语学习词典》——融入世界辞书体系的新尝试 [J]. 鲁东大学学报（哲学社会科学版）, 2022 (2)：9－15.
④ 仇志群. 张志毅《当代汉语学习词典》编纂理念探析 [J]. 鲁东大学学报（哲学社会科学版）, 2022 (2)：1－8.
⑤ 王菲. 基于概念角色的单音节近义词辨析研究——以"坑、蒙、拐、骗"为例 [J]. 开封文化艺术职业学院学报, 2021 (10)：65－67.
⑥ 戴军明.《当代汉语学习词典》称呼语语用信息呈现研究 [J]. 长春大学学报, 2022 (3)：35－41
⑦ 张鑫.《当代汉语学习词典》下肢动词释义研究 [D]. 石家庄：河北师范大学, 2022.
⑧ 齐红飞，王东海. 同功能同模式下传信副词的系统化释义研究 [J]. 辞书研究, 2022 (6)：73－85.
⑨ 吕艳辉. 基于语料库的现代汉语手部动词研究 [D]. 济南：山东大学, 2008.
⑩ 梁会芳. 词典动词释义对比 [J]. 语文学刊, 2011 (14)：5－6.
⑪ 叶梦. 汉语词典和英语词典释义的对比研究 [D]. 长沙：中南大学, 2012.
⑫ 郭文婧. 基于多维释义模式的内向型汉英学习词典的单音节手部动词释义研究 [D]. 重庆：四川外国语大学, 2016.
⑬ 李雪倩. 对外汉语学习词典单音节持具类手部动词释义研究 [D]. 石家庄：河北师范大学, 2020.

本词典中的义项设置、释义方式等问题进行对比研究，总结手部动词释义的特点和不足，并提出修订意见。前人研究所选的词典多样，集中于对比研究，均涉及手部动词释义方式的探究，对释义用词的统计和释义结构的归纳较少。

上述可知，学界对《当代》手部动词释义的探析还很薄弱，在释义用词和释义结构方面还有很大的探索空间。因此，本文以该词典手部动词为研究对象，在界定的基础上进行分类，统计手部动词的释义用词，归纳手部动词的释义结构，进而对《当代》手部动词释义的不足提出改进建议。

## 一、手部动词的界定及分类

### （一）手部动词的界定

王婷①认为手部动词是指现代汉语中需要用手参与才能完成的具体动作动词，这里的手泛指手指、手掌、手腕、手臂等与手有关联的身体部位。梁茜茜②根据《现代汉语词典》（第7版）中"手"的释义，认为"手"为人体上肢前端能拿东西的部分，不包含手腕、手臂以及其他与手有关联的其他身体部位。本文认为仅从意义或语法的角度定义手部动词均有含糊不清的问题，因此根据《现代汉语词典》（第7版）对"手"的定义，并结合李金兰③提出的六个语法框架：

框架1：N人 +（的）+N手 +V

框架2：V +（了/着/过）+N手

框架3：用 +N手 +V

框架4：用 +GN +V

框架5：V +一 +手部器官量词

框架6：V +C +N手

---

① 王婷. 单音节持具类手部动词初步研究 [J]. 商丘职业技术学院学报，2011（1）：82 – 83.

② 梁茜茜.《商务馆学汉语词典》与《牛津中阶英汉双解词典》（第5版）手部动作词配例对比研究 [D]. 石家庄：河北师范大学，2021：12.

③ 李金兰. 现代汉语身体动词的认知研究 [D]. 上海：华东师范大学，2006：43.

其中，"N人"表示人的名词或代词；"N手"是指手部器官的名词，根据"手"的定义，"N手"不包括手臂、手腕和与手有关的其他身体部位，所以"手臂""手腕""胳膊"等词语不进入该语法框架，能进入语法框架的主要有"手""手指""拳头""指头""手掌"等；框架4的"GN"表示工具的名词，如绳子、刀、笔等；框架5的"手部器官量词"一般有"拳""掌""巴掌"，如"打了一拳""抽了一巴掌"等；框架6的"C"是补语，如"张开（了）手""扎破（了）手指"等。

只要能进入上述六种语法形式中的一种，就可以界定为手部动词。

表1　手部动词界定表

| 框架 | 手部动词 |
|---|---|
| N人+（的）+ N手+V | 张、举、挥、招、抖、摆、拍、摸、掐、抓、指、点、打、敲、捣、动、扒（bā）、拿、握、端、托、捧、提、甩、拉、牵、拖、拽、扯、揪、触 |
| V+（了/着/过）+ N手 | 张、翘、举、挥、招、抖、摆、拍、摸、掐、抓、打、握、握手、击、松、摇、扬、动、动手、背、摊、拱、抄$^2$、放、放手、撒（sā）、插、洗 |
| 用+N手+V | 举、拍、摸、掐、扶、搀、抓、指、点、打、揍、敲、抽$^2$、拿、握、把握、端、托、捧、接、把、操、持、执、弄、摆、抽$^1$、搬、抄$^1$、传、递、交、钉、掌、划$^1$（huá）、划$^2$（huá）、挥、击、扒（pá）、掏、投掷、制作、挂、打破、打包、提、洗、涮、擦、撕、掀、掀起、揭、摘、采、捞、掏、开、打开、拆、关、掩、取、捡、拣、拾、抢、夺、堆、扔、丢、投、甩、摔、推、拉、领、牵、拖、拽、扯、揪、挤、搬、挖、蒙、扒（bā）、写、捆、编、织、推翻、给、掩、偷、操纵、逮、遮、垫、逮捕、挡、抵、搜、挑$^1$（tiāo）、编织、顶、找$^1$、找$^2$、折$^1$、支、指挥、埋、撞、遮挡、抓紧、扭、剥、搭、穿、倒（dào）、支撑、撑、抬、撒、捉、架、捕、捕捉、戴、脱、披、 |

（续上表）

| 框架 | 手部动词 |
|---|---|
| 用＋N手＋V | 按、按摩、拨、拨打、挤、捏、卡、弹、压、挪、拧（níng）、揉、团、卷、搓、刮、抹、栽、拔、攀、挂、铺、掺、夹、插、打针、搏斗、移、敲、移动、打击、砸、扑、鼓掌、投入、包装、鼓、洒、绕、盛、叠、折、翻、领、拼、糊（hū）、够、糊（hú）、播、抚、摸索、探、接触、装、扣、涂、涂抹、解、系、结、碰、攻击、关闭、换、交换、驾、驾驶、收拾、倒（dǎo）、阻挡、传递、晃、摩擦、操作、和、立、整、做、挽、塞、转 |
| 用＋GN＋V | 打、揍、敲、捣、抽²、打破、夹、绕、刺、掀起、扫、扎（zhā）、端、托、提、洗、擦、掀、摘、采、捞、掏、分、捡、拾、收、抢、买、挖、钻、写、挖掘、刨（bào）、刨（páo）、扎（zā）、题、画、雕、雕刻、刻、捆、捆绑、束、拴、套、绑、包、裹、编、织、裁、剪、切、投掷、抛、推、拖、拧（nǐng）、扒（pá）、维修、拉、牵、拽、扯、送、寄、递、交、传、挤、搬、放、搁、别²、锄、吊、耕、晾、射、下、上、绣、悬、挂、熨、炒、筛、截、标、标记、削、裁、种、伐、割、划¹（huá）、划²（huá）、开刀、砍、片、切、劈、抄¹、记、填、勾、画、描、圈、磨、研、插、刺、砸、锤、油、铲、打扫、刷、锁、引、剥、通、修、钩、搅、挂、撑、挑（tiǎo）、修改、针、绘、钉、缝、盖、粘、浇、淋、击、冲²、盛、拦、扒（bā）、拔、捕、采、刮、拆、点、够、贴、抄¹、针、撑、装、盛、糊（hú）、逮、开采、涂、抬、拦、弹、刮、密封、封、清理、射击、悬挂、阻拦、筛选、逮捕、涂抹、播种、种植、植、登记、记录、记载、签订、签署、签字、描绘、注射、打击、殴打、修理、搅拌、支撑、粘贴、阻拦、捕捉、打包、包裹、搏斗、梳、耕种、测、测量 |

（续上表）

| 框架 | 手部动词 |
|---|---|
| V＋一＋手部器官量词 | 打、拍、搂、抽²、还 |
| V＋C＋N手 | 拍、打、敲、抽²、刺、扎（zhā）、张、翘、举、挥、抖、摆、摸、掐、抓、洗、擦、揪、扯、写、剪、切、牵、拖、拽、拉、挖 |

## （二）手部动词的分类

不同学者对手部动词的分类不尽相同。李葆嘉①将手部动词分为徒手类、持具类、徒手－持具类。马春媛②从意义的角度将手部单音节词分成打击类、扔弃类、牵引类等 30 个小类。我们在前人的基础上将手部动词分为徒手类、持具类、徒手－持具类、用料类四大类，每一大类下细分各个小类。

### 表 2  手部动词的分类

| 类别 | 小类 | 词条 |
|---|---|---|
| 徒手类 | （1）操控类 | 操纵、驾驶、驾、操作 |
|  | （2）搬移类 | 搬、挪、倒（dǎo）、推①③、移、移动、转、抓② |
|  | （3）抛投类 | 扔①、扔②、丢、摔④、甩②、投①、扬、撒、播、播种、投掷 |
|  | （4）穿戴类 | 穿①、戴、脱、披、套①、扣 |

---

① 转引自李雪倩. 对外汉语学习词典单音节持具类手部词释义研究 [D]. 石家庄：河北师范大学，2020：6.

② 马春媛. 汉语"手"词群的语义范畴及隐喻认知研究 [D]. 哈尔滨：黑龙江大学，2010：7.

③ 文字后的①②表示该词在"当代"中的义项，下文同此。

(续上表)

| 类别 | 小类 | 词条 |
|---|---|---|
| 徒手类 | (5) 置放类 | 摊、铺、摆①、搁、收、堆、装①、抄²①、垫、搭、背、拱、放⑱、拼、扔③、投②、下、投入、塞、镶嵌 |
| | (6) 翻折类 | 倒 (dào)、叠、折¹、折²、翻、推翻 |
| | (7) 托举类 | 接、举、捧、托、端、抬、翘、打、把② |
| | (8) 触按类 | 按、按摩、拨打、抚、摸、摸索、探、接触、碰、摔⑥、撞、挤、捏①、卡、盖②、压、掺、动、触、点②、点③、弹②、掩、关、关闭、搓、揉①、弄、整①、动手③、掐③、拨②、弹③、指 |
| | (9) 拧捏类 | 捏②、拧 (níng)①、拧②、揉②、掐①、扭② |
| | (10) 松放类 | 张、放①、放手、松、撒 |
| | (11) 摇摆类 | 抖、摇、挥①、招、指挥、摆④、晃、甩① |
| | (12) 持拿类 | 拿、夺、抢①、抢②、偷、抽¹、领、操、把①、持、提、执、抓、揪、捉①、抓紧、握①、握②、握手、把握、搀、扶、立、扒①、捏④、架、抄¹③、攀、摘②、扭⑤ |
| | (13) 传递类 | 传、递、传递、还、给、交、换、交换、找² |
| | (14) 团卷类 | 团、卷、挽 |
| 持具类 | (1) 捆绑类 | 系、结、捆、捆绑、束、拴、套②、扎 (zā)、绑、别²、打⑲、绕、穿② |
| | (2) 扎刺类 | 插、刺、扎、注射、打针、针 |
| | (3) 悬吊类 | 吊、钩①、挂、悬挂、悬、晾 |
| | (4) 修补类 | 维修、通、修理、修、钉②、缝、上、整② |
| | (5) 粘贴类 | 粘贴、贴、糊① (hú)、粘、密封、封 |
| | (6) 切割类 | 裁、伐、割、划¹ (huá)①、剪、开刀、砍、截、片、切、削、劈、分、推② |
| | (7) 种植类 | 耕、锄、栽、种、种植、耕种、植 |

① 根据《当代》，右上方标注阿拉伯数字1、2等是指形、音相同而意义上需分别处理，下文同此。

（续上表）

| 类别 | 小类 | 词条 |
|---|---|---|
| 持具类 | （8）弹射类 | 射、射击、弹①、打⑧ |
| | （9）搅和类 | 炒、搅拌、搅、打⑱ |
| | （10）清理类 | 铲、打扫、刷①、清理、扫、梳、熨 |
| | （11）写画类 | 抄¹①、抄¹②、标、标记、记、填、写、写作、点①、登记、记录、记载、签订、签署、签字、雕、雕刻、勾①、勾②、画¹、画²、描、描绘、圈、刻、绣、题、修改、绘、涂抹② |
| | （12）挖掘类 | 挖掘、钻、刨（páo）、开采、采②、掏② |
| | （13）研磨类 | 磨、研 |
| | （14）锤打类 | 锤、捣、钉① |
| 徒手－持具类 | （1）开关类 | 拆、开、打开、锁、解、打⑳、掩②、撑② |
| | （2）敲打类 | 搏斗、打①、打④、揍、打击、打破、击、动手②、殴打、砸、抽²②、抽²③、扑、掌、攻击、拍、敲、鼓掌、鼓 |
| | （3）掏挖类 | 掏①、挖、搜、找¹、扒② |
| | （4）支撑类 | 拄、撑①、撑⑤、支撑、抵、支、顶、挑（tiǎo）① |
| | （5）挑选类 | 筛、筛选、拣、挑¹（tiāo） |
| | （6）刮擦类 | 刮①、拖、抹③、划¹（huá）②、刨（bào）、摩擦 |
| | （7）抓拿类 | 逮捕、够、盛、打⑨、打⑪、捕、捕捉、夹、捡、拾、取、捞、掏①、逮、扒（pá）、扒③、装②、拨①、捉② |
| | （8）拉扯类 | 拉①、拉②、扯①、扯②、拔、拧（nǐng）、拽、牵、引、采①、摘①、剥、撕、划²（huá）、扒④ |
| | （9）涂抹类 | 涂、涂抹①、涂抹③、抹①、糊（hū）、油、挥②、擦③、刮② |
| | （10）揭掀类 | 掀、掀起、揭①、揭② |
| | （11）遮挡类 | 埋、盖①、挡、遮①、遮②、遮挡、阻拦、阻挡、拦、蒙、掩① |
| | （12）清洗类 | 收拾、涮①、涮②、洗、擦① |
| | （13）测量类 | 测、测量 |

（续上表）

| 类别 | 小类 | 词条 |
|------|------|------|
| 用料类 | （1）制作类 | 编织、编、织①、织②、钩②、制作、打⑥、打⑧、做、包裹、包、打包、包装 |
| | （2）浇淋类 | 洒、浇、淋、冲² |

## 二、《当代》手部动词的释义用词

### （一）手部动词的释义用词统计

我们通过人工分词的方法，统计了338个手部动词的母义项和子义项，共有959个释义用词。参考安华林、曲维光①对《现代汉语词典》释义性词语的频度分级法，我们将词语分为高频词、中频词、低频词三个级别。具体如表3所示。

表3　释义用词数量及占比统计

| 词频 | 词频 | 词数 | 比例 |
|------|------|------|------|
| 高频词 | $n \geqslant 10$ | 65 | 6.78% |
| 中频词 | $1 < n < 10$ | 351 | 36.60% |
| 低频词 | $0 < n \leqslant 1$ | 543 | 56.62% |
| 合计 | | 959 | 100% |

由表3可得，词频越高，词数越少。低频词（一现词）的比例占一半以上，但一现词数量多还不能充分说明问题，我们需要进一步统计959个释义用词的等级。

---

① 安华林，曲维光.《现代汉语词典》释义性词语的统计与分级［J］. 语言文字应用，2004（1）：105－111.

通过查找《汉语水平词汇与汉字等级大纲》① （以下简称《大纲》），我们统计了低、中、高频词的词汇等级，结果如表 4 所示。

表 4　释义用词的等级数量统计

|      | 高频词 | 中频词 | 低频词 | 占比 |
| --- | --- | --- | --- | --- |
| 甲级词 | 48 | 98 | 96 | 25.23% |
| 乙级词 | 14 | 114 | 124 | 26.28% |
| 丙级词 | 3 | 52 | 86 | 14.70% |
| 丁级词 | 0 | 39 | 68 | 11.16% |
| 超纲词 | 0 | 48 | 169 | 22.63% |
| 合计 | 65 | 351 | 543 | 100% |

横向比较，《当代》手部动词释义使用甲、乙级词达到 51.51%，77.37% 释义用词控制在《大纲》范围内，还有 22.63% 是超纲词。纵向比较，低、中、高频词选用甲、乙两级词汇的数量较多，超纲词主要集中于低频词。

抽取一现词，其中初、中级词②占总释义用词的 31.91%，高级词和超纲词分别占 7.09% 和 17.62%。一现词不常用，在初、中级词的比例相对不高的情况下，超纲词占有一定比例，会整体影响释义的难度。

抽取高频词，我们发现在 65 个高频词中，数量位于前三的分别是动词、名词和介词。为避免以偏概全，我们将 959 个词按照词性进行分类，统计的结果如表 5 所示。

---

① 国家汉语水平考试委员会办公室考试中心.汉语水平词汇与汉字等级大纲［M］.北京：经济科学出版社，2001.

② 初、中级词与《大纲》的甲、乙、丙级词相对应。下文同此，余者不赘。

表5 释义用词的词性和词数统计

| 词性 | 个数 | 出现次数 |
|------|------|----------|
| 动词 | 435 | 1 305 |
| 名词 | 389 | 1 121 |
| 介词 | 15 | 437 |
| 助词 | 6 | 354 |
| 连词 | 6 | 226 |
| 形容词 | 71 | 154 |
| 副词 | 16 | 53 |
| 代词 | 13 | 75 |
| 数词 | 4 | 54 |
| 量词 | 4 | 32 |
| 合计 | 959 | 3 811 |

综合词性的个数和出现次数看，我们可以得出《当代》手部动词释义最主要使用的四类词是动词、名词、介词和助词。

既然是《当代》手部动词释义最常用的四类词，这四类词的难度会直接影响使用者的理解，因此我们分别整理了四类词的等级，结果如表6所示。

表6 四种词类所对应的等级数量和比例统计

| | 动词 | 名词 | 介词 | 助词 | 占比 |
|------|------|------|------|------|------|
| 甲级词 | 102 | 77 | 10 | 5 | 22.96% |
| 乙级词 | 120 | 89 | 5 | 1 | 25.44% |
| 丙级词 | 74 | 54 | 0 | 0 | 15.15% |
| 丁级词 | 54 | 44 | 0 | 0 | 11.60% |
| 超纲词 | 85 | 125 | 0 | 0 | 24.85% |
| 合计 | 435 | 389 | 15 | 6 | 100% |

横向比较，初、中级词共占了 63.55%，超纲词占 24.85%，各等级的词汇占比数据与总释义用词（见表 4）的情况具有一致性。纵向比较，介词、助词的选取都是简单易懂的甲级、乙级词，超纲词集中在动词和名词。

**（二）手部动词的释义用词分析**

表 3 至表 6 从微观角度分析了释义用词的等级和词性，我们从宏观角度，即词典编纂者和使用者的视角分析，可总结出三点：第一，手部动词释义用词超过一半是初级词，超纲词约占总词数的 1/4，说明词典编纂者有意识地遵循词汇控制理论①，控制释词的数量和范围。释文具有一定的可读性，基本符合外向型学习词典的编纂理念。第二，通过手部动词释义常用词类及一现词分析，初、中级词占一半以上，使用者大致可以读懂释义。部分释词会有难度，但难度不算太大。一现词的数量虽多，但有其特点和规律，如"×儿""×状""×形"。这一类词，外国学习者只要明白一个词，就可以举一反三，读懂一类词。还有一部分词超纲，但构成词的语素属于甲、乙级词范围内，如"皮肉""捆扎""叶"等。对第二语言学习者来说，这一类超纲词可以通过推测得出意思。② 剩余一部分超纲词难以通过现有的规则推测词义，但在词典中收录，需要用户进行二次查询，如"附""表明"等。可以看出，《当代》一现词并不带有随意选取的性质。第三，中、低频词中的超纲词还有进一步限制和优化的空间，具体可从动词、名词等实词上降低释义文本的难度。

## 三、《当代》手部动词释义结构

《当代》手部动词释义结构包括单词式、短语式和句子式释义。三者的释义数量如表 7 所示。

---

① 李智初. 对外汉语学习型词典释义的优化 [J]. 辞书研究, 2012（6）: 43.
② 安华林, 刘亚琼, 安妮, 等. 汉语学习词典多维研究 [M]. 广州: 暨南大学出版社, 2020: 179.

表7　释义结构类型统计

| 释义类型 | 数量 | 占比 |
|---|---|---|
| 单词式 | 86 | 14.58% |
| 短语式 | 381 | 64.58% |
| 句子式 | 123 | 20.84% |
| 合计 | 590 | 100% |

据统计，短语式释义有381条，占比64.58%，是《当代》手部动词使用最多的释义类型，远超其他两种类型之和。可知，《当代》手部动词以短语式释义为主，辅之以句子式释义。

## （一）单词式释义

1. 单词式释义类型

根据词的结构划分，86条单词式释义结构类型统计的数据如表8所示。

表8　单词式释义结构类型统计

| 词语结构类型 | | 数量 | 举例 | 占比 |
|---|---|---|---|---|
| 单纯词 | | 30 | 【扯】①拉（71）① | 34.88% |
| 合成词 | 复合式 联合型 | 40 | 【搀】搀扶（64） | 46.51% |
| | 复合式 偏正型 | 6 | 【交换】互换（295） | 6.98% |
| | 复合式 补充型 | 10 | 【移】移动（703） | 11.63% |
| 合计 | | 86 | | 100% |

由表8可得，合成词占单词式总释义数的65.12%，集中于复合式一种构词方式，并以联合型合成词为最主要的释义结构；且仅在母义项位置出现，子义项不涉及单词式释义结构。

---

① 括号内的数字指其在《当代》的页码。下文同此。

2. 单词式释义模式归纳

（1）单纯词。

单纯词释义格式主要以单音节动词释动词（26条）；其余为"V+着"（4条）。

（2）合成词。

因是手部动词释义，联合型和补充型一般是"动+动"的功能类型。偏正型量少且规律不明显。

## （二）短语式释义

1. 短语式释义句法结构类型

我们将《当代》手部动词的短语式释义分为简单短语和复杂短语两类进行统计。简单短语即结构为一层的短语，复杂短语是结构为两层及以上的短语。我们使用"二分法"切分简单短语，对于复杂短语则使用"二次切分"的方法划分结构。[①]

短语的结构类型主要有6种，统计的数据如表9所示。

表9　短语式释义句法类型

| 短语结构类型 | 一层/多层 | 释义数量 | 举例 | 占比 |
|---|---|---|---|---|
| 状中结构 | 一层 | 7 | 【抢】强行获得（470） | 54.86% |
|  | 多层 | 202 | 【扫】用扫帚等除去灰尘、垃圾等（507）<br>【勾】①用笔画出钩型符号进行标注（214）<br>【拍】用手掌或工具打（435）<br>【捏】①用拇指和别的手指配合着向内挤压或夹住（428） |  |

---

① 卢骄杰. 《现代汉语词典》动词释义模式元语言研究 ［D］. 上海：华东师范大学，2007：20.

（续上表）

| 短语结构类型 | 一层/多层 | 释义数量 | 举例 | 占比 |
|---|---|---|---|---|
| 中补结构 | 一层 | 29 | 【题】写上；签上。(582) | 14.44% |
| | 多层 | 26 | 【扒】③用手或工具拨动使分开。a）用于泥土、砖石、草木等 b）用于人群 c）用于可以闭合的东西（8） | |
| 述宾结构 | 一层 | 9 | 【系】打结（274） | 8.92% |
| | 多层 | 25 | 【捕捉】捉住人或动物（45） | |
| 兼语结构 | 一层 | 0 | | 8.66% |
| | 多层 | 33 | 【团】使东西成球形（603） | |
| 连谓结构 | 一层 | 0 | | 7.87% |
| | 多层 | 30 | 【扭】⑤抓住不放（430） | |
| 联合结构 | 一层 | 3 | 【捏】④抓或握（428） | 5.25% |
| | 多层 | 17 | 【包裹】包起来并捆扎好（18） | |
| 合计 | | 381 | | 100% |

短语式释义以多层短语为主，其中状中短语是最常用的结构类型，且一般位于母义项。因为手部动词释义需要具体说明整个动作过程，修饰动作的成分详细。其余的短语类型使用次数较为平均，但都远少于状中短语。在子义项上，则以中补短语最为常用，其他结构均涉及，但规律没有中补结构明显。

2. 短语式释义句法结构模式归纳

状中结构的一层短语只涉及"限定性因素 + V"；复杂短语的基本格式为"介 + 宾 + V/VP"，可派生出"介 + ［宾₁ + 宾₂……］+ VP""介 + 宾 + ［VP₁ + VP₂……］""介 + ［宾₁ + 宾₂……］+ ［VP₁ + VP₂……］"三种模式。其中这三种变式是手部动词释义高频出现的模式。

中补结构的使用较有规律。在母义项上，多为一层短语，有"动词 + 趋向补语"和"动词 + 结果补语"两种模式，其中"动词 + 趋向补语"

的模式最常用。在子义项上，中补短语为多层结构，固定格式为"用于 +
×"，进一步说明被释词的适用对象。

述宾结构的简单短语一般是"V + N"的模式，复杂短语可归纳为"V
+ NP""VP + NP"，宾语相对单一，都由名词或名词性短语充当。

兼语短语为复杂短语，都为使字式。学界对使字式和一般兼语式存有
争议，我们根据《现代汉语八百词》中"使"有致使、让、叫的意思，必
带兼语，书面上"使"有时直接用在动词前①，将使字结构处理为兼语短
语，可总结为"使 + N/NP + VP"或"使 + VP"的模式。

连谓结构是多项谓词性结构连用，释义时全使用复杂短语，在连谓结
构的释语中，全部使用"VP + VP"的格式解释手部动词。

联合结构的一层短语结构模式为"V + Conj + V"，复杂短语为"VP +
Conj + VP"。用"或"表示选择关系，用"并""和"表并列关系，不使
用连词表并列，并且"或"的使用次数最多。

### (三) 句子式释义

#### 1. 句子式释义句法结构类型

据统计，句子式释义共有 123 条。由于词典体例的特殊性，不以句号
区分短语式和句子式，因此，我们将主谓短语和句子处理为句子式释义。
句子式释义有单句和复句之分，二者则以逗号的个数区分，需要注意有的
复句是紧缩复句，没有逗号标志。

单句：【刺】尖的东西扎进或穿过物体。(98)

复句：【点】②刚接触物体就立刻离开。(134)

【捆】用绳子等使固定住，弄紧并打结。a) 用于人，使人的手
脚不能自由活动。b) 用于物，使东西不散开。(350)

【按摩】在人体的一定部位上按、推、捏揉等，以放松肌肉，
促进血液循环，调整神经功能。(5)

根据上述的分类标准，我们句子式释义结构做了统计，结果如表 10
所示。

---

① 吕叔湘. 现代汉语八百词（增订本）[M]. 北京：商务印书馆，1999：494.

表10　句子式释义句法结构类型

| 句型 | | | 数量 | 占比 |
|---|---|---|---|---|
| 单句 | | | 28 | 22.76% |
| 复句 | 无逗号 | 紧缩复句 | 1 | 0.81% |
| | 一个逗号 | 有固定句式 | 72 | 58.54% |
| | | 无固定句式 | 18 | 14.64% |
| | 两个逗号 | | 4 | 3.25% |
| 合计 | | | 123 | 100% |

由表10可发现《当代》手部动词的句子式释义以复句为主，共有95条，占77.24%，最常使用由两个分句组成的复句。有固定模式的复句占比最多，超过其他类型的总和。

2. 句子式释义句法结构模式归纳

子义项和母义项的句子式释义模式具有承袭关系。两者的释义固定句式为"介+宾+VP，VP（表目的/结果）""V+NP/C/V，使/让+VP"。在母义项上，前者的使用次数多于后者；在子义项上，两种模式的使用情况相差不大。总体的规律是前一分句分解具体动作的过程，后一分句是描述动作的目的或产生结果。

## 四、《当代》手部动词释义的不足及改进意见

### （一）《当代》手部动词释义的不足

在释义用词上，《当代》无法完全避免释词难度高于被释词的问题。如被释词属于《大纲》范围内，但释义用词超纲；或被释词和释义用词都在《大纲》范围内，但释词比被释词难度大。

在释义结构上，单词式释义使用单音节动词对释还是"V+着"的格式，需要进一步斟酌。短语式释义的联合结构一般不使用省略连词的方式表并列，联合结构中有1条省略了连词，缺乏一致性。在复句类型中，手部动词释义几乎不使用紧缩复句，只有1条，不具有普遍性。18条无固定

句式的释义文本中，部分句子与释义固定格式相混用。

### （二）《当代》手部动词释义的改进意见

在释义用词方面，尽量用初、中级词解释高级词或超纲词，或使用同等级的词语解释。超纲词的使用要控制数量，能更好地帮助使用者理解词义。单纯词"竹""棍""绳""叶""果"等可通过添加语素的方式修改；带"儿"的合成词可通过删除或替换的方法改为意义更加明确的单音节或双音节词等。

在释义结构方面，单词式释义中使用"V + 着"的格式，通过与其他词典释义对比，有些使用单音节同义词释义会更合适。属于短语式释义的联合结构根据意思添加连词表示并列关系。属于句子式释义的紧缩复句可拆分为有一个逗号的复句，与其他释义格式上会更加统一。在不改变意义的基础上，通过移位、替换的方式将混用固定句式的复句向固定格式靠拢。

本文通过对《当代》手部动词的定量统计和归纳分析，对手部动词进行界定、筛选、分类，分析其释义用词和释义结构的使用情况。

第一，我们从意义和语法两个角度，统计了 338 个手部动词，并将这 338 个手部动词分成徒手类、持具类、徒手 - 持具类和用料类四大类，在四大类下进一步细分为 43 小类。

第二，在释义用词方面，338 个手部动词共使用 959 个释义性词语。我们将释词分为低、中、高频词并统计等级，发现 77.37% 的释词属于《大纲》范围内，说明《当代》词典编纂者有意识地根据词典的定位控制释词的数量和范围。通过释义用词词性和等级统计，得出部分超纲词稍有难度，但总体上符合目标用户的水平。

第三，在释义结构方面，我们统计了单词式、短语式和句子式的释义数量，分析了三者的释义结构，发现了联合型合成词、状中短语和有一个逗号的复句是最优的释义结构模式。单词式释义结构首选"动 + 动"的联合型合成词。短语式释义，状中短语应根据具体的词，在三种高频的派生格式中选取；中补短语首选"动词 + 趋向补语"作为母义项的释义格式，子义项则使用"用于 + ×"的形式；连谓短语的释义最佳模式为"VP +

VP"；动宾短语应该首选"VP + NP"的格式；兼语短语的最优模式为"使 + N/NP + VP"；联合短语应首选以"或"为连接词的释义句法结构。句子式释义，释义时优先采用"介 + 宾语 + VP，让/使 + VP"的格式，其次采用"V + NP/C/V，使/让 + VP"。

  第四，在释义用词的等级、释义格式的统一性上提出了问题及改进建议。

# 汉语外来词词典编纂原则比较研究
## ——以《汉语外来词词典》《新华外来词词典》为例

陈旖旎①　裴梦苏②

**摘　要**：本文选取《汉语外来词词典》（1984 年版）与《新华外来词词典》（2019 年版）作为研究对象，综合运用对比分析法和案例分析法两种研究方法，比较两部词典在宏观结构和微观结构的编纂特点和差异。在宏观结构层面，主要抓住使用群体、收词数量与范围、词条的收录与处理原则三个角度进行对比，在微观结构层面，主要抓住收录数量、释义方式、义项排列顺序、释义内容四个角度进行对比，旨在找出两部辞书编纂原则与编纂思想上的异同，探索外来词词典近年来的发展与创新。

**关键词**：汉语外来词词典；新华外来词词典；词典编纂；编纂原则

本文的主要研究对象是《汉语外来词词典》（1984 年版）和《新华外来词词典》（2019 年版）两部外来词词典。《汉语外来词词典》由上海辞书出版社出版，刘正埮、高明凯、麦永乾和史有为四位编者花费了二十余年时间编订而成，是几十年来针对汉语外来词研究的一个总结。该词典收录了近代以来到 20 世纪七八十年代英、法、俄、德、日、梵、朝、蒙等多个国家和民族的万余条外来词，本文主要研究的是 1984 年版。《新华外来词词典》是商务印书馆于 2019 年发行的一部汉语外来词描写型词典，由史有为担任主编。该词典共收录外来语共计两万余条，具有一定的百科

---

①　陈旖旎，女，广东海洋大学文学与新闻传播学院汉语国际教育专业 2018 级本科生。
②　裴梦苏，女，广东海洋大学文学与新闻传播学院讲师。

性、知识性和研究性。① 两部词典都具有收词丰富、内容广泛、编排科学、查检方便、语源详尽、释义简明等特点。《汉语外来词词典》和《新华外来词词典》都是我国对外汉语词典编纂领域中浓墨重彩的一笔，且两部词典都有史有为先生参与主编。但二者也有很多不同之处：第一，从规模来看，《汉语外来词词典》属于小型词典，收录了万余条外来词，《新华外来词词典》属于中型词典，收录了超过 20 000 条外来词。两部词典在收词数量上存在明显差异。第二，两部词典的成书时间相差较远：《汉语外来词词典》在 20 世纪 80 年代就已成书，而《新华外来词词典》成书于 2019 年。两部词典的成书时间相差三十余年。本文力求在总结前人研究经验、借鉴前人研究成果的基础上，力求对《汉语外来词词典》和《新华外来词词典》做更全面、科学的研究。限于笔者对现有资源和自身能力的综合考虑，拟采取的研究方法有两种：第一，对比研究法。以此对《汉语外来词词典》和《新华外来词词典》两部词典的使用群体、义项的收录与处理等宏观结构和微观结构进行对比分析。第二，案例分析法。讲事实、摆道理，本文在对比两部词典之间的异同时，运用例子加以解释，做到理论与事实相结合。

## 一、《汉语外来词词典》与《新华外来词词典》宏观结构比较

### （一）使用群体比较

两部词典的凡例中都明确指出编纂词典是"为帮助读者了解汉语外来词的音义和词源，并为专家学者提供部分研究资料"。但《汉语外来词词典》由于出版时间较早，词典中收录的部分外来词在现今社会生活中已不再使用，因此，从目前来看，该词典的使用群体更多是对近代以来至 20 世纪 70 年代汉语外来词有研究需求的专家学者。《新华外来词词典》收录的外来词数量远多于《汉语外来词词典》，加之成书时间较晚，词典中既有人们日常生活中常见的普通语词，也有能作为研究资料、具有历史价值的专有名词。因此，《新华外来词词典》的使用群体中一部分是对汉语外来

---

① 商务印书馆新书介绍［J］. 古汉语研究，2020（1）：130.

词有兴趣、有查阅需要的普通群众,另一部分则是有研究需求的专家学者。

### (二) 收词数量、范围比较

一本完备的现代汉语外来词词典,要满足读者阅读现代汉语文献时查阅的需要,就必须尽可能全面地收录现代汉语外来词,真实反映汉语中外来词的全貌,仅从收词数量而言,显然《新华外来词词典》能从更大程度上满足读者需求。①

《汉语外来词词典》有自己的一套收词标准,在词典的凡例中明确指出,《汉语外来词词典》只收录一般的汉语外来词(包括日常生活用语和常见的专科词语),不收录人名、地名之类的专名。但由这类专名转化而成的一般汉语外来词,如"牛顿""香槟酒"等,则不受此限。过于冷僻的专科词语不予收录。《汉语外来词词典》所收的汉语外来词,只限于完全的音译词和译音加表意成分的与半译音半译意的混合词以及直接借自日语的汉字词。至于在某些场合中直接引用的外来词和所谓的意译外来词均不属于《汉语外来词词典》的收词范围,概不收录。②

《新华外来词词典》的收词范围较广,收录了包括借音词与借形词在内的古今外来词、半外来词、准外来词共13 300余条,还收录了异体词7 000余条,附编收录字母起首词2 000余条。《新华外来词词典》的外来词主要收录的是普通语词,也适当收录已进入人民群众日常生活的部分专业词(术语),酌情收录少量底层词(如嫲/奶)和外来身份尚有争议的语词(如大班、豆捞),研究性、介绍性外来词(如桃花石),以及流行已广的"伪外来词"(如BP机)。收录个别已在中国使用的日本自造汉字。其中,有处于复合词中的用字(如"扁桃腺"的"腺","鳕鱼"的"鳕")。另有一些日本自制的汉字(如姓氏用字辻、畑)则收入附编的"常见日制

---

① 陈燕. 汉语外来词词典编纂问题初探——汉语英源外来词个案研究 [C]. 福州:福建省辞书学会2003年会论文集,2003:2 – 10.

② 刘正埮,高名凯,麦永乾,等. 汉语外来词词典 [M]. 上海:上海辞书出版社,1984:8 – 9.

汉字转读表"。①

　　一方面，相较于《汉语外来词词典》，《新华外来词词典》的收录范围更广；另一方面，《汉语外来词词典》较《新华外来词词典》也存在一定不足：第一，收词不全，主要体现在漏收主词条的异体词条，如"箜篌"漏收了异体词条"坎篌"，"猩猩"漏收了异体词条"牲牲"。第二，收词词形不一致，具体表现在词典在主词条的释义后标注外来词的异形词，对异形词同样收在词典的词条序列中存在词形不一致的情况，如"骆驼"的异形词有"橐驼、馲驼、橐它、驼"，在"橐驼"的词条下收的却是"橐驼"。②

### （三）　词条的收录与处理原则

　　《汉语外来词词典》和《新华外来词词典》无论是从词条的收录角度，还是从词条的处理角度都存在异同。通常情况下，《新华外来词词典》的收录与处理原则比《汉语外来词词典》的更详尽。例如，在词目排列顺序方面，两部词典都是按照汉语拼音字母顺序排列，但《新华外来词词典》在同音字和笔画数相同时这两种情况的词目排列规则作了明确的规定。又如，在词条字体的使用方面，两部词典参照的标准文件不同。二者在对于古代文献中汉语外来词多用繁体字或异体字书写的词，假若字体变为规定正体可能引起误解的情况，则酌情保留繁体或异体。除此之外，《新华外来词词典》还规定：词目中的同音替代简化字在有碍理解或有碍对应文献时以"[　]"注出小号字繁体。

　　与此同时，也存在《汉语外来词词典》比《新华外来词词典》更详尽的地方，如在对无通用文字形式的口语词的处理上，《新华外来词词典》是根据发音记音的口语词进行记音，并在记音口语词后用小号字"[记音]"标明。《汉语外来词词典》除了选用国际音标为口语词标注出其读音，还在必要时（如部分藏语词）会附加拉丁字母的转写形式，以便读者进行语音上的对比。

---

①　史有为．新华外来词词典［M］．北京：商务印书馆，2019：16－17．
②　韩淑红．两汉非佛典外来词研究［D］．长春：吉林大学，2013：151－154．

总的来说,《汉语外来词词典》和《新华外来词词典》都具有实用性、科学性、规范性、系统性、时代性的特点。

## 二、《汉语外来词词典》与《新华外来词词典》微观结构比较

### (一) 收录数量

《汉语外来词词典》和《新华外来词词典》在给汉语外来词释义时,都只以借入当时的词义范围大小为准,即不根据外源词所包括的全部词义进行解释,一般也不介绍借入汉语后才有的引申义或比较义。义项序号用①②③……表示。

比较发现,《汉语外来词词典》和《新华外来词词典》对于同一词条在义项的收录数量方面也有不同,义项收录数量比较如表1所示。

表 1  义项收录数量比较

| 词目 | 《新华外来词词典》 | | 《汉语外来词词典》 | |
|---|---|---|---|---|
| | 数量 | 义项 | 数量 | 义项 |
| 华尔兹 | ①一种速度稍快的三拍子舞曲,也叫圆舞曲。②交际舞的一种,分快步和慢步两种 | 2 | ①一种速度稍快的三拍子舞曲,也叫圆舞曲。②交际舞的一种,分快步和慢步两种。③芭蕾基本术语,指芭蕾中 Waltz 舞的元素 | 3 |
| 福禄令 | ①原指中世纪佛罗伦萨在 1252 年发行的一种金币。②一种等于两先令的英国银币。③欧洲或南非的一种银币或金币 | 3 | 原指中世纪佛罗伦萨在 1252 年发行的一种金币。也指一种等于两先令的英国银币。又为欧洲(如荷兰等国)或南非的一种银币或金币 | 1 |

(续上表)

| 词目 | 《新华外来词词典》 | | 《汉语外来词词典》 | |
|---|---|---|---|---|
| | 数量 | 义项 | 数量 | 义项 |
| 克 | ①藏族地区的一种量器，一般可容 26 ~ 28 市斤。②藏族地区的一种衡器，1 克约重 6 ~ 8 市斤。③藏族计算耕地面积的单位，播种一棵青稞种子的土地称为一克地，约合一市亩 | 3 | ①公制重量单位，1 克等于 1/1 000 千克。②藏族地区的一种量器，一般可容 26 ~ 28 市斤。③藏族地区的一种衡器，1 克约重 6 ~ 8 市斤。④藏族计算耕地面积的单位，播种一棵青稞种子的土地称为 1 克地，约合 1 市亩 | 4 |
| 列伊 | 罗马尼亚货币单位，1 列伊等于 100 巴尼 | 1 | ①罗马尼亚货币单位，标准符号为 ROL。1ROL = 100 巴尼（bani）。②摩尔多瓦货币单位，标准符号 MDL。1MDL = 100 巴尼（bani）= 1 000 库邦（cupon） | 2 |
| 大石马 | ①有教养的人，有文化的人。②伊斯兰教徒 | 2 | 波斯语原指有教养的有文化的人。元代借入指汉语、蒙古语后，指回回（多指波斯人）有学识的伊斯兰教士 | 1 |

尽管两部词典都明确指出，在给词目释义时，一般以借入当时的词义范围大小为准，既不根据外语原词所包括的全部词义进行解释，也不把借入汉语后才有的引申义或比喻义介绍出来①，但从表 1 中我们能够直观地看到，就收录的义项来说，《新华外来词词典》一般要比《汉语外来词词典》更多、更全面。

---

① 刘正埮，高名凯，麦永乾，等. 汉语外来词词典［M］. 上海：上海辞书出版社，1984；史有为. 新华外来词词典［M］. 北京：商务印书馆，2019.

### （二）释义方式

词义的产生及演变是一个极其复杂的过程，外来词进入汉语时的初始意义是什么？词义后来的演变如何？该选用哪种释义方式？词典的释义方式多种多样，一般采用的是定义式和对释式两种。为了让读者掌握每个词目，在词典编纂过程中，我们有必要对词的含义进行解释。释义是词典微观结构中的核心部分，是词典编纂的中心任务，是词典的生命线。经过历代词典编纂学者的研究，目前我们能熟知并运用的释义方式已有很多。部分学者对释义方式进行了更加详细的分类。① 比如：胡明扬（1982）把释义方式分为对释式和定义式两类，对释式是用一个或若干个意义与被释词意义相当的词来进行释义，主要有同义对释、反义对释、词语交叉对释、限制性同义对释四种具体方式；而定义式则主要包括逻辑定义释义及说明定义释义两种。黄建华（2001）把释义方式分为语法性释义和非语法性释义，语法性释义指的是说明词语的语法功能的方法；非语法性释义是指解释词语语义信息的方法，非语法性释义又可分为实质性释义及关联性释义两类，实质性释义又可细分为解说式释义、定义式释义、同义对释以及反义对释四类。②

词典编纂很重要的一个程序就在于词的释义，而释义的重点在于解释词义，该选择哪种方式解释词义需要根据实际需要选择。总的来说，《对外汉语词典》和《新华外来词词典》都选用了合适的释义方式，在释义方式上各具特色。

1. 《新华外来词词典》释义语言简练

从释义方式看，《汉语外来词词典》绝大部分外来词采用的释义方式是描述式和综合式。描述式就是用简明易懂的词语或句子对这个词进行说明，使读者能清楚地了解该词的意义或用法等。综合式即综合法，一般指运用并列释义、选择释义、重叠释义、准定义释义四种方式进行释义。

---

① 陈燕．汉语外来词词典编纂问题初探——汉语英源外来词个案研究［C］．福州：福建省辞书学会 2003 年会论文集，2003：2 - 10.

② 严俊月．对外汉语学习词典编纂研究［D］．南京：南京师范大学，2014：29 - 32.

《汉语外来词词典》释义方式如表2所示。

表2 《汉语外来词词典》释义方式

| 词目 | 词典释义 | 释义方式 |
|---|---|---|
| 常识 | 一般人应掌握的知识 | 描述式 |
| 明细表 | 清单;详细分类的表格 | 并列释义 |
| 成员 | 集体或家庭的组成人员 | 选择释义 |
| 蛋白质 | 天然的高分子有机化合物,由多种氨基酸组成,是构成生物活体质的最重要部分,是生命的基础 | 准定义释义 |

　　如表2所示,《汉语外来词词典》对词目进行释义时通常选用描述式、并列释义、选择释义、准定义释义四种。《汉语外来词词典》在释义中使用的话语大都力求简明扼要,描述式的好处在于它能最大程度地用简洁的语言让读者充分理解词义;综合式则为一些难释义的词提供了多样的释义方式。除了以上提及的描述式和综合式释义方式,《汉语外来词词典》也存在运用同义对释的释义方式解释词条的情况,例如:【副手】:助手。【敌视】:仇视。【现金】:现款。

　　2. 《新华外来词词典》释义方式多样

　　从释义方式看,《新华外来词词典》常用的释义方式除了描述式、综合式,还有对释式。对释式是指在给一个词语注释的时候,通常采用与被释词相同、相近或相反的词进行解释,有时候也借助语素分解的形式来解释该词。《新华外来词词典》释义方式如表3所示。

表3 《新华外来词词典》释义方式

| 词目 | 词典释义 | 释义方式 |
|---|---|---|
| 断言 | 非常肯定地下判断 | 描述式 |
| 出动 | 派遣多数人从事某一行动;许多人为某事行动起来 | 并列释义 |

（续上表）

| 词目 | 词典释义 | 释义方式 |
|---|---|---|
| 出勤 | 按规定时间到工作场所工作或外出办理业务 | 选择释义 |
| 素人 | 普通人，平常的人，非专业的人 | 重叠释义 |
| 气体 | 没有一定形状也没有一定体积、可以流动的物体 | 准定义释义 |
| 憧憬 | 向往 | 同义对释 |
| 德育 | 道德教育 | 语素分解 |

除了表3中列出的常用的释义方式，《新华外来词词典》在解释词目时还运用了反义对释，如【本土】：相对于殖民地的国土。【低级】：与"高级"相对；【高调】：与"低级"相对。通过对比表2和表3，我们可知：《新华外来词词典》运用的释义方式更多，包括了描述式、并列释义、选择释义、重叠释义、准定义释义以及对释式中的同义对释和语素分解。多种释义方式的使用能够为每一个词目选择最恰当的释义方式。

（三）义项排列顺序

作为辞书注释的最小单位，义项一般是按照一定的次序进行排列。义项的排列一般有历史顺序、逻辑顺序及频率顺序三种。历史顺序是指按照义项出现的先后顺序排列，可展示语义的发展演变过程。逻辑顺序，是"指词义发展的逻辑程序，即按本义在前，转义则按与本义的语义联系的密切程度来排列义序"。频率顺序，指将义项使用频率按照常用、次常用、罕用的顺序来排序，常用义放在前面，便于查检。① 但在实际的词典编纂过程中，许多词典编纂者除了按照这三种主要方式排列义项，还会根据每个语词的实际情况，选用最适合的义项排列方式。《汉语外来词词典》和《新华外来词词典》对于同一个词的义项顺序排列也有细微不同，义项排列顺序比较如表4所示。

① 严俊月. 对外汉语学习词典编纂研究［D］. 南京：南京师范大学，2014：25.

表4　义项排列顺序比较

| 词目 | 《汉语外来词词典》 | | 《新华外来词词典》 | |
|---|---|---|---|---|
| | 义项 | 排列原则 | 义项 | 排列原则 |
| 钦婆罗 | ① 毛毡。② 毛布。③毛制上衣。\| 又作"頗钵罗、敢曼[1]"、源梵.kambala | 按词义使用频率排列 | ①毛布。②毛毡。③毛制上衣。异敢曼[1]、頗钵罗书"钦婆罗，此云粗衣。善见云：此衣有二种：一发钦婆罗，织人发作。二毛钦婆罗，织犀牛尾作。"（《三德指归》二）源梵.kambala | 按词义历史发展顺序排列 |
| 婆罗门 | 古代印度四大种姓中第一种姓，即僧侣、祭司、贵族，现仍存于印度社会中。意为净行、清净高贵的人 | 按词义使用频率排列 | 原义为净行、清净高贵的人。后用来指古代印度四大种姓中第一种姓，即僧侣、祭司、贵族 | 按词义历史发展顺序排列 |

《汉语外来词词典》通常按词义使用频率排列义项。采用使用频率排列，就是把使用频率高的词义排在前面，使用频率低的词义排在后面，这种排列方式能充分从使用的角度出发，方便读者快速定位常用词义。

《新华外来词词典》较多按照词义历史发展顺序排列义项。这种排列原则的优点是条理非常清晰，让读者能够根据义项清楚明了地看出词义发展的历史脉络，从中看到义项之间的内在联系。缺点在于，想要查询当前的常用意义时，在义项有很多个的情况下，会很不方便。

**（四）释义内容**

《汉语外来词词典》在给所收录的词条释义时，内容一般包括：外来词的汉字书写形式；用汉语拼音字母标注的读音；释义；词源，外语原词及进一步的考证。

《新华外来词词典》所收录的词条释义内容包括：外来词的汉字书写形式；用汉语拼音字母标注的读音；释义；词源外语原词以及进一步的考证；除此之外，还有自己特有的内容：知识窗和参见词。需要特别注意的是，《汉语外来词词典》和《新华外来词词典》在释义时，一般只以借入当时的词义范围大小为准，既不根据外语原词所包括的全部词义进行解释，也不再列出借入汉语后才有的引申义或比喻义。

横向比较不难发现，《汉语外来词词典》和《新华外来词词典》在对同一个外来词进行释义时，在处理上也有些细微差别。两部词典对同一外来词的释义处理比较如表 5 所示。

表5　同一外来词的释义处理比较

| 词目 | 来源 | 义项 |
|---|---|---|
| 薄斯 | 《汉语外来词词典》 | ①机件表面凸起部，大多处在安装螺丝、销子或与其他机械件接合的地方。②轮毂。源英.boss〖＜中古英语 boce，bose 古法语 boce（法语 bosse），"隆肉，肿起部分"，与意大利语 boccia（"球，蓓蕾"）同源〗 |
| | 《新华外来词词典》 | ①机件表面凸起部分，大多处在安装螺丝、销子或与其他机械件接合的地方。②轮毂。源英.boss注＜中古英.boca，bose＜古法.boce（法语 bosse，"隆肉，肿起部分"） |
| 平假名 | 《汉语外来词词典》 | 日文的草体字母 |
| | 《新华外来词词典》 | 日本根据汉字及其偏旁的草体创制的音节型拼音字母，共48个 |

由表5的比较，我们能够直观地看到："薄斯"在《汉语外来词词典》和《新华外来词词典》中的每个义项、排列顺序一致，且两部词典都认为"薄斯"源于英语 boss，但在对词的进一步考证中，《汉语外来词词典》认为"薄斯"源于中古英语 boce，《新华外来词词典》则认为"薄斯"源于

中古英语 boca。在对"平假名"的释义中,《汉语外来词词典》简单解释为"日文的草体字母",《新华外来词词典》解释为"日本根据汉字及其偏旁的草体创制的音节型拼音字母,共 48 个",不仅说清楚了平假名的由来,还道出了其数量。通过这两个释义的比较,我们能够看出《新华外来词词典》比《汉语外来词词典》在释义方面更详尽。

## 三、结语

一部辞书既集中了那个时代的研究成果,也反映了那个时代的研究水准。汉语外来词词典是对外汉语研究的重要反映,而词典的编纂是个复杂而浩大的工程。

本文从两部词典的使用群体,收词数量、范围,词条的收录与处理,义项的收录与处理,释义五个方面展开研究。第一,在使用群体上,《汉语外来词词典》的使用群体更多是对近代以来到 20 世纪 70 年代汉语外来词有研究需求的专家学者;《新华外来词词典》的使用群体一部分是对汉语外来词有兴趣、有查阅需要的普通群众,另一部分则是有研究需求的专家学者。第二,在收词数量、范围的比较中发现,《新华外来词词典》的收录数量比《汉语外来词词典》多,收录范围比《汉语外来词词典》的范围广。第三,在词条的收录与处理上,尽管两部词典对词条的收录与处理在原则上有异同,但两部词典都具有实用性、科学性、规范性、系统性、时代性,都能根据实际情况采用适当的方式处理词条及其变体。第四,从义项的收录数量和义项的排列顺序出发,对两部词典所收词的义项进行比较,《汉语外来词词典》通常按词义的使用频率排列义项,《新华外来词词典》则更多按照词义历史发展顺序排列义项。第五,比较两部词典对于同一外来词释义存在的异同。旨在找出两部辞书编纂原则与编纂思想上的异同,探索外来词词典近年来的发展与创新。

本文通过对《汉语外来词词典》和《新华外来词词典》进行了比较研究,以期初步探究对外汉语词典编纂的异同点,但由于外来词词典编纂涉及方方面面,仅从五个角度无法确切研究出两部词典在编纂原则上的全部异同。本文对这两部词典的比较研究还有未尽之处,只能做到大致概括,希望对汉语外来词词典研究有一定帮助。

# 中高级对外汉语文化教材练习题探究

曾惠颖①　刘连海②

**摘　要**：对外汉语文化教材的练习题编写必须遵循科学性、针对性、交际性、趣味性原则，以及具有知识与功能相结合、题目难度逐渐上升、与实际生活密切联系的特点。当前该类教材练习题编写存在题量分布不均衡、交际性题型占比不足、缺乏针对性、题目内容单调的问题。对外汉语文化教材练习题编写还应考虑题量均衡分布，保证每课题量相对稳定的标准。在文化教材练习题型的编写设置上，应增强题目的交际性，注重对交际型练习题的设置，让学生的学习与实际生活相结合。在文化教材练习题目内容的编写设置上，要体现体验性和跨文化性，在保证文化练习始终处于主导地位的基础上，合理安排语言练习和文化练习的比重。

**关键词**：对外汉语；文化教材；练习题；编写建议

在对外汉语教学中，教材作为文化呈现的依托和课堂教学的依据，起着至关重要的作用；教学的要求又促进了教材的不断完善和发展。好的文化教材对教师的教学、课堂设计，学生的学习、知识的掌握，具有积极的推动作用。同时，对对外汉语教学的质量提升与发展具有不容小觑的积极作用。对外汉语文化教材练习题的单独研究样本较少，对文化教材练习题的研究基本附属于文化教材比较的研究中。王艳侠③在《对外汉语文化教材练习题研究》中认为：在题量方面练习题存在题量分布不均衡、主客观

① 曾惠颖，女，广东海洋大学文学与新闻传播学院汉语国际教育专业 2018 级本科生。
② 刘连海，男，广东海洋大学文学与新闻传播学院讲师。
③ 王艳侠．对外汉语文化教材练习题研究［D］．沈阳：沈阳师范大学，2021．

题量差距大的问题；在题型方面存在编排缺乏统一性与趣味性，交际类题型缺乏的问题；在题目内容方面存在交际性、实践性不强，文化对比内容比重低，知识内容分布不均的问题。黎璇①在《对外汉语中级语言文化类教材练习研究》中提到：在题量方面分布不均且主客观差距大的问题；在题型方面存在分配差距大、没有对资源有效利用的问题；在题目内容方面存在练习题内容分布不均、在知识内容设计上差距大的问题。

在对外汉语文化教材练习题编写方面，学者们从题量、题目内容设计等方面指出了存在的问题，也提出了明确的建议。这些结论具有相似性，但没有从编写原则方面对问题进行分析与提出相应编写建议。在对外汉语文化教材编写方面，学者们认为没有统一的编写大纲，研究角度单一、研究模式固化，缺乏对文化教材练习题的编写研究和意见。关于对外汉语文化教材的研究，多为教材知识结构和内容编写的对比。对练习题的研究样本比较少，对外汉语文化教材练习题具有一定的研究空间。本文对原有研究结论进行补充，从练习题编写角度、练习题编写原则向对外汉语文化教材编写提出编写建议，提升教材质量。

## 一、对外汉语文化教材练习题编写原则和特点

### 1. 对外汉语文化教材练习题编写原则

由于对外汉语文化教材练习题研究的样本较少，关于教材练习题的编写建议与原则可参考的资料文献也较少。笔者认为王艳侠②在《对外汉语文化教材练习题研究》中所提观点较为科学，因而在对外汉语文化教材练习题编写原则的整理中，综合吕必松③在《试论对外汉语教学的总体设计》中提出的普遍原则：交际性原则、针对性原则、科学性原则、可行性原则，笔者整理出在教材练习题的编写原则，应注重科学性、针对性、交际性、趣味性。

---

① 黎璇. 对外汉语中级语言文化类教材练习研究 [D]. 广州：暨南大学，2017.
② 王艳侠. 对外汉语文化教材练习题研究 [D]. 沈阳：沈阳师范大学，2021.
③ 吕必松. 试论对外汉语教学的总体设计 [J]. 语言教学与研究，1986 (4)：4–18.

2. 对外汉语练习题编写的特点

对外汉语文化教材练习题的编写特点主要基于对外汉语教育特点而成。在对外汉语教育的特点基础上，与练习题特点相结合。笔者认为，王艳侠的观点较具参考性，因而本文参考王艳侠的观点对对外汉语练习题编写特点进行整理。对外汉语练习题编写主要具有知识与功能相结合、题目难度逐渐上升、与实际生活密切联系的特点。

## 二、对外汉语文化教材练习题统计与分析

本文将从题量、题型、题目内容三个角度对练习题进行统计分析。由于三本教材各具特色，本文参照王艳侠在《对外汉语文化教材练习题研究》与黎璇①在《对外汉语中级语言文化类教材练习研究》中所用统计方法与标准进行统计。

### （一）练习题题量统计与分析

练习题题量是衡量教材的重要依据，合理的题量设置才能达到练习的目的。题量的多少，不仅是衡量是否达到教学目标的基本途径，也影响着教材的编写质量以及学生的学习过程。以下将根据《中国文化》②《中国传统文化与现代生活》③《说汉语　谈文化》④ 三本教材的题量设置情况，从习题总量、主客观题、题量分布三方面进行分析。

1. 练习题题量统计

对题量进行统计，首先要明确题量的定义。为了保证数据的统一性和准确性，本文在综合统计小题的题量单位的基础上，分类统计三本教材的主客观题。具体统计标准如下：

（1）填空题：以完成一个句子，或一个词组记为一题。

（2）配对题：以互相配对的一组记为一个基本单位。

① 黎璇. 对外汉语中级语言文化类教材练习研究［D］. 广州：暨南大学，2017.

② 韩鉴堂. 中国文化［M］. 北京：北京语言大学出版社，2011.

③ 张英，金舒年. 中国传统文化与现代生活［M］. 北京：北京大学出版社，2003.

④ 吴晓露，程朝晖. 说语言　谈文化［M］. 北京：北京语言大学出版社，2008.

（3）排序题：以完成一篇短文或对话记为一小题。

（3）综合题型：记为两小题。

2. 三部教材练习题量统计与分析

（1）《中国文化》的相关统计。

《中国文化》的题量统计如表1所示。

表1 《中国文化》的题量统计

| 课数 | 题型 | 小题数量 | 每课题型数量 | 练习题总量 |
| --- | --- | --- | --- | --- |
| 1 | 填空 | 4 | 4 | 15 |
| | 解释词语 | 3 | | |
| | 回答问题 | 6 | | |
| | 选择 | 2 | | |
| 2 | 填空 | 5 | 4 | 13 |
| | 选择 | 2 | | |
| | 解释词语 | 2 | | |
| | 回答问题 | 4 | | |
| 3 | 填空 | 5 | 4 | 11 |
| | 选择 | 1 | | |
| | 解释词语 | 1 | | |
| | 回答问题 | 4 | | |
| 4 | 填空 | 5 | 4 | 23 |
| | 选择 | 15 | | |
| | 解释词语 | 1 | | |
| | 回答问题 | 2 | | |
| 5 | 填空 | 6 | 4 | 15 |
| | 选择 | 1 | | |
| | 解释词语 | 3 | | |
| | 回答问题 | 5 | | |

（续上表）

| 课数 | 题型 | 小题数量 | 每课题型数量 | 练习题总量 |
|---|---|---|---|---|
| 6 | 填空 | 4 | 4 | 12 |
| | 选择 | 1 | | |
| | 解释词语 | 3 | | |
| | 回答问题 | 4 | | |
| 7 | 选择 | 1 | 7 | 17 |
| | 指出造字法 | 1 | | |
| | 填空 | 5 | | |
| | 解释词语 | 3 | | |
| | 学写甲骨文 | 1 | | |
| | 回答问题 | 5 | | |
| | 写汉字 | 1 | | |
| 8 | 选择 | 1 | 4 | 11 |
| | 解释词语 | 2 | | |
| | 回答问题 | 3 | | |
| | 填空 | 5 | | |
| 9 | 填空 | 4 | 3 | 8 |
| | 选择 | 2 | | |
| | 回答问题 | 2 | | |
| 10 | 连线 | 2 | 4 | 12 |
| | 填空 | 4 | | |
| | 回答问题 | 5 | | |
| | 选择 | 1 | | |
| 11 | 填空 | 6 | 4 | 16 |
| | 解释词语 | 4 | | |
| | 连线 | 2 | | |
| | 回答问题 | 4 | | |

（续上表）

| 课数 | 题型 | 小题数量 | 每课题型数量 | 练习题总量 |
|---|---|---|---|---|
| 12 | 填空 | 5 | 4 | 22 |
| | 选择 | 2 | | |
| | 连线 | 11 | | |
| | 回答问题 | 4 | | |
| 13 | 填空 | 4 | 4 | 20 |
| | 选择 | 1 | | |
| | 解释词语 | 12 | | |
| | 回答问题 | 3 | | |
| 14 | 填空 | 5 | 4 | 11 |
| | 解释词语 | 2 | | |
| | 选择 | 1 | | |
| | 回答问题 | 3 | | |
| 15 | 选择 | 2 | 4 | 12 |
| | 回答问题 | 3 | | |
| | 填空 | 5 | | |
| | 解释词语 | 2 | | |
| 16 | 选择 | 4 | 4 | 15 |
| | 回答问题 | 3 | | |
| | 解释词语 | 3 | | |
| | 填空 | 5 | | |
| 17 | 填空 | 7 | 4 | 14 |
| | 选择 | 1 | | |
| | 解释词语 | 2 | | |
| | 回答问题 | 4 | | |

（续上表）

| 课数 | 题型 | 小题数量 | 每课题型数量 | 练习题总量 |
|---|---|---|---|---|
| 18 | 选择 | 1 | 4 | 13 |
| | 填空 | 6 | | |
| | 回答问题 | 3 | | |
| | 解释词语 | 3 | | |
| 19 | 解释词语 | 2 | 4 | 13 |
| | 填空 | 6 | | |
| | 回答问题 | 3 | | |
| | 选择 | 2 | | |
| 20 | 填空 | 5 | 5 | 14 |
| | 连线 | 2 | | |
| | 选择 | 1 | | |
| | 解释词语 | 2 | | |
| | 回答问题 | 4 | | |
| 21 | 填空 | 5 | 3 | 23 |
| | 连线 | 14 | | |
| | 回答问题 | 4 | | |
| 22 | 回答问题 | 4 | 5 | 19 |
| | 解释词语 | 2 | | |
| | 填空 | 6 | | |
| | 连线 | 6 | | |
| | 选择 | 1 | | |
| 23 | 选择 | 4 | 4 | 15 |
| | 回答问题 | 3 | | |
| | 解释词语 | 3 | | |
| | 填空 | 5 | | |

（续上表）

| 课数 | 题型 | 小题数量 | 每课题型数量 | 练习题总量 |
|------|------|----------|--------------|------------|
| 24 | 填空 | 7 | 4 | 16 |
| | 解释词语 | 2 | | |
| | 连线 | 4 | | |
| | 回答问题 | 3 | | |

　　从整体上看，每课练习题数量分布不均衡，数值之间起伏差距较大。这是因为受统计方法的影响，若将"连线题"下的小题数量忽略不计，那么课与课之间的习题总量差距不大。从数量上看，"填空题"是每一课的"常驻嘉宾"，数量在5道左右，是基础常规的习题。综上，习题数量分布不均，受连线题影响较大。

　　从主客观题型角度对《中国文化》进行分析统计，其主观题和客观题数量统计如表2所示。

表2　《中国文化》主观题和客观题数量统计

| 题类 | 题型 | 练习数量 | 总量 |
|------|------|----------|------|
| 主观题 | 解释词语 | 45 | 131 |
| | 回答问题 | 86 | |
| 客观题 | 学写甲骨文 | 1 | 217 |
| | 指出造字法 | 1 | |
| | 连线 | 61 | |
| | 写汉字 | 1 | |
| | 选择 | 28 | |
| | 填空 | 125 | |
| 总计 | | | 348 |

　　（2）《中国传统文化与现代生活》的相关统计。

　　《中国传统文化与现代生活》的题量统计如表3所示。

表3 《中国传统文化与现代生活》题量统计

| 课数 | 题型 | 小题数量 | 每课题型数量 | 练习题总量 |
|---|---|---|---|---|
| 1 | 回答问题 | 10 | 6 | 63 |
| | 名词解释 | 4 | | |
| | 讨论 | 3 | | |
| | 实践 | 2 | | |
| | 填空 | 39 | | |
| | 判断 | 5 | | |
| 2 | 回答问题 | 6 | 7 | 51 |
| | 造句 | 10 | | |
| | 讨论 | 4 | | |
| | 实践 | 2 | | |
| | 填空 | 17 | | |
| | 判断 | 6 | | |
| | 连线 | 6 | | |
| 3 | 回答问题 | 11 | 6 | 58 |
| | 造句 | 10 | | |
| | 讨论 | 2 | | |
| | 实践 | 2 | | |
| | 填空 | 27 | | |
| | 判断 | 6 | | |
| 4 | 回答问题 | 11 | 6 | 51 |
| | 造句 | 5 | | |
| | 讨论 | 4 | | |
| | 实践 | 2 | | |
| | 填空 | 24 | | |
| | 判断 | 5 | | |

（续上表）

| 课数 | 题型 | 小题数量 | 每课题型数量 | 练习题总量 |
|---|---|---|---|---|
| 5 | 回答问题 | 10 | 7 | 74 |
| | 造句 | 5 | | |
| | 讨论 | 2 | | |
| | 实践 | 3 | | |
| | 填空 | 22 | | |
| | 判断 | 20 | | |
| | 选择 | 12 | | |
| 6 | 回答问题 | 9 | 5 | 46 |
| | 讨论 | 3 | | |
| | 实践 | 2 | | |
| | 填空 | 24 | | |
| | 判断 | 8 | | |
| 7 | 回答问题 | 5 | 6 | 61 |
| | 造句 | 5 | | |
| | 讨论 | 4 | | |
| | 实践 | 3 | | |
| | 填空 | 34 | | |
| | 判断 | 10 | | |
| 8 | 回答问题 | 9 | 6 | 45 |
| | 讨论 | 3 | | |
| | 实践 | 3 | | |
| | 填空 | 17 | | |
| | 判断 | 6 | | |
| | 连线 | 7 | | |

（续上表）

| 课数 | 题型 | 小题数量 | 每课题型数量 | 练习题总量 |
|---|---|---|---|---|
| 9 | 回答问题 | 9 | 5 | 73 |
| | 名词解释 | 8 | | |
| | 讨论 | 4 | | |
| | 实践 | 4 | | |
| | 填空 | 48 | | |
| 10 | 回答问题 | 10 | 6 | 44 |
| | 名词解释 | 6 | | |
| | 讨论 | 3 | | |
| | 实践 | 2 | | |
| | 填空 | 17 | | |
| | 判断 | 6 | | |
| 11 | 回答问题 | 8 | 7 | 48 |
| | 讨论 | 3 | | |
| | 实践 | 2 | | |
| | 填空 | 10 | | |
| | 判断 | 8 | | |
| | 选择 | 7 | | |
| | 连线 | 10 | | |
| 12 | 回答问题 | 8 | 8 | 72 |
| | 造句 | 5 | | |
| | 讨论 | 4 | | |
| | 实践 | 3 | | |
| | 填空 | 10 | | |
| | 判断 | 20 | | |
| | 选择 | 10 | | |
| | 连线 | 12 | | |

（续上表）

| 课数 | 题型 | 小题数量 | 每课题型数量 | 练习题总量 |
|---|---|---|---|---|
| 13 | 回答问题 | 9 | 6 | 53 |
| | 造句 | 8 | | |
| | 讨论 | 4 | | |
| | 实践 | 2 | | |
| | 填空 | 23 | | |
| | 判断 | 7 | | |
| 14 | 回答问题 | 7 | 6 | 50 |
| | 讨论 | 3 | | |
| | 实践 | 2 | | |
| | 填空 | 12 | | |
| | 判断 | 8 | | |
| | 连线 | 18 | | |
| 15 | 回答问题 | 8 | 6 | 41 |
| | 名词解释 | 6 | | |
| | 讨论 | 4 | | |
| | 实践 | 2 | | |
| | 填空 | 13 | | |
| | 判断 | 8 | | |
| 16 | 回答问题 | 9 | 7 | 41 |
| | 名词解释 | 7 | | |
| | 造句 | 5 | | |
| | 讨论 | 4 | | |
| | 实践 | 3 | | |
| | 填空 | 6 | | |
| | 选择 | 7 | | |

（续上表）

| 课数 | 题型 | 小题数量 | 每课题型数量 | 练习题总量 |
|---|---|---|---|---|
| 17 | 回答问题 | 7 | 8 | 41 |
| | 名词解释 | 3 | | |
| | 讨论 | 4 | | |
| | 实践 | 2 | | |
| | 填空 | 8 | | |
| | 判断 | 5 | | |
| | 选择 | 5 | | |
| | 连线 | 7 | | |
| 18 | 回答问题 | 7 | 6 | 50 |
| | 名词解释 | 5 | | |
| | 讨论 | 5 | | |
| | 实践 | 1 | | |
| | 填空 | 24 | | |
| | 判断 | 8 | | |

《中国传统文化与现代生活》主观题和客观题题量统计如表4所示。

表4 《中国传统文化与现代生活》客观题和主观题题量统计

| 题类 | 题型 | 数量 | 总量 |
|---|---|---|---|
| 客观题 | 词语搭配 | 64 | 560 |
| | 填空完成词语 | 61 | |
| | 根据课文内容填空 | 93 | |
| | 判断正误 | 53 | |
| | 写出同义词或反义词 | 29 | |
| | 配对题 | 38 | |

（续上表）

| 题类 | 题型 | 数量 | 总量 |
|---|---|---|---|
| | 选择题 | 146 | |
| | 写出词语的相关词 | 7 | |
| | 根据句意写词 | 31 | |
| | 模仿词语写出类似词 | 4 | |
| | 将词语补充完整并解释 | 5 | |
| | 用课文中的词语填空 | 29 | |
| 主观题 | 造句 | 18 | 273 |
| | 回答问题 | 81 | |
| | 讨论 | 57 | |
| | 实践 | 33 | |
| | 区别词义 | 9 | |
| | 解释词语 | 42 | |
| | 解释词义并造句 | 28 | |
| | 补充词语并解释 | 5 | |
| 总计 | | | 833 |

综上，从整体上看，教材的题量庞大。从主客观题目设置的数量来看，客观题占绝大部分，与主观题形成鲜明对比。从占比情况可知，客观题约占 67%，主观题约占 33%，可见侧重于客观题的设置编排，对主观题的重视程度有待提升。

（3）《说汉语　谈文化》的相关统计。

《说汉语　谈文化》的题量统计如表 5 所示。

表5 《说汉语 谈文化》的题量统计

| 课数 | 题型 | 小题数量 | 每课题型数量 | 练习题总量 |
|---|---|---|---|---|
| 1 | 读句子 | 8 | 10 | 63 |
| | 填空 | 10 | | |
| | 找近/同义词 | 7 | | |
| | 找出用汉字构成的词 | 5 | | |
| | 连线 | 4 | | |
| | 改写句子 | 6 | | |
| | 会话练习 | 1 | | |
| | 语段表达 | 3 | | |
| | 读和说 | 13 | | |
| | 讨论 | 6 | | |
| 2 | 造句 | 8 | 9 | 56 |
| | 选择 | 5 | | |
| | 填空 | 10 | | |
| | 写反义词 | 6 | | |
| | 连线 | 4 | | |
| | 文化实践 | 3 | | |
| | 语段表达 | 2 | | |
| | 读和说 | 14 | | |
| | 讨论 | 4 | | |
| 3 | 写出用汉字构成的词 | 6 | 7 | 56 |
| | 填空 | 9 | | |
| | 连线 | 9 | | |
| | 排序 | 8 | | |
| | 语段表达 | 1 | | |
| | 读和说 | 19 | | |
| | 讨论 | 4 | | |

（续上表）

| 课数 | 题型 | 小题数量 | 每课题型数量 | 练习题总量 |
|---|---|---|---|---|
| 4 | 连线 | 12 | 7 | 53 |
| | 找同义词 | 5 | | |
| | 组词 | 5 | | |
| | 排序 | 5 | | |
| | 语段表达 | 1 | | |
| | 读和说 | 17 | | |
| | 讨论 | 8 | | |
| 5 | 猜词义 | 3 | 8 | 50 |
| | 找同义词 | 8 | | |
| | 换词 | 6 | | |
| | 填空 | 6 | | |
| | 连线 | 4 | | |
| | 语段表达 | 1 | | |
| | 读和说 | 16 | | |
| | 讨论 | 6 | | |
| 6 | 读句子 | 6 | 8 | 54 |
| | 组词 | 5 | | |
| | 写反义词 | 8 | | |
| | 加标题 | 5 | | |
| | 造句 | 6 | | |
| | 语段表达 | 1 | | |
| | 读和说 | 16 | | |
| | 讨论 | 7 | | |

（续上表）

| 课数 | 题型 | 小题数量 | 每课题型数量 | 练习题总量 |
|------|------|----------|--------------|------------|
| 7 | 读句子 | 8 | 8 | 52 |
| | 名词解释 | 6 | | |
| | 加标题 | 4 | | |
| | 造句 | 4 | | |
| | 排序 | 7 | | |
| | 语段表达 | 1 | | |
| | 读和说 | 13 | | |
| | 讨论 | 9 | | |
| 8 | 读句子 | 8 | 8 | 57 |
| | 替换词语 | 8 | | |
| | 用词语组成句子 | 4 | | |
| | 填空 | 8 | | |
| | 加标题 | 4 | | |
| | 语段表达 | 1 | | |
| | 读和说 | 16 | | |
| | 讨论 | 8 | | |
| 9 | 名词解释 | 3 | 8 | 71 |
| | 写同义词 | 5 | | |
| | 造句 | 24 | | |
| | 填空 | 10 | | |
| | 加标题 | 4 | | |
| | 语段表达 | 1 | | |
| | 读和说 | 20 | | |
| | 讨论 | 4 | | |

（续上表）

| 课数 | 题型 | 小题数量 | 每课题型数量 | 练习题总量 |
|---|---|---|---|---|
| 10 | 连线 | 4 | 8 | 54 |
| | 填空 | 14 | | |
| | 排序 | 6 | | |
| | 加标题 | 4 | | |
| | 补充句子 | 3 | | |
| | 语段表达 | 1 | | |
| | 读和说 | 17 | | |
| | 讨论 | 5 | | |

《说汉语 读文化》主观题与客观题题量统计如表6所示。

表6 《说汉语 谈文化》主观题与客观题题量统计

| 题类 | 题型 | 数量 | 总量 |
|---|---|---|---|
| 客观题 | 朗读句子 | 38 | 351 |
| | 选择填空 | 138 | |
| | 找近义词/同义词 | 42 | |
| | 组词 | 28 | |
| | 配对 | 20 | |
| | 用给出的结构改写句子 | 6 | |
| | 解释词义，选择填空 | 8 | |
| | 写出反义词 | 19 | |
| | 说出同/反义词，选填 | 8 | |
| | 配对并用词语连成短文 | 4 | |
| | 排序 | 12 | |
| | 同结构词归类 | 1 | |
| | 同义替换 | 8 | |

（续上表）

| 题类 | 题型 | 数量 | 总量 |
|---|---|---|---|
| | 用所给词语连接句子填空 | 9 | |
| | 选择填空完成句子，排序 | 8 | |
| | 将句子连成一段话 | 2 | |
| 主观题 | 用语气词进行会话练习 | 1 | 857 |
| | 语段表达 | 20 | |
| | 解释词义 | 80 | |
| | 概括段落主旨 | 66 | |
| | 造句 | 227 | |
| | 文化情境读和说 | 346 | |
| | 跨文化知识讨论 | 117 | |
| 总计 | | | 1208 |

《中国文化》《中国传统文化与现代生活》的《说汉语　读文化》主观题和客观题数量对比如表7所示。

**表7　三本教材主观题和客观题数量对比**

| 教材名称 | 客观题数量 | 主观题数量 | 总练习数量 |
|---|---|---|---|
| 《中国文化》 | 217 | 131 | 348 |
| 《中国传统文化与现代生活》 | 560 | 273 | 833 |
| 《说汉语　谈文化》 | 351 | 857 | 1208 |

综上，在三本教材编写中，题量都呈现分布不均衡、不合理的情况。过少的题量会让学生缺乏足量的练习，无法熟练掌握知识点；过多的练习会让学生产生疲惫厌倦感，从而滋生厌学情绪。合理科学的题量布置，稳定均衡的题量才能让学生达到训练的目的。

## （四）从练习题目的出发对练习题题型进行统计分析

练习在学生学习知识、掌握知识的过程中具有重要作用，不同的练习题具有不同的练习效果。关于练习的分类，学界学者众说纷纭。本文基于《中国文化》《中国传统文化与现代生活》和《说汉语　谈文化》三部教材练习题的整体情况，从机械性练习、理解性练习和交际型练习三方面对练习题内容进行统计与分析。《中国文化》《中国传统文化与现代生活》和《说汉语　读文化》的练习题型统计如表 8 所示。

表 8　《中国文化》《中国传统文化与现代生活》和《说汉语　读文化》的练习题型统计

| 教材 | 机械型练习 | 数量 | 理解型练习 | 数量 | 交际型练习 | 数量 |
|---|---|---|---|---|---|---|
| 《中国文化》 | 学写甲骨文 | 1 | 填空 | 125 | 回答问题 | 86 |
| | | | 选择 | 28 | | |
| | | | 连线 | 61 | | |
| | 写汉字 | 1 | 解释词语 | 45 | | |
| | | | 回答问题 | 86 | | |
| | | | 指出造字法 | 1 | | |
| 《中国传统文化与现代生活》 | 根据课文内容填空 | 93 | 区别词义 | 9 | 造句 | 18 |
| | | | 回答问题 | 81 | | |
| | 写出同义词或反义词 | 7 | 解释词语 | 42 | | |
| | | | 配对题 | 38 | | |
| | 写出词语的相关词 | 7 | 将词语补充完整并解释 | 5 | 讨论 | 57 |
| | | | 根据句意写词 | 31 | | |
| | 模仿词语写出类似词 | 4 | 词语搭配 | 64 | | |
| | | | 解释词义并造句 | 28 | | |
| | 填空完成词语 | 61 | 判断正误 | 53 | 实践 | 33 |
| | | | 用课文中的词语填空 | 29 | | |

（续上表）

| 教材 | 机械型练习 | 数量 | 理解型练习 | 数量 | 交际型练习 | 数量 |
|---|---|---|---|---|---|---|
| 《说汉语 谈文化》 | 朗读句子 | 38 | 文化情境读和说 | 346 | 跨文化知识讨论 | 117 |
| | | | 配对 | 20 | | |
| | 组词 | 28 | 选择填空 | 138 | 用语气词进行会话练习 | 1 |
| | | | 用给出的结构改写句子 | 6 | | |
| | 写出反义词 | 19 | 解释词义，选择填空 | 8 | 语段表达 | 20 |
| | | | 说出同/反义词，选填 | 8 | | |
| | 找同义/反义词 | 42 | 配对并用词语连成短文 | 4 | 造句 | 227 |
| | | | 同结构词归类 | 1 | | |
| | 同义替换 | 8 | 概括段落主旨 | 15 | — | |
| | | | 用括号中的词语连成句子，选择填空 | 1 | | |
| | 根据课文内容填空 | 6 | 选择填空完成句子，排序 | 1 | | |
| | | | 将句子连成一句话 | 2 | | |
| | | | 排序 | 12 | | |
| | | | 解释词义 | 80 | | |

三部教材机械型、理解型和交际型练习分配比重如表9所示。

表9　三部教材机械型、理解型和交际型练习分配比重

| 教材 | 机械型练习 | 理解型练习 | 交际型练习 |
|---|---|---|---|
| 《中国文化》 | 0.57% | 74.72% | 24.71% |
| 《说汉语 谈文化》 | 25.0% | 58.3% | 16.7% |
| 《中国传统文化与现代生活》 | 26.3% | 57.9% | 15.8% |

综上可知，三部教材在题型的分布编排方面具有共性：理解型练习题所占比重最大。理解型练习的设置，目的在于促进学生对文章知识的理解进而掌握。可以看出三部教材的编写者着重增强学生对知识的理解而非应用。《说汉语　谈文化》和《中国传统文化与现代生活》的机械型练习占比相当，且其占比位居三者中第二，可以看出这两部教材着重学生对知识的记忆、理解。

## （五）从知识类别出发对练习题内容进行统计分析

三部教材的练习题内容具有较大差异，其中有文化知识练习，以及对语言知识和技能的训练。因此，本文选择"语言知识""兼语言和文化知识""纯文化知识"的分类标准对三本教材的练习内容进行统计，统计结果如表 10 所示。

### 表 10　三部教材练习内容统计结果

| 练习内容分类 | 《中国文化》 | | 《中国传统文化与现代生活》 | | 《说汉语　谈文化》 | |
|---|---|---|---|---|---|---|
| | 题型 | 练习目的 | 题型 | 练习目的 | 题型 | 练习目的 |
| 语言知识 | 写汉字 | 培养"写"的技能 | 选词填空 | 培养合理运用词语的能力 | 选词填空 | 培养对基础语言文字的正确运用能力 |
| | 学会甲骨文 | | 填汉字 | | 找近义词 | |
| | 造字法 | | 填名词 | | 说出用给出汉字构成的词 | |
| | 回答问题 背诵 | 培养"说"的技能 | 填动词 | | 运用所给结构改写句子 | |
| | | | 填形容词 | | 填空 | |
| | | | 填近义词 | | 通过上下文猜生词意思 | |
| | 讲故事 | | 填反义词 | | 连线 | |
| | | | 造句 | | | |
| | | | 连线 | | | |

（续上表）

| 练习内容分类 | 《中国文化》 | | 《中国传统文化与现代生活》 | | 《说汉语 谈文化》 | |
|---|---|---|---|---|---|---|
| | 题型 | 练习目的 | 题型 | 练习目的 | 题型 | 练习目的 |
| 兼语言和文化知识 | 填空 | 通过文化与语言相融合的题目，培养学生在相应语境中对语言的运用能力 | 名词解释<br>根据对话内容填空<br>根据课文内容填空 | 通过文化与语言相融合的题目，培养学生在相应语境中对语言的运用能力 | 运用语气词做会话练习<br>运用语段框架说话，表达看法<br>文化情境读和说 | 通过文化与语言相融合的题目，培养学生在相应语境中对语言的运用能力 |
| 纯文化知识 | 连线<br>解释名词<br>选择 | 增强对中国文化的理解掌握 | 根据对话内容填空<br>根据课文内容填空<br>根据课文和对话内容回答问题<br>选择<br>讨论<br>实践<br>判断 | 增强对中国文化的理解掌握 | 讨论<br>连线 | 增强对中国文化的理解掌握 |

综上，三本教材的题目内容均是语言知识占最多。《中国传统文化与现代生活》的题目内容设置交际性与针对性最强。《中国文化》和《说汉语 谈文化》侧重语言知识的练习。缺乏针对性和交际性。

## 三、对外汉语文化教材练习题存在的问题与编写建议

### （一）练习题题量存在的问题与编写建议

#### 1. 存在的问题

客观题和主观题的数量分布上不均衡，课与课之间主观题和客观题数量差距明显。《中国文化》《中国传统文化与现代生活》在题量占比皆是客观题高于主观题，《说汉语　谈文化》则是一反常态，主观题几乎是客观题的两倍。尽管主观题在答案上比客观题更具灵活性，但难度也较大。三部教材在主观题和客观题的题量设置上分布不均，在一定程度上反映了三部教材练习题量编排不均衡的问题。忽多忽少的题量违背了由浅入深的认识规律，循序渐进、由易到难是学生应遵循的科学规律。题量的不均衡布置，是编写缺乏科学性的体现。学生在学习的过程中容易受到影响，从而产生畏难心理和厌学情绪。综上，题量的编写设置缺乏科学性，没有遵循学生学习知识的客观规律，会对学生学习产生负面影响。

#### 2. 编写建议

笔者认为，在文化教材练习题量的编写设置上，注意遵循科学性原则，用适量的练习题让学生对所学内容复习巩固，达到练习目的。均衡分布题量，保证每课题量相对稳定。在保证教材整体练习题均衡分布的前提下，根据教学内容适度增减题量，防止留学生产生厌学心理。练习题应注意数量和质量相一致。学习是接受外界刺激的过程，在留学生学习中国文化时，需要通过相应练习题进行知识巩固。

### （二）练习题题型存在的问题与编写建议

#### 1. 存在的问题

题型设置不均衡，缺乏针对性是三部教材练习题存在的主要问题，三部教材出现的共性特点是理解型阅读占比最大。《中国文化》的主要问题是机械型练习题几乎没有，笔者认为，此类教材对于留学生而言难度较大。适当的机械型练习题有助于学生对知识点的记忆。完全没有机械型练习题，有可能导致学生出现"学过就忘"现象，直接跃进理解型练习题，

学生会因出现畏难情绪从而产生回避心理。《说汉语 谈文化》《中国传统文化与现代生活》的题目类型占比中，交际型练习题占比较少。

2. 编写建议

笔者认为，在文化教材练习题型的编写设置上，应增强题目的交际性，注重交际型练习题的设置，让学生的学习与实际生活做到相结合。通过知识的学习理解，运用到交际实践中，在实践中加深对中国文化的认识与了解，让中国文化常识成为内发性潜意识，从而做到个人交际能力的提高。对此，笔者提出以下建议：①注重题型设置的多样化。②均衡编排题型，保证各种题型的适量。③增强交际型题目的比重。④丰富题目类型，让练习形式多样化，增强练习题的趣味性，从而提升学生的学习积极性。

### （三）练习题内容存在的问题与编写建议

1. 存在的问题

题目内容设置以语言知识内容为重，缺乏交际性。文化教材的编写目的是让学生学习中国文化，通过文化常识的积累，提高交际水平。因而，兼顾语言和文化知识的题目练习内容，是与编写目的以及学生学习目的最后契合的练习内容。但在三部教材都存在共性问题：大部分的练习题内容是语言知识。实践题型相对应的内容主要是语言知识，学生在活动过程中，文化知识得不到学习掌握。

2. 编写建议

在文化教材练习题目内容的编写设置上，要体现体验性和跨文化性，保证文化练习始终处于主导地位的基础上，对语言练习和文化练习的比重进行合理安排。语言知识在题目内容占比最大，兼顾语言和文化知识占比最小，纯文化知识居多。笔者认为，应当增加兼顾语言知识和文化知识的练习，丰富练习形式。提升题目内容的趣味性，打破练习题即是枯燥烦琐的刻板形象，让学生在练习题训练的过程中，不仅可以掌握知识内容，对知识的学习兴趣也不断提升。提高纯文化知识内容以及兼顾语言知识和文化知识内容的比重，遵循学生学习知识的科学规律，合理编排，遵循科学性原则。

## 四、结语

本文通过对《中国文化》《中国传统文化与现代生活》《说汉语　谈文化》三部具有代表性的文化教材进行统计分析，在题量、题型、题目内容方面发现三部教材的特色及共性问题，对练习题的编写提出建议。对外汉语文化教材编写原则的完善任重而道远，但不难看出，整体在呈螺旋式上升发展。对外汉语教育事业的发展，是国家软实力提升的重要途径。在这个过程中，教材的完善对对外汉语教育事业的发展具有重要的推动作用。

# 网络用语"×狗"构式分析

马欣儿① 李玉晶②

**摘 要**：互联网时代，网络对人们的生活产生了愈发明显的影响，同时在语言方面也产生了"语言网络化"的现象，近些年语言界对网络热词进行了大量的研究。"狗"字在原本的日常用语中常常作为后缀表示某种犬类，如哈巴狗、贵宾狗等，但是随着网络用语的衍生，现在出现一系列诸如"论文狗""舔狗"等新式词汇，使得"狗"字作为词缀，其意义得到了扩充，产生了多样化的用法。本文按照网络用语"×狗"的词形、词义和语义价值的顺序逐步分析，同时结合 BCC 语料库以及当前使用人数多、较有参考价值的主流媒体上的相关语料，对网络用语"×狗"中前一部分的词性做分类讨论，并整合结果。同时分析"狗"字作为词缀的历时演变及其本身的词义性质，以此作为依据探讨网络用语"×狗"的整体语义色彩，最后根据分析阐述当前现实生活中网络用语"×狗"的具体用法。

**关键词**：×狗；构式分析；词形特点；语言现象

《说文解字》编辑部每年年末都会对当年的流行热词进行总结，如"盘他""柠檬精""打工人"等，可以发现越来越多的词汇不仅局限于普通的谐音词，还出现了全新的构词法，如今的热度词常常使用在日常生活中不多见甚至过往未曾出现过的词缀。最近，将"狗"字作为词缀的现象也变得常见，如"单身狗""论文狗"等，"狗"字也逐渐从"哈巴狗"

---

① 马欣儿，女，广东海洋大学文学与新闻传播学院汉语言文学专业 2018 级本科生。
② 李玉晶，女，广东海洋大学文学与新闻传播学院讲师。

等作为表类属的词缀演变为意义更多、色彩更丰富的构词词缀。通过相关的文献查阅可以发现，当前学界对于网络用语"×狗"的主要研究成果有：

通过中国知网进行文献查找可以发现，大多学者的关注往往集中于探讨网络用语"×狗"的具体生成原因，如李静莹、史妮君主要从认知语言学的视角来展开分析，从而得出"×狗"的生成原因，认为其主要受到隐喻理论与范畴化的影响，从而导致语义泛化，另外也通过语言的演变来侧面体现出当前社会与时代发展。

张静的观点是"×狗"的泛化属于人们求异心理与当前时代信息技术的大力发展，研究从词义与感情来对"×狗"的构词法展开研究，并从文化因素与自身、心理因素三个角度寻找"×狗"得以在社会上快速发展的原因。

夏宗平等学者认为"狗"字类词缀化现象存在一种显性趋势，是当下网民网络态度的体现，其研究中具体着眼于"×狗"中"×"的特点，结合具体的实际例子来分析"×狗"的用法，并从感情色彩方面进行探讨，找出"狗"字类词缀化的趋势与变化。

从整体角度来看，在各类核心期刊上关于流行语的研究一般旨在分析流行语的传播特点、认知机制以及对人们生活所产生的特点，目前大多文献着重于对某一个词缀的单独研究，受关注较多的有较热门的网络用语"×子""×精"等。

目前语言学的研究中，也有许多学者对"×狗"现象的类词缀化现象展开了研讨，但是尽管对该词缀化现象已经有了一系列研究，可以发现研究都集中在某一个方面，进行全面讨论的研究并不充足，因此本文结合目前语料库、主流媒体等出现的"×狗"现象，从其构词形式、感情色彩等多个方面展开研究，从而得出其具体的使用方法和语用价值，为后续该类词缀运用与研究提供一定的借鉴价值。

本文首先收集生活中运用该构词法的典型语料，对其进行整合分析，按照"×"的音节数量进行分类，并讨论总结各自的语法特点，再对研究结果进行合并，找出"×"的共性。对其在不同语言环境中的运用进行比对分析，从而得出用法的规范。

研究主要运用的方法有：①文献研究法。通过权威网站查询已有的与网络用语"×狗"以及类词缀化现象相关的文献，进行思路扩充、写法参考以及对本文进行理论支撑。②调查法。通过 BBC 语料库等权威查询网站以及微博、豆瓣等使用人数多具有普遍性的社交媒体收集于网络用语"×狗"的语料，并进行总结。③对比分析法。结合其他类词缀如"精""控"中含有的类似点进行分析，使得分析更全面。

由于本文的研究主要是针对当前网络新产生的热词，从而对"狗"字作为词缀逐渐扩大的意义展开研究，因此在下文讨论中排除将常见的表示犬类或是带有狗实际意义的"×狗"，如傻狗、小狗、哈巴狗等词，不纳入研究范围内。

而鉴于语料库中，关于网络用语"×狗"的材料数量巨大，在寻找素材的时候可能存在疏忽之处，同时笔者对与构式分析还缺乏更为全面的理解和分析，因此本文的结论会有一定的不完善性。

# 一、网络用语"×狗"的词形特点

## （一）"×"为单音节语素

"×"为单音节时，出现的词汇较少，具体有几种形式如表1所示。

表1　"×"为单音节语素的"×狗"具体搭配

| "×"的词性 | 例词 |
| --- | --- |
| 动词 | 舔狗 |
| 名词 | 颜狗 |
| 形容词 | 笨狗　懒狗　傻狗　土狗 |

在生活中常见的例子有：

1. 队报重磅消息，姆巴佩将队长袖标交给姆巴佩，球迷：像极了舔狗。（东方体育）

2. 获奖无数的神奈川大学新宿舍，简直是颜狗的天堂！（搜狐网）

3. 1982 年，31 岁的土狗颇有艺术气息，很重视充实自己的人生，并要求不断的超越。（新浪微博）

4. "啊！你们到这里来就只为了金子？""你问问我的同伴！""他们都是些笨狗，既不会叫也不会咬人。"（卡尔·麦《藏金潭夺宝》）

在收集语料的过程中，对于"土狗"这个词我们可以发现，在之前的日常生活中已经有相关的用法，通常表示"中华田园犬"，在这里"狗"字作为词缀意为"……的狗"，"土"的意义表示为本地的、当地的；但是在本文的分析中"土"的意义则是选取"不符合潮流的、落后的"义项，同时"狗"字意为"……的人"，而"土"的义项已经存在，因此在整理时，笔者认为"土狗"属于网络流行语的创新发展，而不是原本意义的引申。

通过整理语料能够发现，"×"为单音节时，"狗"字作为类词缀的现象较少，比较突出的便如上述例子。例 1 的"舔狗"格式为"动＋狗"，此时的动词"舔"意义变为形容词，两者连在一起意为"放下自尊、被人拒绝、忽视后还能继续主动贴近的人"；例 2 "颜狗"格式为"名＋狗"，名词"颜"变为形容词，连上后缀后意为"热衷于外貌好看之人的人"。而例子 3 至例 5 中网络用语"×狗"的"×"词性为形容词，此时"×"的词性并不改变，在其中依旧充当形容词，如"土狗"的"土"意为"落后的、没有文化的"；"笨狗"的"笨"意为"愚蠢的"，等等。由此可见，当网络用语"×狗"的"×"为单音节时，无论"×"的词性是动词还是名词，进入这个构词模式时词性都会转化为形容词，而加上作为后缀的"狗"字后，整个词性变为名词。同时在语义上"狗"字作为后缀的意义则是表示"……的人"，关于语义在后文继续分析。

**（二）"×"为多音节语素**

"×狗"为多音节的现象更为常见，此时"×"的词性也有形容词、动词、名词三种情况。"×"为多音节语素的网络用语"×狗"的具体搭配如表 2 所示。

表2 "×"为多音节语素的网络用语"×狗"的具体搭配

| "×"的词性 | 例词 |
|---|---|
| 动词 | 考研狗 熬夜狗 追星狗 |
| 名词 | 美剧狗 手机狗 工科狗 |
| 形容词 | 下流狗 单身狗 实力狗 |

在生活或文学作品中，常见的例子有：

1. 人人影视突然关闭，"美剧狗"集体哭晕在厕所。（中商情报网）

2. 每次想到隔壁寝室"考研狗"五点就起来，就感到有一阵考不上的阴气飘上来。（豆瓣网）

3. 信的结尾是："即使你逃得脱天主的报复，你也逃不脱人们的惩罚。你这个下流狗，魔鬼！"（莱蒙特《福地》）

例1的"美剧狗"中，"×"为名词词性，在该词语中转变为形容词，意为"热爱美剧的"；例2中的"考研狗"中"×"为动词，在词语中同样作为形容词，意为"正在考研的"；例3的"下流狗"中"×"为形容词，依旧保持原意，意为"下流的"。从以上案例可以发现，当"×"为多音节词语时，用法与"×"为单音节时的用法大致相同，无论"×"的词性如何，在进入网络用语"×狗"的模式后，"×"的词性都会变成形容词，而整个词则变为名词。

综上所述，当"狗"字作为词缀并进入网络用语"×狗"模式时，无论"×"是单音节语素还是多音节语素，"×"的词性都可以为名词、形容词或是动词，但是其意义在整个词义均会转变为形容词词性，同时"狗"字作为词缀意为"……的人"，整个构词变为名词性质，在句子中能够充当主语、宾语。

## 二、网络用语"×狗"的语义、结构特点

根据研究所设前提"排除狗作为实词意义'……狗'的词缀意义"可

以发现，"狗"字作为后缀的开端并不是始于网络流行语，在之前的日常用法中，"狗"字已经有词缀的作用。

### （一）"狗"字的词缀化现象

要探寻"狗"的使用历程，首先要从其本身的含义说起。《说文解字》中对"狗"字的解释为："孔子曰：'狗，叩也。叩气吠以守。'从犬句声。古厚切。"① 意思为通过叩气吠叫来为主人看守大门，可以发现"狗"一开始就是作为名词，指一种犬科哺乳动物，在与其他语素相结合如"小狗""狗刨"等，都是作为实词语素表示犬类或像犬类一样。随着时代的变化以及新型概念的不断增加，古汉语呈现出词义变化的趋势，而"狗"的词义则产生了扩大的趋势，由本义引申出形容词的义项"指事失意的人或者失败的事"，如《客座赘语》中"嘲事之失度、人之失意也曰狗"。随后又进一步引申为"詈词，表示该死的以及极端蔑视"，如《悲惨世界》"几个荒唐老头子，拿些银子交给狗腿子，要教克雷蒙……"以及《悲惨的戏剧》，"大安提福勒斯这狗才一定上了人家的当，把我的钱全给丢了"，在这些运用中可以发现"狗"字可以作为一种前缀使得整个词具有贬义性。

在方言中，部分方言也会将"狗"字作为词缀使用，如薛俊生②在《东北方言中"狗族"词语浅析》中，提到东北方言里有很多有关狗的方言说法，"帮狗吃食，指的是帮助坏人做坏事；狗扯羊皮，指有些人闲来无事，干一些无聊扯皮的事；狗打连环，指坏人相互勾结；狗男女，指有不正当男女关系的男女二人；狗色（sai），软弱无能的样子，难看的样子"；在客家话中，"精"表示聪明，而有了"精狗子"用来形容人很精明；湖北随州的方言中会用"臭狗狗"来表示对小孩子的亲昵称呼……能够看出，在方言中，"狗"的词义十分多变，没有固定的含义，褒贬也是不同的。

---

① 许慎．说文解字［M］．北京：中华书局，2012.
② 薛俊生．东北方言中"狗族"词语浅析［J］．作家，2014（18）：172 – 174.

### （二）"狗"的感情色彩

结合目前的网络流行语以及上述的方言和古汉语来看，"狗"字在作为语素进行组词时，并没有固定的意义，即无论是褒义、贬义还是中性，"狗"字都有相应的词缀用法。

从"狗"的引申意义"失败的事或失意的人"可以发现，"狗"字在感情上更偏于贬义，这也使得狗作为语素进行组词时，也往往用于贬义色彩。在黄红娟[①]的《"狗"的负面义及其在汉语中的生成新论》中提到，"狗"字在语言的发展中贬义有两个方面，一方面是对于品行方面，往往是形容人比较卑鄙或是道德方面不够高尚，另一方面是所处环境恶劣或是状态不够好，包含了脏、乱、差等因素。例如，生活中所说的"走狗"，便是第一层意义，表达了对于描述对象的鄙视之情，也体现出被描述的对象道德低下。而在网络用语"×狗"模式中，对于以上两种方面的意义也都有相应的表述。例如："十年前你在穿什么？做'跟风狗'还是我擅长。（百度新闻）"中的"跟风狗"一词，主要词义偏重于表述跟风，即热衷于模仿他人，而带上词缀"狗"字，则相应的语气程度也有所加深，更凸显一种表示鄙视的态度；对于第二方面，例如："作为一个熬夜狗，作息混乱，感觉和全世界都有时差怎么科学调整作息？（知乎）"中的"熬夜狗"表达的是熬夜的行为动作，同时主要想体现的是被描述对象时常处于熬夜这种状态，从而带上"狗"的状态，偏向贬义。

除了贬义外，"狗"字也时常作为褒义或中性语素出现。由于自古以来，狗是人类最亲密的朋友，因此，狗作为语素时由于人们的喜爱偏好，也会让带有"狗"字的词汇蒙上一层褒义的情感色彩，如方言中父母称呼自己的孩子为"小狗崽子"，看似在用狗来表示怒骂，实则是一种亲昵的称呼。但是在网络用语"×狗"中，一般没有将其用作褒义的现象，更多的适用于中性词汇，如"美剧狗""追星狗"，这类词往往表示热衷于某事或某物的人，如"美剧狗"表示热衷于看美剧的人等，在这种意义下，整

---

① 黄红娟．"狗"的负面义及其在汉语中的生成新论［J］．广西大学学报（哲学社会科学版），2010，32（3）：89 - 93.

个词语的意义则是偏向中性，没有褒贬的色彩。

根据上述分析能够发现，网络用语"×狗"中，狗的类词缀化现象使得整个构词也受到"狗"字的情感色彩形象，网络用语"×狗"中"狗"作为词缀表达的意义是"……的人"，主要作为中性化词语来描述，而对于一些较为不利的行为动作或是贬义状态，也可采用网络用语"×狗"的构词方式。同时，这也使得"×狗"的运用有了一定的局限，对于其具体的使用场景在下文中将进一步展开。

## 三、"×狗"的语用价值分析

### （一）"×狗"产生及流行原因

在夏宗平①的《从"××狗"的流行看"狗"的类词缀化》中讲道，"在客观世界里，狗是人类最亲密的动物朋友，在动物词汇中，'狗'无疑是使用频率最高的一个。狗的生活习性就是如果喜欢某种食物就会非常明显地表现出来，对主人示好的方式也是可以非常容易观察到，狗如果累了，伸着舌头的样子也深得主人怜爱。人们把这些特征用在自己身上很容易理解，也可以取得生动形象的效果"。这也说明狗与人的联系十分密切，并且在其他语言中也常常用狗来表示人，如"You are a lucky dog"（你真是一个幸运的人），这里便是用狗来代替人，所以也使得"×狗"的构词法产生时，其意义"……的人"更易被人们所理解和接受并在生活中广泛运用起来。

首先，"狗"十分形象。在上述"狗"字的负面意义中第二个方面，用"狗"字来形容所处环境恶劣或是状态不够好，包含了脏、乱、差等因素，这里常常是将其作为状态的描述。如"论文狗"就是长期在撰写论文的过程中，从而疲惫不堪，这是将其状态形容成像狗一样，更加突出身心的疲惫，诸如此类还有许多词，如"考研狗""上班狗"等，仅用一个词将自身状态形象地传达出来，这也使得人们更愿意并广泛地使用这种新型

---

① 夏宗平. 从"××狗"的流行看"狗"的类词缀化 [J]. 现代语文（语言研究版），2015（10）：60 - 61.

构词法。与同为类词缀的"人"字相比，这一效果就十分明显。举例来讲，在描述一项从事计算机代码方面的工作时，普通表述为"我从事的工作是码代码"，因为"×人"的用法中往往不会具体指代工作，因此用这种方法一般用"我是一个计算机人"表示自己属于计算机工作类别，而用"×狗"则可以说为"我是代码狗"。以上三句话的表面含义都是传达出说话人从事编写计算机代码的工作，但是具体探究其深层含义则可以发现普通的表述与"×人"的表述都仅仅是将说话人的是身份做一个具体的叙述，而"×狗"的表述则更多地带有中性偏向贬义的色彩，在普通叙述的基础上进一步体现了一种被代码深深"折磨"且为之努力的含义。

其次，"狗"作为一种动物，与人相比地位上较为低等，因此人们常常用"狗"字来作为一种贬义、侮辱性词汇，也产生了如"狼心狗肺""走狗"等贬义词汇。而在"×狗"中，贬义的态度相对弱化，但是主观上依旧存在一定的批判色彩。如在日常生活中，"单身的人"与"单身狗"两者用法在基础意义上相同，都表示没有对象，但是普通的用法中仅仅陈述事实，表示叙述对象的感情状况，没有附加的含义，运用"×狗"的表达方式则在陈述事实的过程中更多地凸显出说话人暗含的嘲讽以及所持的贬低态度，由此可见，"×"狗相较于普通表述能用更为简洁的话语表达出更丰富的意义。

同时，网络用语"×狗"之所以大力发展还得益于语言学中"类推"的机制影响，"×狗"意为"……的人"，其也可以看作一个偏正结构，最起初的用法是带上形容词性的"×"，如用"傻狗""笨狗"来形容人不聪明，后续的演变过程中根据类推法则逐渐将"×"的词性扩展，包括动词、名词等，同时进一步扩大了"×狗"的适用范围。

"×狗"的新式造词法产生与网络中其他相继而生的"×精""×人"一样，能够在生活中迅速传播并在交际中广泛使用，从交际者角度来看，还受到交际心理的影响。随着网络的大力发展，在生活中人们往往会选择网络热词来增添交际的趣味性以及凸显自身能够顺应时代的潮流，正如《"×精"族新词的多角度分析》在对"×精"迅速发展的分析中提到的，"×精"的使用往往是人们为了使自己的表达出现新奇的效果，从而达到与众不同的求异目的。① "×狗"的使用使得现代汉语出现新变化，也让人们的交流有了更多的选择。

### (二) 网络用语 "×狗" 的语用价值

正是由于"狗"字作为词缀，具有形象化的特点，同时与人们生活联系紧密，因而使得当网络用语"×狗"的构词法产生的词汇能够更好地引起人们的共鸣，并在生活中得以大力运用于各类场景。

举例来讲，当一个正在考研的人向他人说明自身情况时，普通的表达方式是"我最近在考研，正在努力备考"，而将这个身份带入"×狗"的结构中时，他可以改变说法为"我现在是个考研狗"，这种说法中并没有像普通表达一般在语言的表达中说明考研状态，但是听者听到"考研狗"这个称呼，就能知道其考研的过程"像狗一样累"，从而进一步领会说话者更深层次的意思。

又如，在周围都是情侣的环境中，用普通描述可以说"这里就我一个人是单身"，这句话没有任何的感情色彩，仅仅陈述了自己是单身的事实，但是当转换为"×狗"将说法变成"这里就我一个单身狗"，此时这句话便带上了自我调侃的意味，并表达出一种委屈与可怜的意味。

值得注意的地方是，"×狗"的构词受到词缀"狗"本身偏向贬义的影响，往往是中性偏向于贬义，因此"×"的选择也会有所局限。例如，当形容一个人没有对象时，往往会说其为"单身狗"，这里"单身"作为贬义色彩，蕴含一种嘲讽的意味，但是当夸情侣恩爱或是甜蜜时，却没有"情侣狗"或是"恩爱狗"的说法，因为构词法本身的偏贬义色彩，因此如果说"恩爱狗"更像是反讽意味，脱离了原本所要表达的意思。又如"熬夜狗"意为长期处于熬夜这一不良状态并受到影响的人们，可以见得这个词本身也是对于该行为的批判，但是面对早睡早起的良好习惯时，并没有"早睡狗"或是"早期狗"这一说法，由此可见，"×狗"一般用于主观上带有批判或是嘲讽的场景中。

除此之外，"×狗"的第二类用法，即表达对某一行为的热衷，如"美剧狗""手机狗"，这一类用法中"狗"字的用法有些类似于"控"，上述两

---

① 李扬. "×精"族新词的多角度分析 [J]. 汉字文化，2021 (3)：10-11.

个词也可以替换为"美剧控""手机控"等，都表达了对于"××"的热爱或是沉迷，此时的词性没有明确的褒贬之分，词语更突出的是语素"××"，是一种生活状态或是习性的反映。例如，在生活中"我很喜欢看美剧"与"我是美剧狗"对于听者来说常常理解的程度会有所差异。当用前者表达自己的爱好时，可以理解为说话人的爱好之一是看美剧或是时常看美剧；而当说话人自称美剧狗时，是一种对美剧强烈喜爱的概括，更是表达出在生活中离不开美剧的意味，换句话说可以将"美剧狗"称为"为美剧而生的人"，因此听话人在面对说话人普通的表达和"×狗"式的表达时，会对其进行不同的定位。

综上所述，网络用语"×狗"运用简单清晰的结构来表达出更为强烈的意义，使得人们的表达进一步形象化，更好地满足了自身的表达需求。

## 四、结语

"狗"字从实词逐渐虚化到后来类词缀化，在语义、语法上都产生了相应的变化，并由中性词向褒义、贬义两方面转化，而随着互联网时代的发展，网络用语"×狗"也进入了大众的视野并得到广泛运用，这个构词能够在人们生活中泛化的一个主要原因是语言作为人们进行交际的工具，其产生于人们的生活需求，因此当社会不断改变，人们的需求也在不断改变，此时语言也会发生相应变动。同时，由于语言的社会性，其很大程度上受到社会因素的影响，这也使得当前信息化时代中，网络用语能够被人们所接受并得到大力的传播。而互联网为网络用语的发展提供了更为良好的发展空间与传播渠道，在快节奏的生活状态中，人们也会采用更为简洁化、形象化的词语来表达自身的状态或是相关行为，也正是因为网络用语"×狗"在使用时，能够更形象地体现指称事物的特点，以及能够概括性地凸显说话人的意思，因此在社会的发展过程中，"×狗"的用法也得到了广泛推广，为人们所接受，其意义得到不断衍生，逐步成为一种稳定的构词现象。当然，目前"狗"字并不是完全词缀化，在运用时还未完善且没有稳定，因此在使用时也会存在特殊用法或是不规范使用，如盲目进行造词而导致的语境错误、词不达意等，因此，在后续的发展研究中，还需对该构词法进一步展开探索。

文学文化

# 论 《诗经》 中的马

张钟源①　张　莲②

　　**摘　要**：在《诗经》中，马作为重要的载体，蕴含着多种意义，在现实中主要作为家畜、用于战争、充当仪仗；马意象的文学特色从"力""美""礼"三个维度展现，"力"是对勇猛之士、有为之士和国家强盛的刻画；"美"是对人物形象美、品质美和爱情美的写照；"礼"是对等级秩序的恪守。《诗经》中的马意象对后世文学影响深远，"千里马""瘦马""病马"等成为后世文学创作的传统意象。

　　**关键词**：《诗经》；马意象；"千里马"；"瘦马"；"病马"

　　《诗经》是我国第一部诗歌总集，其内容向我们展现了西周至春秋中叶不同地方的风俗习惯以及人们的生活状态。其中，马作为人们生活中的重要工具，蕴含着多种意义。《诗经》共有48篇作品涉及马，可谓"一马当先"。马的名目众多，古人以体型、毛色等特点区分马匹种类，细致程度令人惊叹。《诗经》中的马扮演着多种角色，在交通、战争等领域都有着重要作用。在文学表现方面，"马"意象的内涵也丰富多彩，如勇士形象、有为之君形象等。现实作用和文学手法的巧妙结合，是《诗经》中"马"意象的文学特色之一。"马"意象对后世的文学创作影响深远，"千里马""瘦马""病马"意象的流传，值得深入探讨。

---

　　①　张钟源，男，广东海洋大学文学与新闻传播学院2018级本科生。
　　②　张莲，女，广东海洋大学文学与新闻传播学院讲师。

# 一、《诗经》中马的现实作用

古代，六畜是有严格排位顺序的，据《左传·昭公二十五年》所载："为六畜、五牲、三牺，以奉五味。"① 杜预在《春秋左氏经传集解》中为六畜作注曰："为六畜：马、牛、羊、鸡、犬、豕。"② 这种排序现象与马在当时社会中的现实作用紧密相关。《诗经》中，马主要在三个方面发挥重要的作用：一是作为家畜的马，二是用于战争的马，三是充当仪仗的马。

## （一）作为家畜的马

《史记》载："周孝王曰：'昔伯翳为舜主畜，畜多息，故有土，赐姓嬴。今其后世亦为朕息马，朕其分土为附庸。邑之秦。使复续嬴氏祀，号曰秦嬴。'"③ 可见，马最初是作为家畜蓄养的，其作用主要体现在狩猎、嫁娶和出行。

《周礼》云："养国子以道，乃教之六艺：一曰五礼，二曰六乐，三曰五射，四曰五驭，五曰六书，六曰九数。"④ 射术与驭术在《诗经》的狩猎中能够体现。《叔于田》中"巷无服马"和《大叔于田》中"执辔如组，两骖如舞"都描绘狩猎中马的形象，如"两骖如舞"，《诗经译注》释义："两匹旁马想像在舞。"⑤ 展现出马体态轻盈灵敏特点。《驷驖》："驷驖孔阜，六辔在手。四马既闲。"主要体现狩猎马的矫健身姿。《车攻》中说"四牡庞庞""四牡孔阜""四牡奕奕"，《吉日》中"四牡孔阜，既差我马"，都是描写周宣王狩猎时的情景。

《汉广》中"言秣其马"写的是心爱的姑娘即将出嫁，主人公用喂马的形式展现内心的不舍与祝福；《硕人》中"四牡有骄，朱幩镳镳"展现的是在迎亲场景中马的英姿、华贵；《东山》是征夫对妻子的回忆："之子

---

① 杨伯峻. 春秋左传注 [M]. 北京：中华书局，1995：1036.
② 杜预. 春秋左氏经传集解 [M]. 上海：上海人民出版社，1977：368.
③ 司马迁. 史记 [M]. 北京：中华书局，2005：1448.
④ 孙诒让. 十三经清人注疏·周礼正义 [M]. 北京：中华书局，1987：78.
⑤ 周振甫. 诗经译注 [M]. 北京：中华书局，2002：113.

于归，皇驳其马。"《诗经译注》曰："这个姑娘要出嫁，马儿有红又有黄。"① "四牡骓骓，六辔如琴"展现《车舝》中迎亲时马儿奔腾的场景。《干旄》："良马四之、良马五之、良马六之。"描绘赠予彩礼的场景。《鸳鸯》："乘马在厩，摧之秣之。"《诗经译注》释义："骑的马在马棚里，铡草来喂它。"② 诗人通过对喂马的描写，引出情感的表达。

骑乘出行是《诗经》中马的一个重要作用。《渭阳》"路车乘黄"、《白驹》"皎皎白驹，在彼空谷"和《有客》"言授之絷，以絷其马"表达了共同的情感：主人公对客人远行的关怀和挂念，托骏马祝其平安。《四牡》中"啴啴骆马"的原因是"周道倭迟"；《卷耳》"虺隤""玄黄""瘏矣"体现的也是崎岖的道路使马匹疲惫萎靡。二者都写马的疲敝。《载驰》《载驱》《山有枢》《车邻》《株林》《节南山》《裳裳者华》《角弓》《绵》和《卷阿》中提及的"马"都是作为出行之用。

## （二）用于战争的马

春秋战国时期车战兴盛，马在这个时期成为战争的重要工具。这种背景下，战马的数量成为一个国家战斗力、综合国力的重要体现。

《左传》曰："国家大事，在祀与戎。"③ 战争是国家军事力量的集中体现。《小戎》"四牡孔阜"体现战马雄壮有力、排列整齐的特点，彰显国家军事实力；反之，亦有描写战马萎靡的诗，《击鼓》："爰居爰处，爰丧其马。"《诗经译注》释义："在哪里定我的住处，在哪里失掉我的马。"④ 从走失的战马和士兵的茫然中，体现出军队的涣散萧条，是厌战和兵败的表现。

《杕杜》中的"四牡痯痯"通过描写战马的疲敝，体现对战争的反感，《采薇》反之，通过"戎车既驾，四牡业业""驾彼四牡，四牡骙骙"和"四牡翼翼"，体现军阵的威武壮阔和战争的旷日持久，主人公思念征人的反战情绪。如《盐铁论》言："今近者数千里，远者过万里，历二期。长

---

① 周振甫．诗经译注［M］．北京：中华书局，2002：220.
② 周振甫．诗经译注［M］．北京：中华书局，2002：360.
③ 杨伯峻．春秋左传注［M］．北京：中华书局，1995：1488.
④ 周振甫．诗经译注［M］．北京：中华书局，2002：44.

子不还，父母愁忧，妻子咏叹，愤懑之恨发动于心，慕思之积痛于骨髓。此《枚杜》、《采薇》之所为作也。"①

《六月》的"四牡骙骙""四牡修广"和"四牡既佶"，《桑柔》的"四牡骙骙"和《北山》的"四牡彭彭"，"四牡"频频出现，九首战争之诗中六篇有其身影，"四牡"泛指战马的数量庞大。四马一乘的车骑数量是衡量一个国家战斗力和综合国力的标准之一，故有"万乘之国""千乘之国"之别。②

### （三）充当仪仗的马

马的重要性也体现在仪仗中，作为贵族仪仗不可或缺的配置，马是贵族身份的象征。

《崧高》的"四牡蹻蹻；路车乘马"；《烝民》的"四牡业业""路车乘马"；《韩奕》的"四牡奕奕""路车乘马"；《采菽》的"路车乘马"。此四篇的共同点有二：一是"四牡"之特点，体现规模庞大；二是"路车乘马"，《诗经译注》释义："送他大车和驾马。"③君赠予臣大车骏马，彰显君王的仁慈和君臣的和谐关系。仪仗队伍的恢宏，体现君王的信任和臣子的忠诚。

《閟宫》的"龙旂承祀，六辔耳耳"展现祭祀姜嫄的仪仗。《定之方中》中"騋牝三千"的群马仪仗是国家富强的一个鲜明旗帜。《硕人》"四牡有骄"描写"硕人"出行的仪仗，是"硕人敖敖"的衬托，表现其形貌昳丽。《采芑》的"乘其四骐"、《十月之交》的"蹶维趣马"、《大明》的"驷骐彭彭"、《泮水》的"其马蹻蹻"，都是写贵族出行时的仪仗用马。

《駉》是仪仗之马诗篇中独特的一篇，它没有直接写仪仗之马，而是写饲养仪仗之马的情形。"有骊有皇，有骊有黄"是黑白马和黄白马，黑马和黄马；"有骓有駓，有骍有骐"是苍白马和黄白马，赤黄马和青黑马；

---

① 王利器. 盐铁论校注［M］. 天津：天津古籍出版社，1983：725.

② 刘泽. 文小指大，类迩义远——《诗经》马形象浅说［J］. 荆楚理工学院学报，2015，30（5）：20-27.

③ 周振甫. 诗经译注［M］. 北京：中华书局，2002：372.

"有骓有骆，有骃有雒"是青黑马和黑白马，赤黑马和黑白马；"有骃有骃，有驔有鱼"是黑白马和赤白马，脚胫长毛和眼边长毛的马。此四句体现骏马的色泽特点，极具视觉冲击感，彰显仪仗的雍容华贵。

## 二、《诗经》中马的文学特色

子曰："诗可以兴，可以观，可以群，可以怨。"① 体现兴、观、群、怨的载体正是文学意象，作者通过诸多文学手法，将所思所想寄寓在马意象当中。在"力"的刻画、"美"的描绘和"礼"的恪守三方面，马的意象蕴含着更深层次的文学意蕴。

### （一）对"力"的刻画而衍生的文学意象

"力"指的是马匹的威武雄壮，包括其速度和耐力等，由此衍生出的文学意象有勇猛之士、国力强盛、有为之士三个方面。通过分析马形象的特征，我们能够从中分析出马意象"力"的本质内涵。

1. 勇猛之士的展示

勇猛之士主要集中在狩猎诗中，展现出狩猎过程中的人物形象；《载驰》则体现巾帼不让须眉的女性勇士精神。衬托、烘托、起兴等文学手法的运用，更好地将马意象与勇士形象联系起来。

《叔于田》中："岂无服马？不如叔也。洵美且武。"对巷人服马和叔服马进行描写，借"服马"衬托叔勇猛之士的形象。《诗经鉴赏集成》中说："在这里，饮酒、服马绝不可理解为一般的饮酒作乐，这是一种诗的象征，其中所蕴含的是当时所崇拜的男性的力度与勇武。"②

《诗经》中兽类起兴的运用，多是借用兽类身上的某种特征、品质或是约定俗成的意蕴起兴，这更易于读者接受，在表达效果上则形象而具体。③《大叔于田》将《叔于田》中的"服马"能力进一步展示出来："执辔如组，两骖如舞。"以马起兴，"两骖如舞"展现马的飒爽英姿，并奠定

---

① 张燕婴. 论语译注 [M]. 北京：中华书局，2007：358.
② 周啸天. 诗经鉴赏集成 [M]. 上海：上海古籍出版社，1993：269.
③ 刘海姣. 《诗经》中的兽类研究 [D]. 西安：陕西师范大学，2018：2.

全诗洒脱恣肆的感情基调。叔的形象在对马意象的描绘中被衬托而出，正是马的起兴，让叔的勇士形象跃然纸上。

《载驰》中："载驰载驱，归唁卫侯。驱马悠悠，言至于漕。"描写夫人快马加鞭地赶到漕邑吊唁卫侯，"载驰载驱"是因为"大夫君子，无我有尤。百尔所思，不如我所之"，跃马扬鞭是因为大夫君子们无所作为。"驱马悠悠"以马比人，在马蹄翻飞、萧萧马鸣中，英迈壮烈的豪气于漫漫尘土中四溢开来，夫人虽身为巾帼，实胜丈夫。[①] 马儿的疾行狂奔的意象，体现出夫人的见识与气魄，勇士形象洒脱自然地流露而出。

2. 国力强盛的展示

国家力量是否强大，从马的数量和质量能够直观体现。具体到诗作中，群马意象、战马战车、马的种类都能够象征或衬托国家力量。

《车攻》对马的描写直接铺陈而出："四牡庞庞，驾言徂东。"《毛诗正义》载："宣王能内修政事、外攘夷狄，复文、武之境土。修车马，备器械，复会诸位于东都，因田猎而选车徒焉。"[②] 诗中又通过"四牡孔阜""四牡奕奕"描绘马群规模宏大，烘托出大国形象。《吉日》中的"四牡孔阜"勾勒出马的雄壮，烘托狩猎队伍之盛，展现国力之强。《驷驖》中"驷驖孔阜""四马既闲"，通过对马的描写，烘托君王"舍拔则获"的射术精湛，进而赞扬秦国的实力强大。

《采薇》中"戎车既驾，四牡业业"对群马强健体魄的描写，体现军队的军容肃整，以群马意象烘托出国家强盛的形象。《车邻》以"有车邻邻，有马白颠"开篇铺陈，勾勒车马之众的景象，"有马白颠"，古称"戴星马"，是极珍贵的名马之一。诗人特意描写戴星马意象，正是为了铺陈车多马壮，以此展示国家富强。

3. 有为之士的展示

"力"是以马意象的特点衬托出人物的能力。如《小戎》和《駉》，以马为媒介，展现君王明治有为。有为与无为在《北山》和《节南山》中形成鲜明对比，马意象的烘托和讽刺作用尤为明显。

---

① 洪柳. 浅论《诗经》中的马类意象 [J]. 新西部，2010（5）：97，104.

② 孔颖达. 毛诗正义 [M]. 上海：上海古籍出版社，1997：268.

《小戎》借马起兴，引出"言念君子"。"骐聊是中，骊骊是骖"通过对马群的站位的描写，凸显其整齐划一的特点，引出君子把国家治理得井井有条。《笺》曰："矜，夸大也。国人夸大其车甲之盛，有乐之意也。妇人闵其君子恩义之志也。作者叙内外之治，所以美君政教之功。"①

《驷》看似写马，实则喻人。"有骊有皇""有骓有駓""有骍有骆""有骝有騢"其中列举之马，具有强烈的视觉冲击感，这种冲击背后蕴含的内容可以理解为：一是国家实力的体现；二是国家有众多贤才。而其实质是有为之君的英明领导。《诗经直解》引朱公迁云："问国君之富，数马以对。故诗人以之颂美其君如此。"②

《节南山》以马作比，通过"驾彼四牡，四牡项领"描写骏马形象，"项领"释义为粗壮。以马的形象之美类比有才之人，与"蹙蹙靡所骋"相结合，壮硕的马却没有驰骋的地方，体现出有为之士无用武之地的无奈。《北山》中"四牡彭彭"体现出马匹不安，因为"王事傍傍"使小吏奔波劳累。马意象在诗中有两个作用：一是烘托出小吏勤奋能干的有为之士形象；二是反讽官场的不平等现象，体现出有为能吏的苦闷和不平。

### （二）对"美"的描绘而形成的文学意象

《诗经》对马的形象美、神态美都刻画得非常细致，诗篇通过以马喻人的方式象征人物的形象和品质，同时也能够象征美好爱情。马的美是载体，《诗经》通过对马意象的塑造，展现其更深层次的美感。

#### 1. 形象美的写照

形象美是通过对马外在美的描写，烘托出具体人物形象的美。对形象美的烘托，具体诗篇蕴含着不同的情感倾向，有赞扬之意，也有讽刺之意。

《硕人》："手如柔荑，肤如凝脂。领如蝤蛴，齿如瓠犀。螓首蛾眉，巧笑倩兮，美目盼兮。"将美人之风采描绘得淋漓尽致。但诗歌以"硕"

---

① 郑玄. 毛诗传笺 [M]. 北京：中华书局，2018：177.
② 陈子展. 诗经直解 [M]. 上海：上海古籍出版社，1997：318.

为题，《说文解字》释："硕，头大也。"① 硕字的本义为"头大"，其引申义可以理解为身材高大。段玉裁注："引申为凡大之称。"② "四牡有骄"体现马的雄健之姿，正合"硕"的引申之意，恰到好处地体现庄姜身材高挑的形象之美。

在体现形象之美的诗中，也包括通过形象美而表现讽刺意味的作品。《清人》运用反衬的手法，通过"驷介陶陶""驷介麃麃""驷介旁旁"，体现出战马的威风凛凛，但其结果是军溃将逃。诗中战马雄健、军队威武与现实的败绩成鲜明对比，极具讽刺意味。

2. 品质美的写照

品质之美的写照是马意象的重要作用之一，诗人将马意象与人物品质有机结合，以马之美展现君子之美。

《白驹》以白驹起兴，"皎皎白驹，食我场苗。絷之维之，以永今朝"。王先谦在《诗三家义集疏》中认为《白驹》一诗是表达"贤人远引，朋友离思"的主题。③ 马意象在此象征的是即将远行的贤人，诗的最后直接写贤人的品德就如同白玉般无瑕，而白驹意象与贤人的高洁品质恰好相得益彰。

《有駜》以马起兴。《毛诗正义》载："《有駜》，颂僖公君臣之有道也。"④ "駜彼乘黄""駜彼乘牡""駜彼乘骃"写群臣所骑的马毛色各异。各具特色的马实则象征不同才能的大臣，表现出人才济济的胜景。马意象能够从侧面烘托出僖公不拘一格纳人才的美好品质之美。

《干旄》中"彼姝者子"也能引申为贤者意象。马意象能够烘托"彼姝者子"的高洁品质。"四之""五之""六之"，马数量的增加，能够体现贤人的重要程度，同时，以良马配"彼姝者子"更能体现贤人美好高洁的品质。良马与"姝者"先后出现，以马意象烘托其品质之美。

3. 爱情美的写照

在表现爱情之美的载体中，马意象发挥着独特的作用。马的外在形象

---

① 许慎. 说文解字 [M]. 北京：中华书局，1963：88.
② 段玉裁. 说文解字注 [M]. 上海：上海古籍出版社，1981：136.
③ 王先谦. 诗三家义集疏 [M]. 北京：中华书局，1987：168.
④ 孔颖达. 毛诗正义 [M]. 上海：上海古籍出版社，1997：530.

能够象征新娘的美丽，也能够体现婚事的完美，同时表达出对新婚之人的赞许和祝福之情。

《东山》中"之子于归，皇驳其马"，鲜艳的婚马不仅烘托出婚礼的隆重热烈，也映衬出新娘的美丽，是美好爱情的写照。《仪礼》载："乘墨车，从车二乘，执烛前马。"① 在嫁娶活动中，马发挥着不可替代的作用。《车辖》之马也有相同的象征内涵，"四牡騑騑，六辔如琴"展现婚礼过程中群马的动作神态和缰绳挥舞的情景。《诗集传》曰："如琴，谓六辔调和如琴瑟也。"② 马儿阔步，缰绳如琴，营造出富有韵律美的迎亲图景。此二篇马的整体形象是和谐爱情的写照。

《汉广》中"之子于归，言秣其马"描写男子对汉水那头心爱姑娘的思念和想象。魏源在《诗古微》中解释："秣马，即婚礼亲迎御轮之礼。"③ 秣马之礼也蕴含着对新婚夫妇的祝福。《鸳鸯》中"乘马在厩，摧之秣之"亦如此，《诗经注析》说："鸳鸯匹鸟，秣马为古亲迎之礼。诗的起兴都和新婚有关。"④ 马不仅是婚俗的重要角色，也承载了见证良缘，期盼未来的意愿，是表现爱情美的重要载体。

### （三）对"礼"的恪守而产生的文学意象

《乐记》："乐者天地之和，礼者天地之序。"⑤ "礼"指的是等级秩序，《王度记》曰："天子驾六，诸侯驾五，卿驾四，大夫三，士二，庶人一。"⑥ 不同的人有着不同的礼仪规格，在《诗经》中，马很少以"单枪匹马"的数量出现，更多的则是群马意象，这就是恪守等级秩序的体现。

马意象多以双数出现，如四骐、四骊、四骆、四牡等，这是根据贵族秩序和战争需要而形成的形式，是由当时的意识形态决定的，体现出和谐、规范的等级秩序。如《采芑》中的"四骐翼翼"，《诗集传》释曰：

---

① 贾公彦. 仪礼 [M]. 北京：中华书局，1980：101.
② 朱熹. 诗集传 [M]. 北京：中华书局，2011：225.
③ 魏源. 魏源全集 [M]. 长沙：岳麓书社，2004：138.
④ 陈俊英，蒋见元. 诗经注析 [M]. 北京：中华书局，1991：328.
⑤ 阮元. 十三经注疏·礼记正义 [M]. 北京：中华书局，1980：15.
⑥ 沈约. 宋书·志·卷十八 [M]. 北京：中华书局，1974：316.

"翼翼，顺序貌。"①《六月》："比物四骊，闲之维则。"《毛诗正义》释曰："则，法也。"② 这些马意象的书写，都能够体现出对等级秩序的恪守，是和谐稳定的社会所必要的。

## 三、《诗经》中马的文学影响

马成为文学创作的对象，是后代文学创作中津津乐道的一个主题。以马作为表现对象的作品十分丰富，如《马说》《龟虽寿》《马诗》以及《瘦马行》等传世佳作，都与马有关。《诗经》中的马引出了"千里马""瘦马""病马"等意象，成为后世文学创作的传统。

### （一）"千里马"

《卷阿》："君子之车，既庶且多。君子之马，既闲且驰。"作者以车和马的庶多、闲驰，比喻人才众多。《駉》对十六种马的描述，《诗经原始》认为"喻鲁育贤之众，盖借马以比贤人君子耳"③。"既闲既驰""駉駉壮马"都是"千里"的体现，由此逐渐形成后世"千里马"意象。《离骚》："乘骐骥以驰骋兮，来吾道夫先路。"就是由《诗经》马形象所引出的"骐骥"意象，王逸注："骐骥，骏马也。以喻贤君，言乘骏马一日可致千里。"如王逸所言：《离骚》之文，依《诗》取兴，引类譬喻。"④ 从《诗经》中引申出的"千里马"形象逐渐形成。

《马说》，是"千里马"形象的集中体现。全文都以"千里马"为写作对象，暗喻人才，阐述千里马被埋没的原因，表达诗人壮志难酬的愤懑和对朝廷不识人才的失望。全文将人与马巧妙融合，看是写马，实则写人，人马合一，极具象征意义，使"千里马"的形象深入人心。

### （二）"瘦马"与"病马"

《卷耳》开创了"病马"意象，后世多以瘦马、病马寄寓对国家前途、

---

① 朱熹. 诗集传 [M]. 北京：中华书局，2011：108.
② 孔颖达. 毛诗正义 [M]. 上海：上海古籍出版社，1997：262，268，530.
③ 方玉润. 诗经原始 [M]. 北京：中华书局，1986：391.
④ 洪兴祖. 楚辞补注 [M]. 北京：中华书局，1983：167.

社会现状、人生际遇的思考。① "我马虺隤" "我马玄黄" "我马瘏矣" 体现马瘦削发病，难堪重负。因 "虺隤" "玄黄" "瘏矣" 而形成了 "病马" "瘦马" 的文学形象。

《瘦马行》曰："东郊瘦马使我伤：骨骼硉兀如堵墙" "绊皮干剥落杂泥滓，毛暗萧条连雪霜。" 杜甫此时被贬，这匹路遗病瘦之马的境遇和他此时处境有着共同之点，故借马以寄托自己的人生境遇。《杜诗镜铨》："开口先极致嗟叹形容，下再细说。张云：虽是借题写意，而写病马寂寞狼狈光景亦尽。"② 借马喻人，表达出作者悲楚凄凉的内心。

李贺《马诗·其四》："此马非凡马，房星本是星。向前敲瘦骨，犹自带铜声。" 虽是瘦马，但不甘平凡，犹自有铿锵之声，体现诗人虽境遇如 "瘦马"，但仍肯定自我，秉持乐观心态面对现实。《马诗·其六》："饥卧骨查牙，粗毛刺破花。鬃焦珠色落，发断锯长麻。" 全诗将 "病马" 形象体现得淋漓尽致，抒发诗人满腔愤懑的情绪，表达出对国家命运的担忧。

## 四、结语

由《诗经》始，马成为文学的表现对象，通过对《诗经》马形象的解读，我们能更好地理解马的价值及马意象的内涵。对《诗经》马意象的分析研究是一个不断完善的课题。而研究方向也是多角度的，分析马意象的文学意义仅是其中一个部分。《诗经》给我们带来的文学艺术上的独特体验，细细品味，我们总能从中汲取源源不断的知识。

---

① 马世年，马婷婷. 先秦诗歌马意象的建构及定型——兼论其文学史意义 [J]. 河南师范大学学报（哲学社会科学版），2009（36）：199－202.

② 杨伦. 杜诗镜铨 [M]. 上海：上海古籍出版社，1980：379.

# 论杜拉斯《情人》的蒙太奇手法

梁靖祺①　陈　剑②

**摘　要：**蒙太奇手法源自电影，也广泛运用在小说创作中。杜拉斯在其意识流小说《情人》里运用叙事蒙太奇和表现蒙太奇手法来塑造其独特美学。叙事蒙太奇包括颠倒和重复蒙太奇，主要通过回忆场景的切换和"年龄""形象"的反复，使故事在跳跃性的节奏里流动起来，形成离散又统一的叙事结构；表现蒙太奇包括心理蒙太奇和对比蒙太奇，主要通过形象的三重视角、空间内外和人物情态的对比来刻画形象和表情达意，探讨人类的情爱关系等命题。《情人》中的多种蒙太奇手法运用既彰显了小说艺术和电影艺术的相互渗透，也为后现代小说技巧如何与其他领域碰撞发展的相关研究提供了样本。

**关键词：**意识流；杜拉斯；《情人》；蒙太奇

自 20 世纪 20 年代始，意识流技巧在小说领域获得了令人不可忽视的成就，如亨利·詹姆斯、乔治·普莱、弗吉尼亚·伍尔芙等人，他们的作品专注于人物内心世界的复杂勾勒，在人物心理描写中超脱以往小说的平板格局，标志着现代小说新的流派诞生。同时，20 世纪初电影发明以来，电影艺术长足发展，和小说之间互相借鉴影响。文学与电影之间的关系愈加紧密，电影蒙太奇手法和小说意识流创作有着不可忽视的相互影响。

"蒙太奇"术语最开始在建筑领域中使用，后随着电影艺术的发展而被引用到电影创作中，成为镜头剪辑的一种特定手法。再后来，"蒙太奇"

①　梁靖祺，男，广东海洋大学文学与新闻传播学院汉语言文学专业 2018 级本科生。
②　陈剑，男，广东海洋大学文学与新闻传播学院副教授。

被用在小说创作和分析中，作为一种艺术思维逐渐渗透到各类文艺领域内。虽然"蒙太奇"这一术语不是在小说领域最先引入的，但小说和电影一样可应用蒙太奇的镜头思维，并进一步继承和拓展了蒙太奇手法。"电影蒙太奇受启于小说得以产生，而真正的小说蒙太奇又是在继承、借鉴电影蒙太奇之后，在自己原有的基础上形成的。"①

20 世纪后期，著名法国作家兼电影编导杜拉斯的意识流小说《情人》横空出世，先后获龚古尔奖和里茨—巴黎—海明威奖，被译成 40 多种文字出版。作为蜚声遐迩的意识流小说，《情人》的蒙太奇手法是支撑小说的流动叙事和表现主题的重要技巧，不过似乎这一叙事策略没有得到研究者的青睐。在国内对杜拉斯《情人》的具体研究中，相关研究数量繁多、涉猎面广。但总体而言，研究者的视野较少关注其中的蒙太奇手法。笔者尝试从蒙太奇角度对《情人》的美学价值作出新的探讨。

## 一、蒙太奇

蒙太奇来自法语"montage"的音译，属于外来词，最早是建筑领域的专有术语，表示构成和装配，后来电影艺术借鉴了这一术语，延伸为镜头的拼接或组合之义。在电影出现伊始，制作电影的人只是把它当作动态的照相技术，直到技术人员发现可以通过对胶片进行切割和化学溶解以另一种方式融合。"这样就可以把摄影机放在几个不同的位置对于一场戏从不同的距离、不同的角度拍摄。然后，再把这些镜头连接起来，于是就有了镜头的'剪接'（cutting）。镜头的这种变换连接……可以产生新的艺术效果，还可以体现创作者的思想意图，于是又出现了'剪辑'（editing）。"②由此，蒙太奇作为一种艺术手法在电影镜头里重获新生，并为现代电影美学形式构筑了确定的地基。从建筑到电影的发展，蒙太奇正式作为一门技巧进入人们的审美视野和艺术活动。

随着电影艺术的蓬勃发展，蒙太奇手法作为一种广为流传的镜头语言

---

① 王丝梦. 论小说创作中的蒙太奇手法 [J]. 山西煤炭管理干部学院学报，2011，24（4）：61 - 63.

② 相静. 蒙太奇在小说创作中的运用 [J]. 山西大同大学学报（社会科学版），2008，22（2）：48 - 49，53.

和拼接技巧在艺术领域传播开来，引起不少文学作家的关注。受电影艺术影响的作家，有意无意地将这种艺术表现方式运用在小说里，拓宽了小说的审美空间。作为作家同时也是导演的杜拉斯，对"蒙太奇"想必是相当熟稔而偏爱的。在《情人》这部小说里，读者顺着杜拉斯张弛的笔触可时刻感受到蒙太奇手法，看似随意的两个由文字架构起的场景有着电影镜头剪辑般的艺术张力，产生一加一大于二的艺术表达效果。这正如蒙太奇美学理论奠基人爱森斯坦所说："两个蒙太奇镜头的对列不是二数之和，而更像是两数之积……"① 同样，苏联电影艺术家罗姆也表示："把两个镜头连接起来有时可以产生这两个镜头本身所没有包含的第三种意义。"②

蒙太奇按功能可分为叙事蒙太奇和表现蒙太奇两大类。前一类以交代作品的故事情节和展开具体的事件为主，包括颠倒蒙太奇、交叉蒙太奇和重复蒙太奇等；后一类以加强作品的艺术表现力和情绪感染力为主，包括心理蒙太奇、对比蒙太奇和隐喻蒙太奇等。③ 杜拉斯的意识流小说《情人》主要运用了叙事蒙太奇中的颠倒和重复手法来架设剧情，凸显意识流小说叙事的流动性特征；同时运用了表现蒙太奇中的心理和对比手法来强化小说的表达效果和深化主题。这些蒙太奇手法的交错运用，使《情人》这部小说呈现出隐秘朦胧、层峦叠嶂的审美奇效，也为读者提供了杜拉斯文本创作背后的情感线索。

## 二、《情人》的叙事蒙太奇：叙事策略形成的审美时空

叙事蒙太奇是以交代情节、展示事件为主旨的一种蒙太奇类型。④ 它由美国电影大师 D. W. 格里菲斯等人首创，通常被用于切分重组叙事情节。比如著名电影《教父》里的教堂洗礼和黑帮血拼这两段同一时间、不同场景的事件，就运用了叙事蒙太奇中的交叉、平行手法，令圣洁的洗礼仪式

① 相静. 蒙太奇在小说创作中的运用 [J]. 山西大同大学学报（社会科学版），2008，22（2）：48-49，53.
② 相静. 蒙太奇在小说创作中的运用 [J]. 山西大同大学学报（社会科学版），2008，22（2）：48-49，53.
③ 许南明，富澜，崔君衍. 电影艺术词典 [M]. 北京：中国电影出版社，2005：153.
④ 许南明，富澜，崔君衍. 电影艺术词典 [M]. 北京：中国电影出版社，2005：153.

和血腥的杀人场面以奇诡夸张的方式组合在一起，在获得荒诞审美效果的同时发展故事线索。对于叙事蒙太奇的运用，电影和小说的共同核心是揭示剧情主线。两者不同之处在于小说不能带来直接的视觉审美效果，而需要通过语言和章法结构调动读者的想象力，以勾起读者的阅读兴趣，并凭借文字的技巧性铺设剧情，通过更抽象的方式完成审美时空的搭建。《情人》的小说文本便是运用了颠倒蒙太奇和重复蒙太奇体现了这几点。

### （一）颠倒蒙太奇：回忆场景的切换

颠倒蒙太奇是一种打乱结构的蒙太奇方式，先展现故事的或事件的当前状态，再介绍故事的始末，表现为事件概念上"过去"与"现在"的重新组合。① 《情人》以第一人称的"我已经老了，有一天……"开篇，描述了女主人公面容衰老时遇到了一个男人，这个男人对她说他认识她，并告诉她，相比女主人公曾经的青春面容，他更爱她现在"备受摧残的面容"②。从这句话开始，便奠定了小说回溯性的基调。在第一人称的主体叙述当中，年老的"我"所处的场景和年轻的"我"所处的场景随着剧情发展进行了跳转，打破自然的时间顺序，进行了必要的颠倒，从而引出回忆的线索——"容貌"并进入叙事节奏。同时，颠倒蒙太奇的运用使文本有了跳跃性，让读者以第一人称进行意识材料的跳转：一幕幕景象和一串串观念仿佛是意识深处不断涌现的经验，又好像是电影精心剪辑的镜头，构成了一组具有叙事逻辑的时空结构。

还有一处，女主人公描述自己十五岁半在法属殖民地交趾支那乘车上学时，着重描述了自己的衣着形象：她衣着旧的真丝裙衫，穿着一双"带镶金条的鞋"③，尤其突出的是她头上戴的帽子，那是一顶玫瑰木色的平檐男帽，带有黑色宽饰带。当一个衣着独特、个性突出的年轻女性形象跃然纸上时，杜拉斯却笔锋一转，突然描述起女主人公找到的她儿子二十岁时拍的照片：照片形容那位青年身形瘦削，"像一个乌干达白人似的"，容貌

---

① 庄涛，胡敦骅，梁冠群. 写作大辞典［M］. 北京：汉语大词典出版社，1992：235.
② 杜拉斯. 情人［M］. 王道乾，译. 上海：上海译文出版社，2018：10.
③ 杜拉斯. 情人［M］. 王道乾，译. 上海：上海译文出版社，2018：18.

里藏着笑容，那是一种在女主看来"妄尊自大"和自我嘲弄的笑容。她认为儿子是特意保存这种"流浪青年弯腰曲背的形象"的。"他喜欢这样，他喜欢这种贫穷，这种穷相，青年人瘦骨嶙峋这种怪模样。这张照片拍得与渡船上那个少女不曾拍下的照片最为相像。"① 这里杜拉斯运用了颠倒蒙太奇的手法，将完全相异的两个时空场景拼接在一起，通过叙事的中断形成视觉上的断裂感。同时，断裂出的两个形象，即年轻女主人公的形象和她的年轻的儿子的形象又统一在整个叙事环节里。这一瞬间断裂继而达成视觉上的短暂重合，一方面是意识流特征的展现，另一方面构成了某类象征，即女主人公当时那未被摄影机留下的形象在她照片中的儿子形象里得以重现，隐晦指向某种家族的、继承性的、具有创伤意味的主体形象。这一形象和杜拉斯童年在法属殖民地贫困畸形的家庭息息相关——当时，父亲患疟疾病故，母亲被骗光钱财而崩溃变得歇斯底里，大哥经常鬼混且染上烟瘾、赌瘾。这一家人也由此遭到同族白人的排斥和当地居民的排外。"在不幸的家庭中，一家人的关系也极其冷漠。充满了创伤记忆的童年生活是杜拉斯心口永远的痛，她如果不成为作家，如果不言说，恐怕永远走不出童年的阴影。"②

《情人》这里的颠倒蒙太奇起到设置悬念、补充内容的作用，强调利用各种回忆的场景材料进行调配，通过叙事的不同进度突出特定场景，模仿意识的发生机制，以引起读者想象力的滑动，营造出电影镜头般的意识流动式的阅读体验。因此，相比倒叙和插叙，颠倒蒙太奇手法概念的引入更好地阐释和发挥了意识流小说的跳跃性特性。

### （二）重复蒙太奇：年龄和形象

重复蒙太奇又称复现式蒙太奇。在蒙太奇结构中，代表一定寓意的镜头或场面在关键时刻反复出现，造成强调、对比、呼应等艺术效果，突出人物命运、性格、心理的变化，以刻画人物形象，深化主题。③ 重复蒙太

---

① 杜拉斯. 情人 [M]. 王道乾，译. 上海：上海译文出版社，2018：20.
② 全群艳. 创伤 记忆 书写——析杜拉斯的创伤叙事 [J]. 岭南师范学院学报，2018，39（5）：63 – 69.
③ 许南明，富澜，崔君衍. 电影艺术词典 [M]. 北京：中国电影出版社，2005：153.

奇近似于文学创作中的复叙或重复手法，特点是某一信息反复出现在剧情重心处。《情人》的重复蒙太奇是跟杜拉斯对词汇、语句的反复使用以及小说中场景的复现密切关联的。"杜拉斯作品的语言充满创造性及颠覆性，她挑战传统的语法和句法，与繁重凝滞的句法决裂。"① 杜拉斯所使用的句子和词汇的复现出现在不同叙事场景，这绝不仅是排比式的强调，而是具有意识流小说独有的叙事建构效果和艺术表达效果。例如，"十五岁半"在小说不同地方反复出现，每次声明了女主人公的年龄，并大多伴随"形象"的复写。以下按照王道乾译本的叙事顺序列举该信息在全文中的六次出现。

"对你说什么好呢，我那时才十五岁半。……在整个渡河过程中，那个形象一直持续着。"②

"我才十五岁半，在那个国土上，没有四季之分……"③

"我才十五岁半。就是那一次渡河。……这个形象本来也许就是在这次旅行中清晰的留下来的……"④

"才十五岁半。那时我已经敷粉了。"⑤

"才十五岁半。体形纤弱细长……"⑥

"十五岁半。在沙里地区很快就有传闻流传了。"⑦

第一段在小说开篇是年老女主人公的自述，大段描述了自己的"形象"，然后从这里转向回忆，描述了湄公河轮渡的意识回忆片段，第二次"形象"借此出现。之后相隔两行，"十五岁半"再次出现，由上一轮渡片段进一步引述女主人公十五岁半的生活环境，人物形象有了背景性的支

① 李建琪. 杜拉斯《情人》中反复修辞的翻译及文学审美的建构 [J]. 法语国家与地区研究，2021（2）：59－66，92.

② 杜拉斯. 情人 [M]. 王道乾，译. 上海：上海译文出版社，2018：11.

③ 杜拉斯. 情人 [M]. 王道乾，译. 上海：上海译文出版社，2018：11.

④ 杜拉斯. 情人 [M]. 王道乾，译. 上海：上海译文出版社，2018：16.

⑤ 杜拉斯. 情人 [M]. 王道乾，译. 上海：上海译文出版社，2018：23.

⑥ 杜拉斯. 情人 [M]. 王道乾，译. 上海：上海译文出版社，2018：27.

⑦ 杜拉斯. 情人 [M]. 王道乾，译. 上海：上海译文出版社，2018：91.

撑。隔了五页，"十五岁半"将女主人公年老的叙述又拉回年轻时期，后面进一步丰富其生活背景："……惟恐路上发生意外，火警，强奸，土匪抢劫，渡船抛锚事故。"这里第三次提及"形象"。后面两次"十五岁半"的出现都是描述具体的女主人公形象，之间隔了很长的篇幅，中间描述的是女主人公和中国情人坠入爱河的情节，紧接着后面描述的是她在当地流传的众人眼中勾引中国富翁的"情妇"形象。

纵览"十五岁半"的六次出现，我们不难发现，从叙事策略的角度来讲，"十五岁半"既是一条线索，让读者紧紧抓住了女主人公的过去；也是一个镜头，频频从年老的女主人公形象转向年轻的女主人公形象。作为线索，"十五岁半"的反复出现提供了一个稳定的视域，拉回了读者的注意力，让读者在意识流小说特有的碎片化叙事中获得一种稳定的透视结构，将零散的遗落的回忆碎片串联起来，能够从看似混乱的叙事逻辑中得到情节发展的延续性视角。不仅如此，重复蒙太奇在这里更兼具一种建构形象的作用，这表现在随着"十五岁半"的反复出现，年老的女主人公形象和年轻的女主人公形象也随其反复交替出现并不断变化。

另外，这种"形象"的重复，背后还潜伏着《情人》三重形象视角的呈现，一种仿佛是无意识呢喃的立体浮现，这就涉及下文中的表现蒙太奇。

## 三、《情人》的表现蒙太奇：形象和主题的深化

除了颠倒蒙太奇和重复蒙太奇这两种叙事蒙太奇，表现蒙太奇也是《情人》表现人物、揭示内心的重要手段。和叙事蒙太奇的事件性相对，表现蒙太奇是以表现艺术表现力和情绪感染力为主旨的一种蒙太奇类型。[①]这类手法在文艺电影中比较常用，它出现在一组或一段镜头里，通常被用来表情达意或实现某种隐喻：镜头的形式或内容以特定的方式连接在一起，形成冲击性、对称性的审美效果，传达出单个镜头不能表达的言外之意。香港导演王家卫执导的电影《春光乍泄》对表现蒙太奇的使用可称典范。影片中张国荣和梁朝伟在计程车上的那段镜头便运用了对比蒙太奇，

① 许南明，富澜，崔君衍．电影艺术词典［M］．北京：中国电影出版社，2005：153.

其中黑白与彩色构成形式上的强烈对比，寓意了两人复杂的关系和绝望的情绪。小说中表现蒙太奇运用跟电影相比差别不大，形式上都是叙述视角、对象或场景的切换，以期渲染某种情绪或展露信息的深层意味，使人物内涵或主题思想得到升华。不过小说更多通过语言建构意象，相较电影以图像为媒介，意识流小说对表现蒙太奇的运用更直接触及人物思想。《情人》小说的表现蒙太奇运用也是如此。

### （一）心理蒙太奇：形象的三重视角

心理蒙太奇通过镜头组接或音画有机结合，直接而生动地展示出人物的心理活动、精神状态。如表现人物的闪念、回忆、梦境、幻觉、想象、遐想甚至潜意识的活动。① 《情人》在进行"形象"的自述时，便是运用了心理蒙太奇的手法，淋漓尽致地展现了女主人公内心复杂的情感和思想。前文论及颠倒蒙太奇时，这个"形象"也出现过，不过颠倒蒙太奇强调的"形象"更多体现在视角切换和时空颠倒所引致的叙事层次丰富度上，心理蒙太奇则更强调人物心灵的展现、人物形象的建构以及主题的显现。

《情人》对"形象"所进行的描述共有三重视角，其中主要是第一重视角运用了心理蒙太奇的技巧。第一重是年老女主人公的视角。开篇，当一位男性对女主人公说更爱她现在的年迈容貌时，"形象"便在下一段以心理蒙太奇的方式出现了："这个形象，我是时常想到的，这个形象，只有我一个人能看到，这个形象，我却从来不曾说起……"② 接着，下一段对"形象"进行了容貌上的描述，描绘了一张衰老颓驰的面孔。后来这一"形象"还出现在女主人公十五岁半的殖民地生活背景中，以年老的"我"的视角回忆年轻的"我"的"形象"，如"现在，我看我在很年轻的时候，在十八岁，十五岁，就已经有了以后我中年时期因饮酒过度而有的那副面孔的先兆了"③，并将"形象"的背景性来源嵌入叙述中，如上文提及

① 许南明，富澜，崔君衍. 电影艺术词典［M］. 北京：中国电影出版社，2005：153.
② 杜拉斯. 情人［M］. 王道乾，译. 上海：上海译文出版社，2018：10.
③ 杜拉斯. 情人［M］. 王道乾，译. 上海：上海译文出版社，2018：15.

的"我才十五岁半。就是那一次渡河。……这个形象本来也许就是在这次旅行中清晰的留下来的……"第二重是年轻女主人公的视角，这一视角详细描述了其十五岁半的衣着打扮。第三重是男主人公的视角，描述的是男主人公眼里的女主人公形象。这三重视角都围绕着一个叙述主体即女主人公，如同三部摄影机，构成了女主人公形象的三个维度。小说是通过回忆筑成的，这说明女主形象的三重视角都是回溯性建构的，因此第三重的男主视角不如说是女主幻想中的男主视角，而也由于这种回溯性，三种视角和形象其实统摄于第一重视角，且都经由第一重视角的形象来展开。

可以说，心理蒙太奇手法的运用令《情人》叙述中的三重自我——回忆的自我、当下的自我、他者眼中的自我凸显出一种言说的心理动机，透露出主人公回忆默想的氛围，以一种诗意的方式将杜拉斯内心涌现出来的各种思绪传递出来。

### （二）对比蒙太奇：空间的内外、人物的情态

对比蒙太奇是表现蒙太奇的手法之一，通过镜头之间在内容上或形式上的强烈对比，产生强调或相互冲突的作用，以表达作者的某种寓意或强化所表现的内容、情绪和思想。[①] 如果说描述男女主私会的房间运用了隐喻蒙太奇手法的话，那么房间里外的场景描写和房间内男女主的情态描写则是运用了对比蒙太奇手法，进而展现了空间场景运用的内与外的互联关系以及主人公之间的互联关系。这种关系中既包含割裂又体现统一。

首先，小说通过对私会房间内外的景致、声音、味道等的描写，构建异质性的空间感，造成视觉上内外存在的割裂感，强化了男女主情欲释放时的冲击力，使小说情绪起伏的表达更富有力量。在这个情欲空间里，连接空间里外的不是玻璃窗户，而是可供窥视外界的窗帘和百叶窗。透过窗帘，他们能够看到炽烈的太阳、太阳底下的人行道、人行道上行色匆匆的人影。"这是一个寻欢作乐的城市，入夜以后，更要趋向高潮。"[②] 城市的

---

① 许南明，富澜，崔君衍. 电影艺术词典 [M]. 北京：中国电影出版社，2005：153.
② 杜拉斯. 情人 [M]. 王道乾，译. 上海：上海译文出版社，2018：47.

高潮和房间的高潮一起涌动，两种场景的描写形成既对应又抗衡的关系。

其次，在隐喻蒙太奇所提及的男女主人公的情爱行为，则是通过两位人物的动作、心理、表情等细节描写的对比，形成一组频繁交接的互动镜头。在两人动作神态的对比中，欲望的对象在不断割裂，主客体的情欲却在一个封闭的空间内完成统一。其中，似乎包含了杜拉斯关于人类情爱关系的思考，即人如何在欲望他者中获得自身存在的满足。

通过对比蒙太奇，这空间的内外，既是封闭的又是敞开的。外界的声色和内部的静默互相隔离，在烈日的烘烤下，"这里是悲痛的所在地，灾祸的现场"，是勾起欲望主体通过疼痛和对疼痛的征服与言说来享乐的场所，也是享乐终结后灵魂延宕停滞的空间。在这个内外并置且分裂的空间中，身体感官的知觉被凝滞在记忆里。这空间是杜拉斯对于所有情欲和享乐的概括。

## 四、结语

总体而言，杜拉斯《情人》小说文本运用了多种蒙太奇手法。其在叙事上通过回忆场景的切换和"年龄""形象"的反复，使故事在跳跃的节奏里流动起来，同时一种意象或信息在不同语境的搭配和呼应，凸显了整体大于部分之和的美学效果，深化了女主人公背后所隐藏的贫弱的底层群像以及家庭积弱的时代悲剧因素；在表现上通过形象的三重视角、空间内外和人物情态的对比，起到刻画人物和表情达意的效果，进而探讨人类的情爱关系——特别是关于肉体的欢愉和爱情的关系。叙事蒙太奇和表现蒙太奇绵密交织、相辅相成，深度挖掘了言说主体情感波动和意识思绪的丰富层次，展现了颇具独创性的个体叙事和心灵视角，在语言和意味的断裂、跃动和黏腻之处，往往牵引出千头万绪。

可见，蒙太奇并非电影的专属手法，小说同样是蒙太奇手法恣意生长的土壤。小说的叙事蒙太奇雏形常见于传统小说，如《三国演义》中按时间发展次序切换情节和场景就已是叙事蒙太奇的雏形思维，只不过早期小说创作并无"蒙太奇"概念，但这一思维模式呼应现代电影叙事的蒙太奇技巧，其主要目的是交代剧情。随着时代发展，小说艺术和电影艺术的相互渗透使小说赋予了蒙太奇新的生命。小说蒙太奇的发展从未自觉到自觉、从简朴到精巧，这一方面源于其注重表现心灵和意识的风格及电影创作技巧的渗透或启发，另一方面也受惠于跨领域艺术理论的建立。小说蒙太奇将在作家和学者们的探索中不断发展，将在和其他艺术领域的碰撞交流中生生不息。可以说，杜拉斯小说《情人》中蒙太奇手法运用正是后现代小说技巧和其他艺术领域互动的一个典型研究样品。

# 唐诗 "神仙" 意象探究

郑陈龙①　　马瑜理②

　　**摘　要：**"意象"承载着作者难以直接言之的情感志向，"神仙"作为唐诗中的一个重要意象，往往寄托了诗人各种现实难以表达的情感或无法实现的理想，随着唐朝经济政治文化的不断变化，神仙意象的种类、内涵也不断产生变化。通过研究唐诗中的神仙意象，我们得以一窥唐朝诗人或洒脱，或愁苦，或悲愤的丰富的精神世界，并了解唐朝道教文化、社会审美等的变化。唐诗中的"神仙"意象，具有较高的研究价值。

　　**关键词：**唐诗；道教；意象；神仙形象；游仙诗

　　"神仙"作为一种人们虚构的意象，常出现于文学作品中。何谓"神仙"？《说文解字》中"神"注："天神，引出万物者也。"③ 即万物创造者；"仙"字的古代写法为"僊"，《说文解字》注："长生僊去。"④ 即长生不死的。合起来便是能够长生的万物创造者。闻一多在《神仙考》中说："所谓神仙者，实即因灵魂不死观念逐渐具体化而产生出来的想象的或半想象的人物。"⑤ 神仙最大的特点便是长生不灭。在古代文学作品中，神仙意象主要出现在游仙诗中。游仙诗最早可追溯至先秦时期，"诗歌以'游仙'名篇始于曹植，但以游仙为题材则可上溯至战国时期"⑥。

---

　　① 郑陈龙，男，广东海洋大学文学与新闻传播学院汉语言文学专业 2018 级本科生。
　　② 马瑜理，女，广东海洋大学文学与新闻传播学院讲师。
　　③ 许慎．说文解字［M］．上海：上海古籍出版社，1981.
　　④ 许慎．说文解字［M］．上海：上海古籍出版社，1981.
　　⑤ 史靖．闻一多的道路［M］．北京：生活·读书·新知三联书店，2012.
　　⑥ 袁行霈．中国文学史［M］．北京：高等教育出版社，2014.

## 一、神仙意象溯源

远古时期，人们对神仙的态度是恐惧、敬畏："楚、越之间有寝之丘者，此其地不利，而名甚恶。荆人畏鬼，而越人信禨。"① 人们虔诚地信仰神仙，为此发明并完善了一套祭祀系统，同时将神仙形象通过绘画、文字等各种手段描绘出来。《山海经》："南方祝融，兽身人面，乘两龙。""西方蓐收，左耳有蛇，乘两龙。""北方禺疆，人面鸟身，珥两青蛇，践两青蛇。""东方句芒，鸟身人面，乘两龙。"② 兽身人面的具体神仙形象开始出现。但此时的神仙意象只是单纯反映人们对未知力量的想象，并无其他深刻的内涵。

先秦时期，神仙意象在文学作品中高频出现，承载着丰富的内涵。《庄子》中"肌肤若冰雪，淖约若处子；不食五谷，吸风，饮露；乘云气，御飞龙，而游乎四海之外"③ 写的是修身养性、坚守自我的广成子；《离骚》中"鸾皇为余先戒兮，雷师告余以未具"④ 描述的是在天为神明保驾护航的雷师。这类神仙意象或承载作者逍遥独立的精神人格，或蕴含作者对人生的独特思考，其形象与内涵较之前期更为丰富。先秦的神仙思想及包含神仙意象的文学作品为后世神仙意象创作发展奠定了基础。

汉代最为常见的神仙形象是王子乔、西王母、赤松子等。刘向《列仙传》："王子乔者，周灵王太子晋也。好吹笙作凤凰鸣。游伊洛间，道士浮丘公接上嵩高山。三十余年后，求之于山上，见柏良曰：'告我家：七月七日待我于缑氏山巅。'至时，果乘鹤驻山头，望之不可到。举手谢时人，数日而去。"⑤ 汉乐府诗《王子乔》："王子乔，参驾白鹿云中遨。参驾白鹿云中遨，下游来。王子乔，参驾白鹿上至云，戏游遨。"⑥ 郭璞《游仙诗》："赤松临上游，驾鸿乘紫烟。"⑦ 这里王子乔、赤松子等神仙意象承载

① 高诱. 吕氏春秋 [M]. 上海：上海古籍出版社，2014.
② 陈连山.《山海经》学术史考论 [M]. 北京：北京大学出版社，2012.
③ 郭庆藩. 庄子集释 [M]. 北京：中华书局，2004.
④ 李永明. 朱熹《楚辞集注》研究 [M]. 上海：上海古籍出版社，2015.
⑤ 王叔岷. 列仙传校笺 [M]. 北京：中华书局，2007.
⑥ 曹道衡. 乐府诗选 [M]. 北京：人民文学出版社，2000.
⑦ 赵沛霖. 郭璞诗赋研究 [M]. 北京：中国社会科学出版社，2015.

的是传统的神仙寓意：不受世俗限制，长生不灭，寄托作者摆脱世俗牵制的期望及对生命永恒的向往。这些神仙大多只是扁平的形象，缺乏个性，仅为了表达诗人对自由、长生的向往。

## 二、唐诗神仙意象类型及主题承载

### （一）象征型神仙意象

象征型神仙指类似于"王子乔""三老公"这种缺乏个性没有特点的"大众化"神仙，作用是代表神仙的群体特征：炼丹服药、长生不灭、不受世俗羁绊。这种泛泛的属性和扁平的形象也使其难以承载丰富的内涵，通常只是寄托诗人对生命、自由及超凡脱俗的向往。象征型神仙意象在初唐和盛唐十分常见，至中唐以后，便开始变少。

如王绩《游仙四首》："蔡经新学道，王烈旧成仙……六局黄公术三门赤帝方。"① 其中"蔡经""王烈""黄公""赤帝"这些神仙意象在诗中的作用基本就是充当典故，并无其他深意。《西京杂记》记载："东海人黄公，少时为术，能制蛇御虎……汉帝取以为角抵之戏焉。"② 在典故中黄公颇具特点，形象较为饱满，但王绩在诗中将其个性特点弃之不用，只取其身上象征的神仙特征：驾鹤乘龙、炼丹服药。王勃的《忽梦游仙》："仆本江上客，牵迹在方内……流俗非我乡，何当释尘昧。"③ 直接把自己当作神仙，将笔墨重点放在了梦游的环境上。这里虽然将自我在诗中化作了神仙意象，但其作用仍只是借助神仙的泛泛特征去推动诗歌的创作，依然属于象征性神仙意象。

初唐至盛唐的诗中多数神仙意象属于象征型神仙意象，他们没有鲜明特点，只是充当神仙群体特征的代名词。

### （二）肉身成仙型神仙意象

在古人眼中，凡人要想通过自身修炼或机缘巧合而摆脱尘世，得道成

---

① 彭定求. 全唐诗 [M]. 北京：中华书局，1990：426.
② 葛洪. 西京杂记全译 [M]. 贵阳：贵州人民出版社，1993.
③ 彭定求. 全唐诗 [M]. 北京：中华书局，1990：675.

仙，机遇与信仰缺一不可，因此这类肉身成仙型神仙意象通常被诗人赋予自身对道教的信仰及渴望飞升的理想。唐诗中这类神仙意象的代表人物是"黄帝""黄初平"和"马明生"。

《史记·封禅书》记载："黄帝采首山铜，铸鼎于荆山下，鼎既成，有龙髯垂胡下迎黄帝。黄帝上骑，群臣后宫从上者七十余人，龙乃上去。"①黄帝本是凡人，因功绩巨大，正专心采铜铸鼎，被神龙接引上天。《列仙传》载："黄初平者，丹溪人也……共服松脂茯苓，至五百岁，能坐在立亡，行于日中无影，而有童子之色。"② 黄初平由凡人得道成仙的途径为信道、服药。马明生，"临淄人也……入山修炼，药成，未乐升天，乃服半剂为地仙"③。太真夫人路过临淄时，与马明生相识。后太真夫人以豺狼虎豹试马明生胆量，再以美女财色试其诚心，马明生皆神情自若，心坚情定，深得太真夫人的喜欢。太真夫人要返回天庭，遂将马明生托付给安期生。马明生和安期生云游天下，其间马明生通过自己的勤奋苦学，炼成仙丹，成为地仙。

许多诗人将他们由凡入神的神奇经历写入诗中，来表达自己对道教信仰的虔诚及希望得道成仙的理想。李白《飞龙引》："黄帝铸鼎于荆山，炼丹砂……遨游青天中，其乐不可言。""鼎湖流水清且闲……下视瑶池见王母。蛾眉萧飒如秋霜。"④ 李白描写黄帝采铜铸鼎得道升仙后的所见所感，仙宫中的仙女令人赏心悦目，乘风御鸾的姿态是何其潇洒优雅，跟随仙女拜访紫皇，吃了仙药便可长生不老。可惜现实找不到飞升的途径，只能留在人间空叹息。李白借黄帝肉身成仙表达对道教的崇拜与成仙的理想。韦应物通过马明生潜心修炼终得仙丹的经历，来突出"学仙贵功亦贵精"⑤这一主旨；曹唐则是用"黄初平"这一个通过虔诚信道，坚持服药而飞升的神仙意象，来歌颂持之以恒、专心致志的精神。

不论是乘龙飞升的黄帝，还是机缘巧合、潜心修炼的马明生，抑或虔

---

① 司马迁．史记全本新注［M］．张大可，注释．武汉：华中科技大学出版社，2020：824.
② 王叔岷．列仙传校笺［M］．北京：中华书局，2007.
③ 王叔岷．列仙传校笺［M］．北京：中华书局，2007.
④ 彭定求．全唐诗［M］．北京：中华书局，1990：1689.
⑤ 彭定求．全唐诗［M］．北京：中华书局，1990：2820.

诚信道的黄初平，这类凡人得道成仙的神仙意象，皆在表达"学仙贵功亦贵精"，要虔诚信道的主旨。

### （三）特点鲜明型神仙意象

随着道教的广泛传播，统治者对神仙之事态度的变化，道教文化的神秘光环开始逐渐脱落，道教体系中的各种神仙也不像之前那般高高在上虚无缥缈，而是被诗人赋予了更多性格特点和人情味。其中可分为两大类，一类是正面的，具有美好寓意的神仙意象；另一类是丑恶的，象征诗人对现实深深失望的神仙意象。

正面的、具有美好寓意的神仙意象，如李白《古风》："朝弄紫泥海，夕披丹霞裳……永随长风去，天外恣飘扬。"① "上皇"见到仙游的太白，竟像遇见朋友的凡人一样热情招呼他一起饮酒，一改唐诗中神仙苍白扁平的特点，被赋予凡人的热情；陈羽《步虚词二首》："楼殿层层阿母家，昆仑山顶驻红霞。笙歌出见穆天子，相引笑看琪树花。"② 进一步将神仙的热情放大：本该独居于昆仑山顶的高傲的西王母，竟与穆天子这个凡人结为好友，并相约一起把酒赏花。西王母的热情与友情拉近了神仙与凡人之间的距离，也使这类神仙意象的世俗特征更为明显。

这类神仙意象也并非一定得通过与凡人接触才有鲜明的特点，曹唐的《织女怀牵牛》："北斗佳人双泪流，眼穿肠断为牵牛……欲将心向仙郎说，借问榆花早晚秋。"③ 这里的"牵牛""织女"都是神仙，照常理神仙没有凡人的七情六欲，但曹唐赋予了他们凡人的美好情感，即使是神仙也为悲痛流泪，同时曹唐还以旁观者的视角来描写牛郎织女之间的爱情，为其形象增添了更多细节。诗人塑造这类神仙意象的目的也显而易见：将凡人的性格情绪赋予神仙，创造一个类似人间却又没有压迫和疾苦的仙界意象，表达诗人对自由平等、天下大治的美好世界的向往。

正面的神仙意象往往寄托了诗人对现世美好的期盼，而丑恶的神仙意

---

① 彭定求. 全唐诗 [M]. 北京：中华书局，1990：1689.

② 彭定求. 全唐诗 [M]. 北京：中华书局，1990：2513.

③ 彭定求. 全唐诗 [M]. 北京：中华书局，1990：3287.

象，则是诗人被现实一次次中伤后的感情折射。卢仝《忆金鹅山沈山人二首》："夜叉守门昼不启，夜半醮祭夜半开……兼须巧会鬼物情，无求长生丧厥生。"① 本该一片祥和喜乐的仙境在卢仝笔下变成由夜叉看守的炼狱，神仙不知去向或早已腐化成为夜叉，应昼开夜关的天门如今变成昼关夜开，暗示了天门后面阴森可怖的景象，即使炼得了仙丹，恐怕也没人敢成仙了。在《月蚀诗》中，卢仝更是把本该象征着勤劳勇敢、对爱情矢志不渝的牛郎织女变为淫溺懒惰、令人生厌的丑恶夫妇："痴牛与骏女，不肯勤农桑。徒劳含淫思，旦夕遥相望。"② 卢仝用一个个虚构的、丑恶的神仙意象，讽刺当时的宦官专权。大唐风雨飘摇的前夕，一个个恶神背负着诗人的失望，在诗中发出绝望的呐喊。

即使乐观如李白，在不断碰壁之后，也会对社会发出质问，产生失望。《梁甫吟》："我欲攀龙见明主，雷公砰訇震天鼓……白日不照吾精诚，杞国无事忧天倾。"③ 李白在人间的仕途未逢明主，便想去天庭大展才华，怎料天庭也是一片浑浊，雷公的鼓都快敲碎了，天帝却只顾和仙女玩乐，受身旁的小人蛊惑，成日贪图享乐，对外界的呼喊置若罔闻，对李白的赤诚视而不见。

这类特点鲜明的神仙意象，从正面和反面的角度，承载诗人对于现实的赞美或抨击。诗人成功地将世俗特点融入神仙意象中，极大地丰富了唐诗神仙意象的种类。

### （四）唐诗神仙意象的主题承载

唐诗神仙意象承载的主题主要有三种：追求长生、对美好世界的向往及对现实的批判。

#### 1. 追求长生

长生自古便是帝王将相所追求的目标，在推崇以"仙道贵生"为宗旨的道教的唐朝，追求长生的风气尤为盛行。帝王追求长生是为了自己能够

---

① 彭定求. 全唐诗 [M]. 北京：中华书局，1990：2511.
② 彭定求. 全唐诗 [M]. 北京：中华书局，1990：2513.
③ 彭定求. 全唐诗 [M]. 北京：中华书局，1990：1868.

延续统治，而文人更多的是想通过长生来实现自己的抱负。

李白《古风》中写道："尚恐丹液迟，志愿不及申。徒霜镜中发，羞彼鹤上人。"① 鹤上人代表着神仙长生不死、永恒的特质。仙人的长生反衬出自己对于时间流逝的恐惧，因此他渴望长生。这不仅是对生命的渴望，而且是对自己能够实现抱负的期望。曹唐《小游仙诗九十八首》："嫦娥若不偷灵药，争得长生在月中。"② 将长生不老的嫦娥当作理想的化身，对她偷食仙药而长生的经历也表示羡慕；"净扫蓬莱山下路，略邀王母话长生"③。西王母居所的瑶池仙桃，食之便可长生不老，曹唐笔下的西王母将普通人当作朋友，与其共同谈论长生，代表了诗人所向往的美好归宿；"笙歌暂向花间尽，便是人间一万年"④。天上不过是一场宴会的时间，人间便过了一万年，仙人永恒的生命与凡人短暂的生命对比之强烈，更加展现诗人对长生的向往。

2. 对美好世界的向往

盛唐以后，唐王朝走向了无可避免的衰落，无论是朝廷举贤任能的状况，还是民间社会安稳的程度都与此前盛世大相径庭。本身便有浓烈幻想色彩的神仙意象，承载了更多诗人对想象之中美好世界向往的主题。

对美好世界的向往，其中包括对世间各种美好情感的渴望。例如：《刘阮洞中遇仙子》："碧沙洞里乾坤别，红树枝前日月长。愿得花间有人出，免令仙犬吠刘郎。"⑤ 表现对爱情的幻想。《小游仙诗九十八首》："少年仙子说闲事，遥隔彩云闻笑声。"⑥ 表现对自有闲散生活的向往。《天上谣》中对尽善尽美世界的追求。《小游仙诗九十八首》："琼树扶疏压瑞烟，玉皇朝客满花前。东风小饮人皆醉，短尾青龙枕水眠。"⑦ 构建了与臣子把酒言欢、平易近人的玉皇形象，诗人将现实中美好的情感赋予神仙意象，虚构了一个天界之上人人尽职尽责，统治者也性情宽厚的仙人朝廷，这是

---

① 彭定求. 全唐诗 [M]. 北京：中华书局，1990：1872.
② 彭定求. 全唐诗 [M]. 北京：中华书局，1990：3297.
③ 彭定求. 全唐诗 [M]. 北京：中华书局，1990：3297.
④ 彭定求. 全唐诗 [M]. 北京：中华书局，1990：3299.
⑤ 彭定求. 全唐诗 [M]. 北京：中华书局，1990：3287.
⑥ 彭定求. 全唐诗 [M]. 北京：中华书局，1990：3297.
⑦ 彭定求. 全唐诗 [M]. 北京：中华书局，1990：3299.

诗人对现实深深失望后，对幻想中美好世界的向往和追求。

3. 对现实的批判

盛唐之后的诗人，把宦官乱政、君主昏庸的黑暗压抑的社会化作素材，写入诗中。《忆金鹅山沈山人二首》中，卢仝把朝廷奸佞贬为占据天门的夜叉，在它们的祸害下，一片祥和的仙界变成尸骨纵横的炼狱，狠狠地批判朝廷宦官乱政导致民生凋敝；《梁甫吟》中李白用天帝暗指皇帝，天帝被身旁小人蛊惑，沉溺美色，对前来投奔的贤才视而不见，将统治者的昏庸荒淫尽显于世；《金铜仙人辞汉歌》："魏官牵车指千里，东关酸风射眸子。空将汉月出宫门，忆君清泪如铅水。"① 离别时寒风吹得仙人眼中尽是泪，忆起往日的君主，泪水如铅水般沉重冰凉，仙人知道汉朝将亡，再也回不去，正如李贺也深知大唐已无药可救，对现实只能无奈地痛骂与哀叹。

## 三、唐诗神仙意象发展流变

刘勰曰："文变染乎世情，兴废系于时序。"② 文学是时代的反映。唐诗神仙意象的频繁出现并非偶然，从初唐的相对沉寂到盛唐短暂的登峰造极，再到中唐的世俗化，在晚唐散发出最后的霞光。唐诗的神仙意象在不同时期因不同的背景，其特点也各不相同。

### （一）初唐：神仙意象数量少、形象苍白

初唐的道教地位极高，这与统治者的推崇不无关系。唐高祖李渊曾声称自己是老子李聃的后裔，并于武德八年（625）到国子监正式宣布：道教第一，儒学第二，佛教第三，确立了道教在唐朝的特殊地位。③ 唐高宗李治尊封老子为"太上玄元皇帝"④。因此，崇道之风十分盛行。但初唐统治者们对神仙观念又十分清醒，对神仙之事并不迷信。太宗说："神仙事本虚妄，空有其名。秦始皇非分爱好，遂为方士所诈，乃遣童男女数千人

① 彭定求. 全唐诗 ［M］. 北京：中华书局，1990：1975.
② 刘勰. 文心雕龙 ［M］. 上海：上海古籍出版社，2016.
③ 荣海涛. 唐代文人游仙诗仙人意象论稿 ［D］. 长春：吉林大学，2004.
④ 赵绍祖. 新旧唐书互证 ［M］. 合肥：黄山书社，2016.

随徐福入海求仙药，方士避秦苛虐，因留不归。始皇犹海侧踟蹰以待之，还至沙丘而死。汉武帝为求仙，乃将女嫁道术人，事既无验，便行诛戮。据此二事，神仙不烦妄求也。"① 又 "梁氏父子，志尚浮华，惟好释氏、老子之教，致使国破家亡，足以鉴戒"②。可见，他对于神仙之事是嗤之以鼻的。

初唐时基本完成了大一统的局面，经济相对繁荣，国内盛平，且实行科举，给了文人入仕做官的直接途径，同时统治者对神仙之事持否定态度，这就造成了初唐诗歌中的神仙意象数量少、形象扁平的特点。以王绩的《游仙四首》为例，其中出现的神仙意象都是象征型神仙意象。在王绩眼中，追寻缥缈的仙术还不如耕地，累了躺在床上看着妻子为自己织衣服来得惬意。朝代更替导致的官员短缺，科举制带来的稳定靠谱的入仕途径，初唐诗人大多积极入世，求真务实，以俗世否定仙界。写游仙诗不过是为了消遣或是单纯当作一种题材进行创作。因此，初唐时期唐诗的神仙意象数量少且形象苍白，内涵单一。

### （二）盛唐：神仙意象种类增多，内涵更为丰富

至盛唐时，经济发展，社会风气变得十分开放，外国使团的来访也使唐代文化的接受度大幅提高，道教文化的传播和影响也达到空前水平。诗人们享受盛世的狂欢，此时诗中的神仙意象大多也是正面积极的。

李白生性浪漫，适逢盛世，云游祖国山川，足迹遍布道教神话中神仙飞升的场所。创作了许多特点鲜明、内涵丰富的神仙意象。除乘鸾车游历天宫的黄帝外，还有《感遇四首》中云："昔余闻姮娥，窃药驻云发。不自娇玉颜，方希炼金骨。飞去身莫返，含笑坐明月。紫宫夸蛾眉，随手会凋歇。"③ 塑造的是为得道成仙而坚贞求道的嫦娥。《上元夫人》："嵯峨三角髻，余发散垂腰。裘披青毛锦，身着赤霜袍。手提嬴女儿，闲与凤吹箫。眉语两自笑，忽然随风飘。"④ 描写的是超凡脱俗风姿绰约的上元夫

① 赵绍祖. 新旧唐书互证 [M]. 合肥：黄山书社，2016.
② 吴兢. 贞观政要 [M]. 上海：上海古籍出版社，2008.
③ 彭定求. 全唐诗 [M]. 北京：中华书局，1990：1864.
④ 彭定求. 全唐诗 [M]. 北京：中华书局，1990：1867.

人。这些神仙意象无论神态、性格、行为都与凡人有着诸多共同点，诗人已经有意识地将凡人的品质赋予这些神仙，将自己对现世的期望寄托在他们身上。

由于社会风气开放等原因，盛唐许多女性也选择成为道士，这类女道士被称为"女冠"。女冠大多才貌双全，品性兼优，由此产生了许多以女冠为原型的神仙意象。如李康成《玉华仙子歌》："羽盖霓裳一相识，传情写念长无极……不学兰香中道绝，却教青鸟报相思。"① 将自己与女冠郑玉华的相恋场景置于仙境中，把玉华神化，这种以凡人为原型的神仙意象使诗中表达的原本普通的恋情蒙上了神秘色彩，同时使原本神秘莫测的仙境因赋予了凡人的感情而变得世俗又真实。

盛唐诗中的神仙意象较之初唐，种类明显增多，所承载的寓意也更加丰富。其形象更多地被赋予了人的品性，逐渐开始世俗化，具有真实感。

### （三）中晚唐：神仙意象世俗化、艳情化、两极化

唐玄宗晚年终日沉溺酒色，盛世渐渐拉下帷幕，各种社会问题开始显现。最终，长达八年的安史之乱给一个伟大的时代画下句点。盛唐时期自信包容的社会风气及诗人开阔宏大的精神气魄荡然无存，取而代之的是诗人们对前途迷失方向，对现实深深地绝望。因此，许多诗人或隐居山林，或沉溺酒色。这种环境下，狎妓之风盛行，诗人和妓女频繁接触，使妓女成为神仙意象的一种。韩偓的《自负》："人许风流自负才，偷桃三度到瑶台。至今衣领胭脂在，曾被谪仙痛咬来。"② 把风月之地当作仙境，将妓女比作谪仙。施肩吾的《及第后夜访月仙子》："自喜寻幽夜，新当及第年。还将天上桂，来访月中仙。"③ 将狎妓行为神仙化、浪漫化。可以看出，中唐之后诗中的神仙意象出现了艳情化倾向。

至晚唐，诗中神仙意象开始出现两极化。李贺的《天上谣》："天河夜转漂回星……海尘新生石山下。"④ 描绘的新奇瑰丽、尽善尽美的仙境，实

① 彭定求．全唐诗［M］．北京：中华书局，1990：1982.
② 彭定求．全唐诗［M］．北京：中华书局，1990：2421.
③ 彭定求．全唐诗［M］．北京：中华书局，1990：2436.
④ 彭定求．全唐诗［M］．北京：中华书局，1990：1977.

际上是将世间的人情物态浪漫神秘化，创造出一个与现实迥异的幻想仙境。曹唐的《小游仙诗》《大游仙诗》两组诗中虚构了一个类似人类社会的仙界，那里有美好的友情——"桑叶扶疏闭日华，穆王邀命宴流霞"①，有动人的相思："闻君新领八霞司，此别相逢是几时"②，那里的百官恪尽职守——"西归使者骑金虎，弹鞚垂鞭唱步虚"③，统治者也待人宽厚——"春风不肯停仙驭，却向蓬莱看杏花"④。曹唐笔下，仙界是比盛唐还要美好的极乐净土。和卢仝等人将仙界贬得丑恶不堪相比，李贺和曹唐笔下的仙界众神则是尽善尽美，神仙意象出现两极化。究其原因，随着唐王朝的衰败，人们意识到昔日荣光不可追，现实已无可救药，只能通过想象去创造梦想中的美好世界。

综上所述，神仙意象作为唐诗常见的意象，它的产生、变化和发展与唐朝经济、政治、文化息息相关。它在诗中的变化也能一定程度反映唐朝各个阶段的特质。陈允吉先生指出："游仙诗作为中国古诗传统当中一个特殊的现象，反映着古代人对于宇宙人生一种相当普遍的看法。"⑤ 神仙意象作为游仙诗中最显著的特点，同样贯穿于社会各个阶段的诗歌领域，在唐代尤为突出。唐诗神仙意象种类之多、内涵之广在整个文学史上无可比拟，这也与唐代诗人的精神世界有关，唐代诗人雄伟的理想，只得借助天上神仙直抒胸臆。通过唐诗神仙意象种类的研究，可以一窥诗人的精神世界，更好地了解唐代各个阶段的诗人内心所想；对于神仙意象流变的研究，能够帮助我们更清楚地看到社会变迁、道教发展对于诗歌的影响。

---

① 彭定求. 全唐诗 [M]. 北京：中华书局，1990：3297.
② 彭定求. 全唐诗 [M]. 北京：中华书局，1990：3294.
③ 彭定求. 全唐诗 [M]. 北京：中华书局，1990：3294.
④ 彭定求. 全唐诗 [M]. 北京：中华书局，1990：3296.
⑤ 陈允吉.《梦天》的游仙思想与李贺的精神世界 [J]. 文学评论，1983（1）：99－106.

# 论《镜花缘》的旅行叙事

严　政① 钟嘉芳②

**摘　要：**清代李汝珍的《镜花缘》是带有志怪色彩的旅行叙事。小说通过旅行的结构文本功能建立起整体框架，以旅行者的行动串联起故事情节，而其有限的主体视角特征则为情节带来巧合与悬念、突发及转变。唐敖一行人作为出海游历的旅行者，途经的奇邦异国及旅途景色具有象征意义及文化内涵，带给他们充分的情感体验及心灵上的震撼，进而诱发其内心深处的思考并领悟人生哲理，最终完成自身升华。此外，旅行主体的成长经历当中寄寓着作者的自身诉求及对社会的深刻思考。

**关键词：**旅行叙事；旅行主体；镜花缘；李汝珍

旅行是人类最早也是最古老的行为方式之一，不仅表现人类在空间维度的位移，而且强调人类在空间维度的位移过程中所必然经历的痛苦、困顿和危险。因此，"旅行"不仅与"迁徙""逃遁""流放""朝圣"等行为具有内涵意义上的一致性，而且在外延意义上与"探险""战争"等活动联系起来。《镜花缘》中的旅行叙事部分则集中于小说第七回至第五十四回，唐敖、林之洋、多九公一行人的旅程途经三十余个国家，在黑齿国、白民国、淑士国等奇邦异国游历后，最终主人公唐敖于小蓬莱得道不返尘世，之后其女唐小山再次踏上旅途前往小蓬莱寻父，遵父亲指示后回京赶考"女科"。这两次旅行叙事占据小说一半篇幅，为小说后半部分奠定叙事基础。本文通过对《镜花缘》小说描写旅行的部分剥茧抽丝，分析

---

① 严政，男，广东海洋大学文学与新闻传播学院汉语言 2018 级本科生。
② 钟嘉芳，女，广东海洋大学文学与新闻传播学院讲师。

唐敖一众旅行者的出海行为，进而归纳出旅行要素是如何完善小说结构、推动故事情节发展及促使人物成长的，并展示旅行者心灵感悟的脉络，给予作者现实观照的视角。

## 一、《镜花缘》旅行叙事的场景描写

旅行是一个持续行动的过程，而旅行者和旅行事件的发生需要依赖特定的旅行场所，如国家地区、交通工具或自然景物等。以旅行场景进行划分，旅行是通过相对静止的场景以及流动的场景组合，在静与动中完成旅程。这些场景都有着一定的象征性意义，能够承载小说情节的叙述和故事的发展，最终丰富作品旅行叙事的内涵。

## 二、《镜花缘》旅行叙事的结构功能

旅行叙事并不是单纯地将故事铺展到各个地点，它作为小说情节发展的动力，是一种关键的结构功能。杨义对中国古典小说中的结构势能分析道："结构当中具有某种动力关系，推动着结构线索、单元和要素向某种不得不然的方向运转、展开和律动。"[①]《镜花缘》中的旅行在某种程度上，正是这样一种结构势能。旅行中，人物从一地到另一地，所见所获均发生变化，下一步情节便因此展开，或发生转折；旅人行走在旅途中，充满可能性，使得要表达的主题顺理成章地出现。旅行要素在《镜花缘》当中，成为叙事得以进行和情节发展的缘由，使小说的情节结构朝向一个设定的终局发展。

### （一）旅行对情节的串联

《镜花缘》的故事原型来源于《山海经》《博物记》《酉阳杂俎》等书，作者融合各类神话传说、逸闻轶事、坊间笑话、民俗娱乐、音韵乐理、医学脉象等内容，可谓数经据典，集古代"小说"之观念于一体，并以想象奇异、戏谑诙谐的创作手法，勾画出一幅瑰丽纷繁的世相百态图。《镜花缘》主要通过旅行主体的心理观察与亲身体会串联起旅途当中的人

---

① 杨义. 中国叙事学 [M]. 北京：人民文学出版社，2009：76.

文风貌，完成小说中的地理要素。这幅虚构的地图，超越了现实帝国的边界，在模糊想象海外行程的同时，更描写了乌托邦的"君子国"、西海第一大邦的"轩辕国"、女作男治外事的"女儿国"等三十余个国家。这些奇邦异国都被旅行者纳入一个共通的全球视野，《镜花缘》中唐敖一行人的旅程所绘制出的空间网络深具意味，从岭南出发按空间移动顺序，分别是东口山、君子国、大人国、劳民国、聂耳国、无肠国、犬封国、元股国、毛民国、无肩国、深目国、黑齿国、小人国、歧踵国、长人国、白民国、淑士国、两面国、穿胸国、厌火国、水麻国、结胸国、长臂国、翼民国、伯虑国、巫咸国、歧舌国、智佳国、女儿国、轩辕国、三苗国、丈夫国、小蓬莱。叙事篇幅详略得当，多则如一行人在女儿国的经历，从第三十二回至三十七回，共花费六回篇幅描写；少则如第十四回，单篇幅途经了大人国、劳民国、聂耳国、无肠国、犬封国共五个国家。旅行因素在故事情节发展中起到重要的串联作用。

首先，旅行成为沟通作者现实生活与内心遐想之间的桥梁，使现实主义的创作基调和虚构的叙述手法相得益彰。1782 年，李汝珍来到海州板浦（今江苏省连云港市灌云县板浦镇），此地"得山海之势，具鱼盐之利"，靠着地理区位上的优势，有密集昌盛的商业贸易，文化也较为繁荣，当地的人文生态环境与李汝珍故乡有着较大区别，丰富了他的见闻。海州特有的高山阔海让他对自然环境拥有较高的敏感度。胡适在《〈镜花缘〉考证》中评道："李汝珍是一个科举上不曾得志的秀才，长期生活在海州，海州的风土习俗等对《镜花缘》的创作有莫大影响。"① 除自然环境外，海州的丰饶物产也在小说中有所体现：第五回中，武则天偶然想起侄儿武八思，于是命人赠送石榴二百株，"此花后来送到东海郡附近流传，莫不保护，所以沭阳地方至今仍有异种，并有一株而开五色者。每花一盆，非数十金不可得，真可甲于天下"；淑士国中，林之洋同酒保要下酒小菜，描述的正是海州的："一碟盐豆，一碟青豆，一碟豆芽，一碟豆瓣。……酒保答应，又添四样：一碟豆腐干，一碟豆腐皮，一碟酱豆腐，一碟糟豆腐。"②

---

① 胡适. 中国章回小说考证［M］. 合肥：安徽教育出版社，2006：367.
② 李汝珍. 镜花缘［M］. 北京：人民文学出版社，1955：160.

此外，小说还称赞海州的特产葛根，如"葛根最解酒毒，葛粉尤妙……唯有海州云台山所产最佳，冬月土人采根做粉货卖，但往往杂以豆粉，惟向彼处僧道买之，方得其真"①。由此观之，作者将在现实当中积累的素材于笔端处仔细描摹，通过文中旅行者的所见所闻一一展现。

其次，小说中的旅行结构在各场景当中穿针引线，使得情节进展合理不显突兀。《镜花缘》中，旅行是承载故事发展的线索，小说前五回铺垫百花降生的故事背景，第六回引出主人公唐敖，描述其以素爱旅行作为其屡试不第的原因"素日虽功名心胜，无如秉性好游，每每一年倒有半年出游在外，因此学业分心，以致屡次赴试，仍是一领青衫"②。在终于中得探花之后，却因有结党营私之嫌被降为秀才，"遂有弃绝红尘之意"，仍然是"各处游玩，暂解愁烦"③。之后得梦中仙翁指点，意欲遍历海外，寻得下凡降生的十二名花，且"因内地山水连年游玩殆遍……正想到大洋看看海岛山水之胜"④，便与其远洋经商的妻舅林之洋、多九公一行人同行乘船出发。自古以来，出于商业贸易目的而进行的旅行在社会上都十分普遍。为了寻找异域的商品或产品，或在异域开辟可以销售本地产品的市场，人们去往世界各地。对于商业旅行者来说，发掘域外产品不仅是一种使命，他们也需要了解他们目的地国家的地理、物产以及民情。他们的商队运送产品的最便捷、最安全的道路，目的国的新材料和新市场，是他们的商务事业成功的基础。当地的民情对于他们进行商业贸易也非常重要。因此《镜花缘》以海外经商的旅途拉开了小说发展的帷幕，合情合理，作者依托"多九公"之口，将各国的风土人情一一叙述。至小说第四十回唐敖于小蓬莱得道后，结束了小说的第一段丰富而又奇幻的旅行。到了第四十三回，故事又以唐敖之女唐小山与林之洋、多九公一行人前往小蓬莱寻父为缘由，展开第二段旅行的描写。至第五十四回，唐小山承父亲唐敖意愿，返回岭南赶赴女试，考取功名。小说第九十四回，完成父志的唐小山又启程前往小蓬莱，最终看破红尘，旅行这一要素贯穿小说始终。

---

① 李汝珍. 镜花缘 [M]. 北京：人民文学出版社，1955：645.
② 李汝珍. 镜花缘 [M]. 北京：人民文学出版社，1955：36.
③ 李汝珍. 镜花缘 [M]. 北京：人民文学出版社，1955：33.
④ 李汝珍. 镜花缘 [M]. 北京：人民文学出版社，1955：42.

旅程作为叙事的一条单线，天然地起着架构故事情节的作用，不仅为小说提供广阔的社会和生活空间，而且蕴含着丰富的比喻和象征意义。旅行者的行为让故事情节发展顺理成章，使小说更具有整体性。一段一段的旅程，是小说故事得以继续的动力，叙事也就是这样在一段又一段的旅程中发展。《镜花缘》共一百回，旅行的要素贯穿全文，对旅途中的各种描写涉及一半篇目，旅行者在旅途中的各种遭遇使得互不相关的人物和事件产生一定的联系，从而带动整个故事情节的发展。

### （二）旅行中的巧合悬念

每当小说中的旅行者开启一段具有未知探险性质的旅程时，作家就能以旅行者个人有限的视角来设置较多却不牵强的巧合，并且鉴于《镜花缘》章回体小说的特征，旅行的未知性可以使作者更方便地在每章节末尾中留下悬念，从而增强读者的代入感和小说的可读性；且旅行者在旅程中的行踪能够帮助作者更好地带动读者的整体感知，增添小说的戏剧效果，做到"出乎意料"，使故事充满趣味。

小说通过种种合理清晰的线索，各色人物相继登场，呈现出一种"无巧不成书"的自然感与真实感。如第十回，唐敖一行人于东口国见一斑毛大虫被射杀，猎户却是骆宾王之女骆红蕖，随后红蕖更是拜唐敖为义父；第十五回，他们途经元股国时，于海边看人捕鱼，却遇到受人谗害、流落海外被迫乔装成渔民的老师尹正；第二十一回，他们在碧梧岭见凤凰、麒麟、狻猊争斗，不料狻猊向人发难，所幸得猎户使用连珠枪击退野兽而得救，而猎户正是唐敖结盟弟兄魏思温之女魏紫樱；第十二回，他们于君子国路旁偶遇两位鹤发老者，同坐交谈良久受益匪浅，告别后才发现两人乃当今宰辅，声名显赫。

旅行的情节也为小说埋下伏笔。如小说第十三回时，唐敖一行人正欲乘船离开君子国时，岸旁渔船捞起一女子，唐敖花费百金解救后，女子入海杀蚌取珠谢救命之恩。而在第四十五回时，外出寻父的唐小山于君子国海中被水怪拖下水，究其缘由就是当日被杀的大蚌之父前来寻仇。这一系列巧合悬念，或是调动读者情绪，使读者积极代入故事氛围；或是引出相关人物，促进情节发展，也有为下文做铺垫，前后呼应的作用，既照顾到冒险之旅的随意性、开放性，又不至于打破结构的封闭性、叙述的真实性。

### （三）旅行中的情节转变

旅行者在旅途过程中制订的计划往往赶不上现实的变化，且旅行本身就是一种突发的事件，充满不确定性，可以让情节陷入僵局，也能给故事进展带来突转。旅行作为小说的重要桥段，启动、引导和发展着故事的情节，所带来情节的突转不会导致小说整体框架的崩溃以及影响读者对故事的代入感，相反还能赋情节的发展以合理性。

小说中一行人到达黑齿国时，只见"国民通身如墨"[①]，唐敖因国民黑得过甚，"面貌想必丑陋"[②]，多九公则因其国民生的面貌可憎，"想来语言也就无味"[③]，两人均以貌取人，态度轻视。不料当两人到女学塾与两名女学生谈论音韵时，却被学生伶牙俐齿驳得哑口无言。欲谈及《周易》难倒二女，多九公认为二女"并无一字评论。大约腹中并无此书，不过略略记得几种"。于是妄言道："老夫向日所见，解《易》各家，约有百余种。"[④]不料紫衣女子把当时天下所传的《周易》九十三种，某人若干卷，由汉至隋，说了一遍，并让多九公再补充几种，多九公只得"面上红一阵、白一阵，头上只管出汗"[⑤]，最后说不出来被讥讽道"强不知以为知，一味大言欺人，未免把人看的过于不知文了"[⑥]，让先入为主的两人犹如口吞黄连，最后是找来林之洋才得以脱身。路过元股国时，唐敖在海边见渔人网起许多"人鱼"，觉得"鸣声甚惨，不觉可怜，何忍带上船去！莫若把他买了放生，倒是好事"，于是"尽数买了，放入海内"[⑦]。这一善举在厌火国时得到善报，林之洋货船遭到受灾国民索取财物，国民们索要未果便口内喷

---

① 李汝珍. 镜花缘 [M]. 北京：人民文学出版社，1955：105.
② 李汝珍. 镜花缘 [M]. 北京：人民文学出版社，1955：105.
③ 李汝珍. 镜花缘 [M]. 北京：人民文学出版社，1955：105.
④ 李汝珍. 镜花缘 [M]. 北京：人民文学出版社，1955：117.
⑤ 李汝珍. 镜花缘 [M]. 北京：人民文学出版社，1955：119.
⑥ 李汝珍. 镜花缘 [M]. 北京：人民文学出版社，1955：120.
⑦ 李汝珍. 镜花缘 [M]. 北京：人民文学出版社，1955：100.

出烈火，"众水手被火烧的焦头烂额"①，一筹莫展之时，"海中撺出许多妇人……个个口内喷水，就如瀑布一般，滔滔不断"②，正是当日所放人鱼灭火救人，解决整船危机。旅行叙事的趣味就在于令人意想不到，往往在读者以为"山穷水尽疑无路"之际，却突然迎来转机，使故事的进展拨云见日，向着明朗的方向继续发展。

通过上述情节可见《镜花缘》中的旅行叙事，在把较为复杂的故事情节统一到相对稳定的内部框架当中的同时，又令小说的叙事结构整体呈现一致性，具有相当大的吸引力。

### 三、《镜花缘》旅行主体的情感体验

旅行叙事的真实目的是借用虚构的旅行者在陌生空间中旅行，通过其亲身经历所获得的最直接的感知来表现五光十色的社会生活，揭示主人公对异域世界的认知或对现世社会的批判。《镜花缘》中旅行现象叙述者、旅行空间和旅行时间都具有高度虚构性和想象性，其包含着显性的旅行表征，即直接描写主人公在地域层面上从一个地方旅行到另一个地方，表现主人公在旅途中所见到的风土人情，所遭遇的困顿、孤寂以及在旅途的终点所达到的精神升华的状态；其也体现了旅行叙事与其他叙事方法的不同之处，旅行的独特性在于旅行者与陌生环境进行互动，在旅行中遭遇的人与事带来情感体验，形成自己的独特感知和认识。

### （一）异国他乡文化带来的心灵震撼

旅行叙事有助于广泛展现社会生活，这不仅在于旅行者脚步的广阔性与灵活性，也在于旅行者的陌生化眼光。旅人行走的范围再广、地域再宽，如果他不能把种种习以为常的状况纳入视野，则毫无用处。旅行者的眼光是旅行行为所产生的最重要的价值。小说中唐敖一行人的旅程所见所闻侧面揭示了晚清社会的不公与危机。这种社会危机的全面再现不同于其他叙事角度，关键在于旅行者的凝视应用的是一种陌生化的眼光：旅行者

---

① 李汝珍.镜花缘 [M]．北京：人民文学出版社，1955：176.
② 李汝珍.镜花缘 [M]．北京：人民文学出版社，1955：176.

首先是一个陌生人，跨越边界来到异地，于异地而言他是陌生的。在他眼中，异地也是陌生的，一切习以为常的事情都可以成为问题，旅行者保有考察一切现象的能力，而其他人则因为积习的麻痹而对身边日常之事视而不见。旅行者具有总体性的认识能力，因此小说才由旅行叙事而方便地全面再现真实的社会现状。小说第十二回，唐敖众人与君子国两位宰辅吴之和、吴之祥谈论"世俗之事"，以国外老者之口针砭"天朝"时弊，于殡葬一事，批判生者为选风水令子孙兴旺，置父母灵柩多年不入土，提出只需量力而行，让父母瞑目无恨，人子扪心亦安即可；于生儿育女的三朝、满月、百日、周岁之习俗，批判富贵人家大肆宰杀猪羊鸡鸭，若要祈求福寿，可以将设宴花费拿来救济贫困百姓，自然多有福寿；于将子女送入空门"舍身"的，批判僧尼诳言惑众，愚夫愚妇无知，本地父老应以"寿夭有命"以及"无后为大"为义劝阻，使教自息。此外，于争讼、屠宰耕牛、宴请宾客规格、三姑六婆、后母、妇女缠足、算命合婚、民风崇尚奢华之事一一进行批判，并提出相应的见解。

《镜花缘》中唐敖一行人抵达的乌托邦之城，非君子国莫属，"那些'耕者让畔，行者让路'已是不争之意。而且士庶人等，无论富贵贫贱，举止言谈，莫不恭而有礼"①，还见到"买者添价，卖者以高货讨贱价""卖者以货色平常少收价，小军付大价买丑货""卖者嫌银子平水过高，将多余平色尽付乞丐"，描绘出一幅幅"好让不争"的行乐图；此外，还有李汝珍一改中国本位的概念，描摹出的西海第一大邦——轩辕国，"此地国王，乃黄帝之后，向来为人圣德。凡有邻邦，无论远近，莫不和好。而且有求必应，最肯排难解纷，每遇两国争斗，他即代为解和，海外因此省了许多刀兵，活了若干民命"②。旅行与乌托邦存在一定程度的关联，不管旅行者出于主动或是被动，都有着寻找心目中的"桃花源"的意图，而这往往是作者选择旅行叙事的原因，让笔下的旅行者进入想象中的乌托邦。旅行者的内心存在着对当下生活的不满，试图在旅途中寻觅其他的美好存在。李汝珍通过将唐敖置于杂糅理想与现实的乌托邦之中，用一个融合理

① 李汝珍. 镜花缘 [M]. 北京：人民文学出版社，1955：64.
② 李汝珍. 镜花缘 [M]. 北京：人民文学出版社，1955：259.

想与美好所构造的虚拟的"君子国"来刻画小说重要的政治色彩，描述了一个理想国的政治制度以及在这种制度保障下的人们的生活状态。乌托邦本义是"没有的地方"，甚至可以凭空想象到不切实际的地步，但它并不是痴人说梦，而是李汝珍立足清代社会现实所引产生美好想象，并通过唐敖的旅行见闻体现出来。

### （二）旅行者于探索中领悟的人生哲理

旅行文学的兴趣是永恒的，除了能给读者提供域外的知识，它还能栩栩如生地塑造旅行者自身的形象，刻画人物成长的历程，比如旅行者在面临困难时的勇气、他们在克服每一个困难时所表现出的耐心以及对异域的风土人情的见解等。唐敖的妻舅林之洋于女儿国被强抓为王妃，唐敖忧愁不已，"'那知在此耽搁多日，遭此飞灾。这些时，不知道舅兄怎样受罪，如何盼望！'一面说着，不觉滴下泪来。猛然内心一急，低头想了一想，走上前去，把榜揭了下来"①，从未有水利经验的唐敖救人心切，但凭借着自身的才识成功治理水患，并得到当地百姓的爱戴，"那众百姓见他早起晚归，日夜辛勤，人人感仰"②，通过治水救人一事，凸显唐敖的机智勤劳；在"杞人忧天，伯虑愁眠"的伯虑国，国民"一生最怕睡觉：他恐睡去不醒，送了性命，因此日夜愁眠"，"自从略知人事，就是满腹忧愁，从无一日开心，也不知喜笑欢乐为何物。你只看他终日愁眉苦脸，年未弱冠，须发已白，不过混一天是一天"③，唐敖据此得出"从此把心事全都撇去，乐得宽心多活几年"④的结论。

旅行为人物性格发展提供契机，一段旅程提供了时间和空间，旅行者出门历练，路上的艰险与遭遇，或者塑造、磨炼着旅人的品性，或者使其本有的品性得以展现，这是一种深层的故事发展。小说旅人层面的故事得到完整发展，完整讲述了"我"由幼稚到具有成熟认识能力的成长过程，其他种种次级层面的故事都挂在这一线索上，这种统一感是相对牢靠的。

---

① 李汝珍. 镜花缘 [M]. 北京：人民文学出版社，1955：238.
② 李汝珍. 镜花缘 [M]. 北京：人民文学出版社，1955：247.
③ 李汝珍. 镜花缘 [M]. 北京：人民文学出版社，1955：184.
④ 李汝珍. 镜花缘 [M]. 北京：人民文学出版社，1955：184.

从这方面而言，旅行不在于旅途的距离，而是自我内心的放飞，甚至是灵魂上的救赎。旅行者的成长与见闻的增长相辅相成。旅行叙事的本质特点，就体现在旅行者"出发"的起始地与"回归"的返回点之间所产生的"差异"。这种差异，就是旅行对主体的塑造结果。

### （三）主体自我精神世界的得道朝圣

当旅行者抵达未曾涉足的地方时，陌生的地域文化会带来精神世界的冲击，从而导致旅行者对昔日过往、自我认识产生思考与怀疑，并在一次又一次的认知碰撞中得到答案，最终达到旅行者魂牵梦萦的目的地，完成精神上抑或是肉体上的超凡脱俗。《镜花缘》中的旅行叙事主人公唐敖从屡次赶考，想要在仕途上有所作为，到后来以仙翁托梦令其寻访海外十二名花为由踏上旅程，从一开始唐敖踏上的便是朝圣之旅，最终也是历经艰辛寻到小蓬莱，得道并谢绝尘世，完成了朝圣。李汝珍选择的旅程终点也颇有深意，是《史记》中记载的三神山之一的小蓬莱，作为仙人居住的地方，多被当作得道之地。进入小蓬莱的方式充满戏剧性，唐敖一行人本是航行在日朗风清的海上，顷刻间狂风大作，波浪滔天，连刮三日，船才停泊到一个山脚下，进入小蓬莱的艰险也象征着朝圣的困难。多九公言："此处乃海外极南之地，我们若非风暴，何能至此！"唐敖在仙山上面，见"仙鹤麋鹿之类，任人抚摩，并不惊走……到处松实柏紫，啖之满口清香"，"不但利名之心都尽，只觉万事皆空。……竟有懒入红尘之意"[1]，最终留下七言绝句："逐浪随波几度秋，此身幸未付东流。今朝才到源头处，岂肯操舟复出游！"[2] 旅行可以被看作一种叛逆性的、颠覆性的行为，是实现自我价值的一个过程。旅行主体唐敖一开始秉持着儒家的进入仕途、积极进取思想，到被降为秀才的气恼，之后出海旅行，转变为入仙山避世的道家虚静无为思想，体现的正是旅行导致的叛逆与颠覆，李汝珍以此作为旅行的基调，让唐敖的思想发生天翻地覆的变化，完成了两个截然不同的精神世界转换。

---

① 李汝珍.镜花缘［M］.北京：人民文学出版社，1955：269.
② 李汝珍.镜花缘［M］.北京：人民文学出版社，1955：271.

## 四、结语

综合上述，我们从旅行叙事的角度分析《镜花缘》，能发现小说所运用的旅行书写手法天然地形成了线性叙事结构，旅行这一活动要素串联起了故事情节，使小说具有整体性，而旅行中静止或流动的场景则为作者提供一个较为新奇的观察视角。李汝珍以此作为观照现实的切入点，建构了一个虚实结合、真假难辨的海外空间，并通过旅行让小说的主体与客体相融合，使带有志怪色彩的《镜花缘》有着和谐的统一感与整体感，并不因为其中的虚构情节带来割裂感，而旅行者在旅行途中不断交流、感悟和思考，打破了思想的闭塞，最终完成身心的涅槃。旅行书写不仅和李汝珍的游历见闻及知识储备息息相关，而且体现了他的思想内蕴，作者在当中畅快行文、针砭时弊、寄托乌托邦的理想也得以通过旅行叙事实现。

# 论唐诗中的 "陈阿娇" 意象

南雪盈① 彭洁莹②

摘 要：出自汉武帝皇后陈阿娇的"金屋藏娇""幽闭长门""千金买赋"等故事的意象是唐诗中的经典意象之一。唐诗中的"陈阿娇"相关意象主要有"阿娇""金屋""长门""买赋"，这些意象在唐诗中各自演化出不同的含义。唐代诗人用这些意象，或是表达对陈阿娇的同情，或是感叹命运莫测，或是抒发宫怨之意，或是寄托怀才不遇的情感。"陈阿娇"意象能成为唐诗中的经典意象，是因为陈阿娇的故事本身足够精彩、司马相如所作的《长门赋》广为人知、适合"陈阿娇"意象的宫怨诗兴盛以及唐代诗人以汉代唐的习惯。

关键词：唐诗；陈阿娇；意象；意蕴

汉武帝的原配皇后陈氏小名阿娇，其母刘嫖是汉景帝胞姐，两人从小相识，留下"金屋藏娇"的故事。陈皇后也曾得宠十余年，然而陈氏最终被废去后位，幽闭于长门宫之中，为了复宠花费千金让司马相如作《长门赋》。"金屋藏娇""幽闭长门""千金买赋"的典故因陈阿娇兰因絮果的爱情故事与悲剧命运而成为诗人钟爱的题材，其中，"阿娇"是陈皇后的名字，"金屋"是汉武帝年少时许诺要为陈阿娇用黄金建造的房子，"长门"是陈阿娇被废后的住所，"买赋"是陈阿娇为了恢复宠爱而做的努力。《长门赋》在南北朝时期编撰的《文选》中首次出现。南北朝时期，诗歌中开始出现了"金屋""长门"等与"陈阿娇"相关的意象，如费昶的

---

① 南雪盈，女，广东海洋大学文学与新闻传播学院汉语言文学专业 2018 级本科生。
② 彭洁莹，女，广东海洋大学文学与新闻传播学院副教授。

《长门怨》、何逊的《咏早梅诗》、庾信的《幽居值春诗》等。唐诗中"陈阿娇"意象在数量上以及质量上都远超前代，"陈阿娇"及其相关意象——"阿娇""金屋""长门""买赋"逐渐成为唐诗中的经典意象。笔者通过检索，发现《全唐诗》中出现"阿娇"二字21处，"金屋"72处，"长门"96处，"买赋"12处，"长门赋"5处，《全唐诗》中仅以"长门怨"为题的诗就有四十余首，提及"陈阿娇"意象的诗歌有一百三十余首。除此之外，还有如"还将闺里恨，遥问马相如"①。这些虽涉及相关意象，但无标志性字词，不方便通过检索统计，这些意象皆出自陈阿娇一人。探究寄托在"陈阿娇"意象中的意蕴有助于我们体会陈阿娇的处境、遭遇以及更好地探究唐代诗人的情感世界。

## 一、"陈阿娇"意象的含义

### （一）阿娇

唐诗中的"阿娇"最初指汉武帝的陈皇后——陈阿娇。正史中其实并没有对陈皇后名讳的记载，"阿娇"之说最早出现在传闻为东汉班固所写的《汉武故事》②，由于其中"金屋藏娇"故事的流传，唐诗皆默认陈皇后之名为"阿娇"。如元稹的《梦游春七十韵》："卓女白头吟，阿娇金屋赋。重璧盛姬台，青冢明妃墓。"③ 四句诗的结构类似，皆为历史上著名的女子加一个与其相关的意象，"阿娇"对应才女卓文君，"金屋赋"明显是与汉武帝皇后陈阿娇有关的意象，所以此处"阿娇"只可能是指汉武帝的原配皇后陈阿娇。"阿娇"意象在唐诗中也演化出其他含义。

"阿娇"是唐诗中的少女意象之一。崔颢的《邯郸宫人怨》："母兄怜爱无俦侣，五岁名为阿娇女。"④ 梁锽的《名姝咏》："阿娇年未多，弱体性能和。"⑤ 这些诗中的"阿娇"皆为少女之名，或是"年未多"，或是才

① 曹寅，彭定求，等．全唐诗［M］．延吉：延边人民出版社，2004：145.
② 陆楫，等．古今说海［M］．成都：巴蜀书社，1988：616.
③ 曹寅，彭定求，等．全唐诗［M］．延吉：延边人民出版社，2004：2528.
④ 曹寅，彭定求，等．全唐诗［M］．延吉：延边人民出版社，2004：719.
⑤ 曹寅，彭定求，等．全唐诗［M］．延吉：延边人民出版社，2004：1153.

开始学画蝴蝶。元代陶宗仪的《辍耕录》中提到，宋时有酒名"黄娇"，是因为"关中以儿女为阿娇"①也可佐证这一点。宋元时关中人常用阿娇做儿女的小名，或许是从唐代开始就有此习俗，唐诗最早用"阿娇"形容少女，此后"阿娇"逐渐成为儿女的代称。

"阿娇"也是唐诗中宫女意象之一。例如，徐夤的《银结条冠子》："日下征良匠，宫中赠阿娇。瑞莲开二孕，琼缕织千条。"②诗中写到制作精美的银结条冠子被送给宫中女子。崔颢的《邯郸宫人怨》中"母兄怜爱无俦侣，五岁名为阿娇女"③，将"阿娇"作为邯郸宫人的名字。《全唐诗》中还有多处描写宫女时虽未提到阿娇之名，但用到了指向陈阿娇的意象。例如，李贺的《上云乐》："三千宫女列金屋，五十弦瑟海上闻。"④王维《扶南曲歌词五首》："宫女还金屋，将眠复畏明。"⑤李白《宫中行乐词八首》："小小生金屋，盈盈在紫微。"⑥都将宫女与金屋联系在一起，可见"陈阿娇"意象在唐诗中常指宫女。

"阿娇"意象还有美人之意。史书里没有对陈皇后容貌的记载，但《长门赋》第一句就是"夫何一佳人兮"，点出陈阿娇是位美人。唐诗中的"阿娇"往往也容貌美丽。梁锽的《名姝咏》"阿娇年未多，弱体性能和"，以"阿娇"命名所咏名姝，诗中形容其"临津双洛浦，对月两嫦娥"⑦，美貌堪比洛神与嫦娥；崔颢的《邯郸宫人怨》中也形容名叫阿娇的女子"七岁丰茸好颜色"，后来还因为"汉帝好容色"而入宫，"何知汉帝好容色，玉辇携登归建章"⑧，侧面显示出其容貌美丽。李白的《妾薄命》写"汉帝重阿娇，贮之黄金屋"，"昔日芙蓉花，今成断根草。以色事他人，能得几时好"⑨，形容阿娇昔日如芙蓉花一般美丽。于濆《宫怨》中

① 肖丹. "阿娇"典故源流研究 [J]. 教育教学论坛, 2015（44）: 74.
② 曹寅, 彭定求, 等. 全唐诗 [M]. 延吉: 延边人民出版社, 2004: 4407.
③ 曹寅, 彭定求, 等. 全唐诗 [M]. 延吉: 延边人民出版社, 2004: 719.
④ 曹寅, 彭定求, 等. 全唐诗 [M]. 延吉: 延边人民出版社, 2004: 160.
⑤ 曹寅, 彭定求, 等. 全唐诗 [M]. 延吉: 延边人民出版社, 2004: 672.
⑥ 曹寅, 彭定求, 等. 全唐诗 [M]. 延吉: 延边人民出版社, 2004: 231.
⑦ 曹寅, 彭定求, 等. 全唐诗 [M]. 延吉: 延边人民出版社, 2004: 1153.
⑧ 曹寅, 彭定求, 等. 全唐诗 [M]. 延吉: 延边人民出版社, 2004: 719.
⑨ 曹寅, 彭定求, 等. 全唐诗 [M]. 延吉: 延边人民出版社, 2004: 178.

写道："谓言入汉宫，富贵可长久。君王纵有情，不奈陈皇后。谁怜颊似桃，孰知腰胜柳。今日在长门，从来不如丑。"① 诗中这位如陈阿娇一样幽闭"长门"的主人公也是"颊似桃""腰胜柳"，容貌过人。

"阿娇"意象还有娇花之意。唐人作诗有以花喻美人，以美人喻花的习惯。阿娇被诗人比作芙蓉花，而美丽的花朵也曾被诗人比作阿娇。何希尧有《海棠》一诗："著雨胭脂点点消，半开时节最妖娆。谁家更有黄金屋，深锁东风贮阿娇。"② 诗人抓取半开的海棠花淋雨时的特点，将海棠半遮半掩的妩媚之态写得生动形象至极，又用陈阿娇比喻海棠花，更显得海棠娇贵艳丽。

## （二）金屋

"金屋藏娇"原本只是汉武帝年幼时的戏言，正史中也并没有汉武帝建起黄金屋的记载，陈阿娇也没有真的在金屋里住过，甚至"金屋藏娇"此事本身都不知真假。"金屋"本就是存在于诗人想象中的意象，从其出现开始经历了许多文人的联想和加工。

唐诗中"金屋"指陈阿娇住的宫殿。例如，刘禹锡的《阿娇怨》："望见葳蕤举翠华，试开金屋扫庭花。须臾宫女传来信，言幸平阳公主家。"③ 诗名"阿娇怨"，再结合上下文，显然诗中的主人公就是陈阿娇。陈阿娇远远望见天子仪仗，就试着打开房门打扫庭院，准备迎接皇帝。然而，一会儿宫女传来消息，说皇帝是去了平阳公主家。陈阿娇被废后继任的皇后卫子夫原为平阳公主家歌伎，在武帝到访平阳公主府时得幸。陈阿娇对皇帝到来的殷切期待，不过是一场误会，皇帝其实是要去别处。巧妙的情节勾勒出陈阿娇思念皇帝而不得的落寞形象，哀婉愁怨之情不言而喻。用"金屋"形容陈阿娇居所的唐诗还有许多。李白的《怨情》"请看陈后黄金屋，寂寂珠帘生网丝"④，李商隐的《茂陵》"玉桃偷得怜方朔，

① 曹寅，彭定求，等. 全唐诗 [M]. 延吉：延边人民出版社，2004：3755.
② 曹寅，彭定求，等. 全唐诗 [M]. 延吉：延边人民出版社，2004：3140.
③ 曹寅，彭定求，等. 全唐诗 [M]. 延吉：延边人民出版社，2004：146.
④ 曹寅，彭定求，等. 全唐诗 [M]. 延吉：延边人民出版社，2004：1887.

金屋修成贮阿娇"①，罗隐的《燕》"汉妃金屋远，卢女杏梁高"②，刘禹锡的《咏古二首有所寄》"金屋容色在，文园词赋新"③ 等。从这些诗中的"陈后""阿娇""汉妃""词赋"等词及上下文意可以推断诗中住在金屋的人是陈皇后陈阿娇。

"金屋"在唐诗中还专指宠妃居所。如果是失宠之人，住的就不算金屋。如陈陶《续古二十九首》："汉家三殿色，恩泽若飘风。今日黄金屋，明朝长信宫。"④ 皇帝后宫美人之多，恩宠如飘风一般没有规律，无法预测。今日还如陈皇后得宠时一样住在黄金屋里，明日就如班婕妤失宠一样退居长信宫。这里的"金屋"意象就含有嫔妃得宠时的居所之意。元稹的诗《有鸟二十章》中"妖姬谢宠辞金屋，雕笼又伴新人宿"⑤，"谢宠"便要"辞金屋"，可见得宠才能住金屋，"金屋"这一意象与受宠、得宠之间有联系。于鹄的《送宫人入道归山》中有"自伤白发辞金屋"⑥，色衰爱弛便"辞金屋"，同样如此。

"金屋"也泛指宫殿。骆宾王《帝京篇》描绘帝京长安的繁华壮丽，其中有："桂殿嶔岑对玉楼，椒房窈窕连金屋。"⑦ 高峻的宫殿对着华丽的楼宇，幽深的后宫连着金碧的屋室。"金屋"代指帝京长安华丽的宫殿。李贺的《相和歌辞·上云乐》："三千宫女列金屋，五十弦瑟海上闻。"⑧ 王维的《扶南曲歌词五首》："宫女还金屋，将眠复畏明。"⑨ 从诗句中"宫女"二字便可推出"金屋"泛指宫殿，且"阿娇"有宫女之意，"阿娇"住的"金屋"当然也有宫殿之意。

"金屋"亦指不是宫殿但十分华美的房屋。如戎昱的《赠别张驸马》中写到了张驸马落魄后"华堂金屋别赐人"⑩，"金屋"和"华堂"，就是

---

① 曹寅，彭定求，等.全唐诗 [M].延吉：延边人民出版社，2004：3657.
② 曹寅，彭定求，等.全唐诗 [M].延吉：延边人民出版社，2004：4112.
③ 曹寅，彭定求，等.全唐诗 [M].延吉：延边人民出版社，2004：2157.
④ 曹寅，彭定求，等.全唐诗 [M].延吉：延边人民出版社，2004：4595.
⑤ 曹寅，彭定求，等.全唐诗 [M].延吉：延边人民出版社，2004：2520.
⑥ 曹寅，彭定求，等.全唐诗 [M].延吉：延边人民出版社，2004：1891.
⑦ 曹寅，彭定求，等.全唐诗 [M].延吉：延边人民出版社，2004：457.
⑧ 曹寅，彭定求，等.全唐诗 [M].延吉：延边人民出版社，2004：160.
⑨ 曹寅，彭定求，等.全唐诗 [M].延吉：延边人民出版社，2004：672.
⑩ 曹寅，彭定求，等.全唐诗 [M].延吉：延边人民出版社，2004：1636.

指华美的房屋。再如，齐己的《灯》："金屋玉堂开照睡，岂知萤雪有深功。"① 独孤及的《和虞部韦郎中寻杨驸马不遇》："金屋琼台萧史家，暮春三月渭州花。"② 这些诗中将"金屋"和"玉堂""琼台"并列，均形容房屋之华美。

### （三）长门

"长门"指陈阿娇被废后所居的长门宫。如李白的《白头吟》："此时阿娇正娇妒，独坐长门愁日暮。但愿君恩顾妾深，岂惜黄金买词赋。"③ "长门"意象不仅指陈阿娇被废后所居的长门宫，也代指冷宫或是失宠宫女的住所。唐诗中用到"长门"意象的，大都涉及宫怨，借助"陈阿娇"意象，抒发整个宫女群体的哀怨之情。例如，崔颢的《长门怨》："君王宠初歇，弃妾长门宫。紫殿青苔满，高楼明月空。夜愁生枕席，春意罢帘栊。泣尽无人问，容华落镜中。"④ 全诗极力描写主人公失宠后的孤寂、凄凉、愁怨，看似说陈阿娇，实指每一个被困深宫、无人问津的寂寞宫女。再如，江采萍的《谢赐珍珠》："桂叶双眉久不描，残妆和泪污红绡。长门尽日无梳洗，何必珍珠慰寂寥。"⑤ 梅妃江采萍是唐玄宗早期的宠妃，在杨玉环得宠后逐渐失宠。此诗作于梅妃被赏赐珍珠之后，诗中梅妃称自己因为失宠已经许久不化妆了，宫中一整天都不需要梳洗，用不着珍珠饰品，皇上又何必送珍珠来抚慰我的寂寥呢？诗中用"长门"代指像陈阿娇一样失宠了的梅妃居住的宫殿。

### （四）买赋

陈阿娇为复宠花费重金请司马相如作赋，唐诗中便使用"买赋"这一意象体现渴望宠爱之心。如李白《白头吟》："但愿君恩顾妾深，岂惜黄金买

---

① 曹寅，彭定求，等．全唐诗［M］．延吉：延边人民出版社，2004：5154.
② 曹寅，彭定求，等．全唐诗［M］．延吉：延边人民出版社，2004：2191.
③ 曹寅，彭定求，等．全唐诗［M］．延吉：延边人民出版社，2004：141.
④ 曹寅，彭定求，等．全唐诗［M］．延吉：延边人民出版社，2004：720.
⑤ 曹寅，彭定求，等．全唐诗［M］．延吉：延边人民出版社，2004：35.

词赋。"① 诗中就以不惜黄金买赋之举，衬托渴望君恩之迫切。再如，温庭筠《清平乐》中写宫女望幸之心："凤帐鸳被徒熏，寂寞花锁千门。竞把黄金买赋，为妾将上明君。"② 寂寞的宫女都竞相争着用"黄金买赋"，想要摆脱不得宠的状况。可惜不管阿娇多么渴望恢复昔日荣宠，幽闭长门宫的结局已经无法挽回，即使千金买赋，终究无用。纵然《长门赋》序言中说道"复幸"，但唐诗中提及买赋的效果，都是以此衬托阿娇失宠之悲。比如卢弼《妾薄命》"黄金买赋心徒切，清路飞尘信莫通"③、李益《汉宫少年行》"徒用黄金将买赋，宁知白玉暗成痕"④ 都认为黄金买赋是无意义之举，更何况谁能料到之后得宠的卫子夫最后也落得个凄惨的下场。

## 二、寄托在"陈阿娇"意象上的情感

### （一）对陈阿娇的同情

与史书相比，唐诗中美化了陈阿娇的形象。班固的《汉书》等正史记录的陈皇后骄横奢靡、善妒无子、行巫蛊之术，是"不可以承天命"⑤，不值得同情的废后。而唐代诗人极为默契地共同忽略了史书中所记载的陈阿娇的诸多罪责与过错，极力描写她的孤寂幽怨，对陈阿娇失宠原因的解释或是年老色衰，或是帝王薄幸，或是新人争宠，甚至不乏为其开脱之言，偶有几首提及陈阿娇骄妒的诗，也没有讽刺指责之意。例如，李白的《妾薄命》虽然没有否认陈阿娇善妒的缺点，但将陈阿娇失宠的原因归结为以色娱人，色衰爱弛，所以难得长久。再如，齐浣的《长门怨》："茕茕孤思逼，寂寂长门夕。妾妒亦非深，君恩那不惜。携琴就玉阶，调悲声未谐。将心托明月，流影入君怀。"⑥ 将陈阿娇塑造成思妇形象。唐诗中"陈阿娇"意象要表达的重点从来不是陈阿娇是否德行有亏，而是陈阿娇的处境

---

① 曹寅，彭定求，等. 全唐诗 [M]. 延吉：延边人民出版社，2004：141.
② 曹寅，彭定求，等. 全唐诗 [M]. 延吉：延边人民出版社，2004：5421.
③ 曹寅，彭定求，等. 全唐诗 [M]. 延吉：延边人民出版社，2004：179.
④ 曹寅，彭定求，等. 全唐诗 [M]. 延吉：延边人民出版社，2004：1740.
⑤ 班固. 汉书 [M]. 杭州：浙江古籍出版社，2002.1：1183.
⑥ 曹寅，彭定求，等. 全唐诗 [M]. 延吉：延边人民出版社，2004：145.

如何孤寂凄凉，如何苦苦思念君王而不得。深宫中落寞的妃嫔、郁郁不得志的文人同样如失宠的陈阿娇一样感受到了君王的冷酷无情，诗人托以言志，自然饱含同情地将陈阿娇塑造为无辜哀怨的形象。

另外，陈阿娇与班婕妤体现出行为类比、形象重叠的倾向。① 同一首诗中，与陈阿娇相关的"金屋""长门""买赋"等意象，常常和与班婕妤相关的"长信""团扇""辞辇"等意象联用并举。陈阿娇与班婕妤的命运有一定的共通性，二人同为汉宫嫔妃，都有得宠复失宠，别居冷宫看皇帝另觅新欢的经历。当唐代诗人想使用与其中一位相关的意象表达某个主题时，与另一位相关的意象往往可以毫不违和地适用于同一主题。例如，徐惠《长门怨》的"守分辞芳辇，含情泣团扇"②，李百药《妾薄命》的"团扇秋风起，长门夜月明"③ 等。历史上的班婕妤才德兼备、理性自持，其正史评价与骄妒任性的陈阿娇完全不同，但后代诗人常常将二人相提并论，这是对陈阿娇形象的一种美化，也体现出唐代诗人们像同情失宠的贤妃班婕妤一样同情史书上的陈阿娇。

### （二）感叹命运无常

唐诗常将陈阿娇得宠时与失宠后进行对比，通过陈阿娇的悲剧命运，感叹人生无常，祸福难料。例如，李白《妾薄命》："汉帝重阿娇，贮之黄金屋。……昔日芙蓉花，今日断根草。以色事他人，能得几时好。"④ 陈阿娇昔日的尊贵荣宠与后来失宠的孤寂落寞形成强烈对比，其中不无感叹其命运跌宕难测之意。李益的《汉宫少年行》就直言："岂知人事无定势，朝欢暮戚如掌翻。椒房宠移子爱夺，一夕秋风生戾园。徒用黄金将买赋，宁知白玉暗成痕。"⑤ 感叹祸福难料，命运难测。君恩无常，帝王薄情，对陈阿娇如此，对卫子夫如此，对入仕朝廷、侍奉君王的诗人来说亦如此，

---

① 汪泽. 长门买赋故事形态流变及其文化分析 [J]. 科学经济社会，2015，33（4）：142 – 146.

② 曹寅，彭定求，等. 全唐诗 [M]. 延吉：延边人民出版社，2004：32.

③ 曹寅，彭定求，等. 全唐诗 [M]. 延吉：延边人民出版社，2004：178.

④ 曹寅，彭定求，等. 全唐诗 [M]. 延吉：延边人民出版社，2004：178.

⑤ 曹寅，彭定求，等. 全唐诗 [M]. 延吉：延边人民出版社，2004：1740.

一身荣辱系与君王一念之间。再如李端《妾薄命》中有："新人莫恃新，秋至会无春。从来闭在长门者，必是宫中第一人。"① 对新人的劝诫中，感叹后宫女子最终都将走向悲剧的命运。此外，"妾薄命"这一题目本身就有自伤命运悲惨之意，唐代杜审言、胡曾、李百药等都曾在以"妾薄命"为题的诗中使用"陈阿娇"意象来感叹命运无常，盛衰难料。

### （三）宫怨

《全唐诗》涉及"陈阿娇"意象的诗许多是宫怨主题，甚至使因陈阿娇而产生的乐府诗题《长门怨》成为宫怨诗中的代表性题目。大多数含有"陈阿娇"意象的诗都不仅仅是抒发陈阿娇一人之怨，而是替陈阿娇以及有着与陈阿娇相似命运的嫔妃、宫女抒发哀怨愁苦之情。例如，张修之的《长门怨》："长门落景尽，洞房秋月明。玉阶草露积，金屋网尘生。妾妒今应改，君恩昔未平。寄语临邛客，何时作赋成。"② 表面上写的是陈阿娇被废于长门宫后的忧思愁怨，但此情契合深宫中每一个孤独寂寞的女子，是无数深宫女子共同的怨情。又如岑参的《长门怨》："君王嫌妾妒，闭妾在长门。舞袖垂新宠，愁眉结旧恩。绿钱侵履迹，红粉湿啼痕。羞被夭桃笑，看春独不言。"③ 陈阿娇因善妒而失宠，新宠卫子夫擅长歌舞。陈阿娇的经历在封建帝王深宫之中实属普遍，后宫最不缺的就是只能眼看旁人得宠的失意之人。再如，唐太宗嫔妃徐惠的《长门怨》："旧爱柏梁台，新宠昭阳殿。守分辞芳辇，含情泣团扇。一朝歌舞荣，夙昔诗书贱。颓恩诚已矣，覆水难重荐。"④ 徐贤妃在《长门怨》诗题下，借西汉成帝班婕妤的荣宠兴衰际遇抒发自身被君王冷落遗弃后的怨愤之情。唐诗中的许多《长门怨》，除去题目，诗中并没有与陈阿娇有关的标志，描写的都是失宠宫女幽怨之情，岑参、刘长卿、戴叔伦、李华、杨衡等所作的《长门怨》便是如此。

① 曹寅，彭定求，等. 全唐诗 [M]. 延吉：延边人民出版社，2004：179.
② 曹寅，彭定求，等. 全唐诗 [M]. 延吉：延边人民出版社，2004：145.
③ 曹寅，彭定求，等. 全唐诗 [M]. 延吉：延边人民出版社，2004：145.
④ 曹寅，彭定求，等. 全唐诗 [M]. 延吉：延边人民出版社，2004：32.

· 152 ·

### （四）怀才不遇

"陈阿娇"意象上还寄托了唐代诗人怀才不遇的幽怨愤懑之情。战国末期屈原的《离骚》就以众美嫉妒进谗托寓忠臣受排挤打击被君王见弃，唐诗中这种以男女之情比附君臣关系的诗数量繁多，而含有"陈阿娇"意象的宫怨诗表面上写失宠嫔妃的寂寞幽怨，实则是仕途遭受挫折诗人的怀才不遇，一腔幽怨愤懑，托以言志。君恩无常，后宫中女性的不幸遭遇与诗人的政治处境之间有众多的契合点，而宫怨诗要表达情感的对象正好也是帝王，诗人可以毫不违和地将不被君主重用的政治困境与受君主冷落疏远的幽怨愤懑之情借嫔妃宫女之口表达出来。例如，李白的《妾薄命》《长门怨二首》《怨情》都用到了"金屋""长门""阿娇"等意象，再联系其进京后与陈阿娇相似的先得宠后失宠、仕途受挫、壮志难酬的经历，极大可能是借此隐喻自己被唐玄宗疏远之情。王贞白的《长门怨》中"从来非妾过，偶尔失君恩"，除了为陈阿娇开脱，也是诗人自认为德行、志向、才华等方面都无欠缺，却始终得不到君王的重用而无法实现抱负的愤懑之语，因此终究是渴盼君王"翠华如可待，应免老长门"[1]。李绅仕途坎坷艰难，曾因卷入政治斗争而入狱，后又失势被贬，其所作《长门怨》："宫殿沉沉晓欲分，昭阳更漏不堪闻。珊瑚枕上千行泪，不是思君是恨君。"[2] 诗中被冷落宫人的"千行泪"不是因思念而流，而是无比幽怨的"恨君"，这种怨愤情绪亦是诗人政治上的坎坷经历在情感上的曲折映射。

## 四、"陈阿娇"意象成为唐诗中经典意象的原因

### （一）足够精彩的宫闱秘事

陈阿娇和汉武帝的故事本身就足够精彩传奇，何况宫闱秘事天然引人兴趣。故事涉及易储、废后这类影响国家根本的大事，牵涉其中的人物——太后、公主、嫔妃、皇帝、皇后，皆是天家贵胄，两位主人公还是

---

① 曹寅，彭定求，等．全唐诗［M］．延吉：延边人民出版社，2004：4364.
② 曹寅，彭定求，等．全唐诗［M］．延吉：延边人民出版社，2004：145.

历史上赫赫有名的汉武帝和他的皇后，所有的情节都发生在重重宫墙之内，其中藏着不知多少不足为外人道的秘密。偏偏又流传出一些或真或假的记录，故事就愈发具有了传奇性，总是容易引起人的窥探关注或是评论一二。

### (二) 司马相如《长门赋》广为人知

陈阿娇和汉武帝的故事再精彩也不过是浩如烟海的史书里不起眼的一小段，未必能使诗人频繁提及。但《文选》收录司马相如的《长门赋》很难不引起唐代诗人们的关注。《文选》是南北朝时期昭明太子萧统主持编撰的一部文学总集，在文学作品的收录、文体的辨析等方面具有重大贡献，对后代文学发展产生了重大影响。隋朝进士科的考试内容主要是《文选》里的作品。唐代以诗赋取士，《文选》是时人学习诗赋的最好途径。唐代诗人大多可以对《文选》中的典故信手拈来，对《长门赋》自然十分熟悉。[1] 而《长门赋》的作者是被称为"赋圣"和"辞宗"的司马相如，在文学史上占有重要地位。《长门赋》本身就具有较高的文学水平，又署名为司马相如，会引起极高的关注并被广泛传播是理所当然的事情。所以，唐代诗人基本皆知司马相如所作的《长门赋》，唐诗中含有大量相关的意象也是理所当然的。

### (三) 宫怨诗兴盛

《长门赋》作为宫怨诗的滥觞，以失宠的陈皇后的口吻，写尽孤寂愁怨之情。宫怨诗在唐以前发展缓慢，唐代诗人写宫怨诗一开始大都模仿《长门赋》，后人写宫怨诗很容易受《长门赋》的影响。两汉乐府诗普遍更关心社会现实问题，极少出现宫怨、闺怨题材，从汉魏到隋末的400多年里仅有57首宫怨诗[2]，"陈阿娇"意象也未出现过；南北朝时期，文学的伤感基调蔓延，宫体诗繁荣，宫怨、闺怨类的诗歌题材才开始有所发展，出现了乐府题"长门怨"，"陈阿娇"意象开始出现在诗歌中；唐代以诗赋

---

① 刘跃进.《昭明文选》：流传千年的范文经典 [N]. 光明日报, 2017 – 01 – 09.
② 梁晓霞. 论唐代宫怨诗的嬗变轨迹 [J]. 兰州学刊, 2010 (10): 140 – 142.

取士，士人的积极进取及其进取途中的坎坷遭遇激发了他们创作宫怨诗的冲动，宫怨诗发展到巅峰，"陈阿娇"意象随之大量出现。

除此之外，唐诗为了更自由地议论时政而以汉代唐的写作习惯，也是"陈阿娇"成为唐诗经典意象的重要原因。

## 五、结语

若论身份，陈阿娇是真正的天之骄女，又顺理成章成为大汉最尊贵的皇后。然而一朝被废，遗恨长门。这样曲折的命运引起了唐代诗人的共鸣，他们不断重提那不知多少年前的一段往事，为其描摹出与史书上冰冷文字不同的鲜活色彩，将一个女子曲折短暂的命运演化成恒久的意象以及丰富的意蕴，向其中倾注着自身郁郁不得志的愤懑、对祸福难测的命运的感慨、对和自己一样不得圣眷的宫中女子的同情之心。直到今日，人们仍然能够从字里行间窥探到历史的烟尘和诗人倾注其中的生动情感。

# 试析《红发女人》的"呼愁"主题

罗雨畅① 胡根法②

**摘 要：**对于土耳其人来说，"呼愁"代表着一种难以言喻的失落与忧伤。帕慕克在其小说《红发女人》中，通过环境设置，定下土耳其国土西化、社会混乱所带来的"呼愁"主调，并用互文、视角转换等手法叙述了发生在主人公杰姆身上的悲剧。帕慕克让相似的故事情节不断重叠，反复回响，将杰姆找寻身份时的纠结心境和盘托出，让属于"呼愁"的迷茫与彷徨之感弥漫小说。通过《红发女人》，帕慕克不仅展现了他对以往创作风格的突破，还投射出他对社会问题的关切。

**关键词：**奥尔罕·帕慕克；呼愁；《红发女人》

菲利特·奥尔罕·帕慕克（Ferit Orhan Pamuk, 1952—）是土耳其著名小说家，于 2006 年凭借其作品《我的名字叫红》获得诺贝尔文学奖后，逐渐走入中国读者的视野，《红发女人》是其新近发表的长篇小说。

《红发女人》主要围绕杰姆与其父亲阿肯、挖井师傅马哈茂德、儿子恩维尔之间的关系展开叙述，红发女人作为线索让故事形成闭环。长期因政治罪离家在外的父亲阿肯在杰姆高中时期彻底失踪了，剩下杰姆与母亲相依为命。一年暑假，一个特别的机会让十六岁的杰姆决定跟随挖井师傅马哈茂德去邻镇恩格然挖井，并在车站偶遇红发女人，杰姆悲剧命运的齿轮似乎就此开始转动。时过境迁，杰姆曾经刻意逃避恩格然小镇，现在却因为其商业版图的扩大不得不重返。得此际遇，杰姆才获知自己误杀的师

---

① 罗雨畅，女，广东海洋大学文学与新闻传播学院汉语言文学专业 2018 级本科生。
② 胡根法，男，广东海洋大学文学与新闻传播学院讲师。

傅并没有死，良心得以安宁。但突然多出的一个儿子让杰姆手足无措，原无后就能避免的"弑父"结局，没想到最终还是会发生在自己身上。

帕慕克的作品总离不开"呼愁"主题。在自传体小说《伊斯坦布尔：一座城市的记忆》中，他更以"呼愁"为第十章的标题，用一整章的篇幅来阐释他所理解的"呼愁"，该章节也是国内学者研究帕慕克"呼愁"主题的参照重点。

据帕慕克在书中的叙述，"呼愁"一词在土耳其语中意为"忧伤"。它出现在伊斯兰宗教经典《古兰经》时，两次被写作"huzn"，三次被作"hazen"，词义与当代土耳其词汇相同。在伊斯兰宗教典故中，先知穆罕默德将妻子哈蒂洁和伯父塔里涌两位亲人过世的那年称为"Senetülhüzn"，即"忧伤之年"，可见最初"呼愁"一词是用来表达失去亲人后心灵深处的失落感。①

随着土耳其社会的巨变，人们对"呼愁"内涵的理解早已不限于宗教层面。帕慕克提出，伊斯坦布尔的"呼愁"不仅是一种介于肉体痛苦与悲伤忧虑之间的感觉，也是无人能够或愿意逃离的一种悲伤，更是一种看待我们共同生命的方式；不仅是一种精神境界，也是一种思想状态，最后既肯定亦否定人生。②

在《红发女人》中，帕慕克除用擅长的城市书写、多视角转换、身份构建来营造"呼愁"外，还融入了西方神话与东方民间传说中不谋而合的"命运"主题。相比帕慕克以往的长篇小说，《红发女人》紧凑的情节和适时而止的叙述让故事冲突更加尖锐，书中不少的对立关系与借人之口的询问也是帕慕克在对现实世界的一次正面审视。

总体而言，由于国内《红发女人》的研究还较少，且多从隐喻、叙事伦理、女性主义等方面进行探讨，较少涉及帕慕克创作艺术的核心"呼愁"，该方面还有较大的研究空间。因此，本文拟在文本细读的基础上，解读作品所涵盖的"呼愁"主题，并进一步探索帕慕克的创作艺术。

---

① 奥尔罕·帕慕克.伊斯坦布尔：一座城市的记忆 [M].柯佩桦，译.上海：上海人民出版社，2007：86.

② 奥尔罕·帕慕克，伊斯坦布尔：一座城市的记忆 [M].柯佩桦，译.上海：上海人民出版社，2007：87.

## 一、"呼愁"主题的环境设置

《红发女人》作为帕慕克迄今最短的长篇小说，不仅使用了他最为擅长的"弑父""谋杀"等素材去呈现文明冲突，还一如既往地将这些素材发生的场景设置在土耳其，尤其是处于城市化与工业化下的伊斯坦布尔。因此，如将帕慕克擅长的各类写作技巧放置一旁，先对文本的环境设置进行剖析，也许将更容易理解作品其中表达的"呼愁"。

### （一）社会环境的更迭

1. 国土西化

西化，一直以来都是帕慕克小说中无法避免的关键词，土耳其全盘西化的现实是"呼愁"形成的主因。[1] 帕慕克常在《红发女人》中提及对西化的不满，如"伊朗人不像我们因西化而忘却古老诗歌和传说故事""我们土耳其人一经面朝西方，便忘却了伊朗"[2]，并将土耳其西化的阵痛贯穿作品始终。

土耳其的西化大致可以分为两个时期：一是19世纪奥斯曼帝国西化改革时期，二是凯末尔时期。1453年，从拜占庭帝国接过统治权后，奥斯曼帝国政教合一，使伊斯兰教获得至上地位。同时，封建王权与神权合二为一的专制统治，让帝国用两百年的时间，从积弱积贫的部落壮大成横跨亚欧非的强大帝国。但强国末路，外有法国大革命的冲击，内有政治腐败与战争连连失利，让奥斯曼帝国在末期开启了西化进程。碰巧的是，帝国时期鼓励西化的元勋中，就有马哈茂德二世，与小说中的挖井师傅同名。即便如此，自救改革仍赶不上帝国的江河日下。1922年，凯末尔终结了奥斯曼帝国的统治，建立了土耳其共和国。凯末尔同样不遗余力地推行西化改革，在他的带领下，土耳其的政治、法律、教育与日常生活的世俗化似乎

---

① 党任依. 奥尔罕·帕慕克小说"呼愁"、废墟审美研究［D］. 福州：福建师范大学，2015.

② Çnar Oskay. Nobel laureate Pamuk chides EU for ignoring Turkey's rights record［EB/OL］.［2022-02-28］. https：//www.hurriyetdailynews.com/nobel-laureate-pamuk-chides-eu-for-ignoring-turkeys-rights-record-94563.

也步入正轨。但在其大刀阔斧的改革下，凯末尔主义忽视了国家长期存在的伊斯兰属性，西化之路趋向极端。

自上而下的改革显然违背了社会发展规律，在教育方面尤为突出。伊斯兰宗教教育被美式教育取代，《红发女人》中杰姆从小看的都是弗洛伊德、儒勒·凡尔纳、爱伦·坡等西方作家的著作，对包括《古兰经》在内的伊斯兰经典了解甚少："经历了两百年的西化努力，现在土耳其没人在对这些浩瀚的故事感兴趣。"① 杰姆代表着一众现代土耳其人，代表着与过去的文明割裂的新个体。而马哈茂德则是虔诚的伊斯兰教徒，在挖井的苦旅中，他总是用《古兰经》中的典故教育杰姆。其中的先知优素福故事，让杰姆第一次面对东西方文明差异并产生恐慌。生于土耳其，长于土耳其，却无法用传统举证，这是东西方文化在《红发女人》中展现的第一次正面交锋，也是帕慕克想要传达"呼愁"的第一步。

2. 社会混乱

帕慕克的作品里都或多或少地包含政治因素，作者却在很长一段时间都不愿承认自己的创作与政治挂钩。但在小说《红发女人》面市前夕，《共和报》主编邓达尔和该报驻安卡拉记者因莫须有的罪名被土耳其官方拘捕，帕慕克最终按捺不住对政府大选的不满，表示"我曾说'只谈文学'，但如今看来是不可能的了"②。显然，《红发女人》的创作里包含了帕慕克对社会混乱的关切。

小说第一部分的时间就设置在土耳其世俗化与宗教化斗争最为激烈的20世纪80年代。"二战"结束以来，伊斯兰宗教势力在原本的伊斯兰国——土耳其，也有抬头的迹象。1979年2月11日伊朗霍梅尼革命取得胜利后，土耳其民众的伊斯兰宗教情感更是快速增长。帕慕克在书中提及伊朗三十余次，而加速杰姆命运齿轮转动的《列王纪》画作，就位于伊朗首都德黑兰。出于对现有秩序的不满，土耳其激进左翼出现，但当时土耳其的执政党对其他政党的态度是极端排斥与打压。杰姆的父亲阿肯就是一

① 奥尔罕·帕慕克. 红发女人 [M]. 尹婷婷，译. 上海：上海人民出版社，2018：159.

② Çnar Oskay. Nobel laureate Pamuk chides EU for ignoring Turkey's rights record [EB/OL]. [2022 – 02 – 28]. https://www.hurriyetdailynews.com/nobel – laureate – pamuk – chides – eu – for – ignoring – turkeys – rights – record – 94563.

名马克思主义者，参加了当时的革命组织和政治斗争，因此被捕。红发女人所在的政治剧团也有着浓厚的左翼色彩，需要四处躲藏。

事实上，帕慕克鲜少让情节发生在确切的时间点。但在小说中，杰姆为了公司业务开始来往于伊斯坦布尔与邻国的这一年——1997年，被确切地标记出来。这一年，在杰姆乘坐飞机的旅程中，不可避免地再次与恩格然镇相遇，从而回归现实。1997年的土耳其国内发生了第四次军事政变，彼时的冲突依旧来自伊斯兰主义与土耳其世俗主义的斗争。政变就像一个不定时炸弹，打乱土耳其民众的日常生活，社会的混乱无法给予土耳其人民传统文化的连续感，渐而丧失了自身文化的重构能力，加深了"呼愁"的集体记忆。

就这样，维护世俗化的军队、激愤的左翼分子、传统的发言人"父亲"师傅、出身中产家庭受西化影响的"儿子"杰姆，"小人物的命运和大时代的政治较量纠缠在一起"①，与国土西化和社会混乱一起，在作者笔下的恩格然小镇里停驻。

### （二）新旧建筑的共存

帕慕克作品里的"呼愁"不仅体现在社会矛盾的背景构建，还外显于对城市环境的审视。在《伊斯坦布尔：一座城市的记忆》中，帕慕克就通过对伊斯坦布尔建筑的描写，将"呼愁外化成一种与切实的接近、废墟、人群能够水乳交融的忧郁情绪"②。

在《红发女人》中，帕慕克也毫不例外地对恩格然小镇进行审视，主要分为以下三个阶段：

第一个阶段是1986年的夏天。杰姆跟随师傅从白西克塔斯区前往位于恩格然小镇附近的一片高地挖井。这段行程杰姆需要经过海峡大桥，即著名的亚欧大桥。大桥于1973年建成通车，它跨越宽广的博斯普鲁斯海峡，连接着亚欧大陆，加速融合着东西方两种浑然不同的文化。到达城外，帕

---

① 高华. 帕慕克笔下的"小人物"与"大时代"——从《伊斯坦布尔》《我脑袋里的怪东西》到《红发女人》[J]. 中国图书评论，2020（8）：62-75.
② 党任依. 奥尔罕·帕慕克小说"呼愁"、废墟审美研究[D]. 福州：福建师范大学，2015.

慕克便开始数落土耳其现代化的不平衡:"出城墙不久,渐渐疏落的房屋变得小而破败。"① 出城后荒芜景象让杰姆看见柏树、墓地、混凝土墙都觉得新奇。在恩格然小镇里,有木匠铺、铁匠铺、杂货店、烟草店、五金店、公园、鲁米利亚咖啡馆、饭店、帐篷剧场、火车站……帕慕克在小镇上放置了民众生活所需的一切,却依然掩盖不住它的贫穷与破败,只有在黑夜,橘色灯光的映衬下,方能掩盖一二。

第二个阶段是 20 世纪 90 年代末的恩格然。"它远离海岸上的树林、绿地,黄色、橙色等五颜六色肥沃的耕地。四周是浅灰色的贫瘠土地";"从飞机上看,这些地方呈现铅色、浅灰和黝黑。……没有粉刷"②。俯瞰城市,是帕慕克在《红发女人》中进行审视的一个独特视角。其中单调、低饱和度的画面也与《伊斯坦布尔:一座城市的记忆》第五章"黑白影像"中的描绘如出一辙。色彩的对比鲜明,让读者更强烈地感受到这股弥漫全城的忧伤。

第三个阶段是 21 世纪的恩格然。随着土耳其现代化的加速,城市正以不可思议的速度膨胀,"伊斯坦布尔越来越大,吞没了恩格然,师傅和他的井已经消失在城市森林的某处"③。重返恩格然后,杰姆眼里的小镇已然成为伊斯坦布尔一个普通的街区。崭新的建筑是土耳其现代化的见证,但依旧无法抵挡弥漫在伊斯坦布尔上空的哀伤,在凌乱的百年建筑和新建混凝土建筑间穿行时,杰姆感觉到腹中逐渐产生强烈的疼痛,那是土耳其人无法避免的"呼愁"。

新旧建筑的共存,也是土耳其先进与落后并存的一个缩影。"帕慕克乐于用博物馆式的眼光来写作,伊斯坦布尔就是一座大型博物馆,收纳着土耳其的过去与现在。"④ 这座虚构出的恩格然小镇,便是帕慕克博物馆的一个角落,展示着土耳其传统与现代斗争下势均力敌、两败俱伤的无助感。

---

① 奥尔罕·帕慕克.红发女人 [M].尹婷婷,译.上海:上海人民出版社,2018:12.
② 奥尔罕·帕慕克.红发女人 [M].尹婷婷,译.上海:上海人民出版社,2018:150.
③ 奥尔罕·帕慕克.红发女人 [M].尹婷婷,译.上海:上海人民出版社,2018:168.
④ 党任依.奥尔罕·帕慕克小说"呼愁"、废墟审美研究 [D].福州:福建师范大学,2015.

## 二、"呼愁"主题的叙事体现

### （一）古老神话的隐喻——互文性叙事

在小说创作中，写作手法的选择往往服务于主题需要，帕慕克选择使用互文性叙事，正是为了更好地表达"呼愁"主题。

那么何为"互文"呢？法国文学理论家茱莉亚·克里斯蒂娃认为："互文性这个术语暗含着从一个或者多个符号系统到另一个符号系统的转移。"① 这种对于互文的定义显得较为笼统，我们不妨看看符号学对它的解释："任何作品的本文都像许多行文的镶嵌品那样构成的，任何本文都是其他本文的吸收和转化。"② 这种说法可以让我们更好地理解何为互文，即作家通过一定写作技巧，如戏仿、引用、拼贴等，改编前人或同时代作家的成果。

帕慕克小说里从不缺少互文性。米兰·昆德拉曾言："小说的精神是持续性的精神。每一部作品都是对前面作品的回答，每个作品都包含着小说以往的全部经验。"③ 挖井的故事产生于帕慕克创作《黑书》的时期，而后也启发了他对《我的名字叫红》的创作。

1. 父位缺失

在父权制社会背景中，父位绝对是难以替代的，无论是家庭还是社会结构，都需要有一个承担"父亲"这一职能的人或群体存在，尤其是生活在有着伊斯兰父系制传统的国家。然而很不幸，杰姆一直都没能拥有一个完整的父亲。

《红发女人》中一共出现了三次父位缺失。由于父亲阿肯常年为政治抱负奔走，难以承担杰姆的"父亲"的职能，杰姆在潜意识里将其"误杀"，导致第一次的父位缺失。接着，师傅取代了杰姆父亲的地位，成为新的父亲，直到杰姆将其"误杀"，导致第二次的父位缺失。而杰姆的私

① 茱莉亚·克里斯蒂娃. 诗性语言的革命 [M]. 张颖，王小姣，译. 成都：四川大学出版社，2016：43.
② 朱立元. 现代西方美学史 [M]. 上海：上海文艺出版社，1993：947.
③ 米兰·昆德拉. 小说的艺术 [M]. 孟湄，译. 北京：生活·读书·新知三联书店，1992：18.

生子恩维尔重蹈杰姆的覆辙，"误杀"杰姆，导致最后一次父位缺失。一次又一次的误杀，相似的故事结构在小说里重复上演，形成了自文本互文。

显然，帕慕克关于父位缺失的隐喻不止局限在文本里，同样也在隐喻土耳其现实。《红发女人》在土耳其出版前夕，帕慕克依旧在为土耳其的政局担忧。"在这个国家，每个人都有很多父亲。国家父亲，真主父亲，帕夏父亲，黑手党父亲……在这里没有父亲无法生存。"① 西化的土耳其国中各种文明倾向冗杂，专制的、民主的、世俗的、传统的、暴力的。杰姆说父亲抛下了他，红发女人告诉杰姆要自己找一个父亲，对应着荣耀的奥斯曼文明抛下了土耳其人，土耳其人也要试着寻找新的寄托。宗笑飞在对呼愁的解读中，就曾说道："正是这种失落中心的惆怅感，使众多土耳其人开始了一种寻找中心的历程。"② 可见，《红发女人》中的寻父故事实际上是对寻找中心的另一种表述。帕慕克借由父位缺失来隐喻土耳其的现状，展示现代土耳其人遗忘历史的悲痛，正如杰姆所说他有时记不清父亲的脸。

2. 恋母情结

与自文本互文相对的，是他文本互文。《俄狄浦斯王》作为恋母情结的源头，被帕慕克作为动机与文本互文，出现在两对关系之中。

一是杰姆与红发女人居尔维汗，恋母情结作为暗线埋伏其中。枯燥的打井生活中出现一位美丽的红发女郎，杰姆不出意外地陷入与其的情感之中，甚至因为师傅瞒着自己去剧场看红发女人的演出而气愤不已。红发女人的出现，对于不明真相的杰姆来说是年少懵懂冲动的爱情，而水到渠成地与之发生关系并有了孩子恩维尔，这更像是一场势必违背伦理的命运报复。与俄狄浦斯王的故事不同，红发女人在车站的第一眼就认出了杰姆，作为阿肯曾经的情人，红发女人有意识地将杰姆视为其父亲的替代。杰姆被迫与俄狄浦斯王进行对照，接受令人咋舌的伦理关系。

二是恩维尔与红发女人居尔维汗。作为杰姆与红发女人荒唐一夜的结

① 奥尔罕·帕慕克.红发女人 [M].尹婷婷，译.上海：上海人民出版社，2018：99.
② 帕慕克，等.帕慕克在十字路口 [M].南京：译林出版社，2017：126.

晶，恩维尔的恋母情结也是被动生成的。失去了阿肯、杰姆的红发女人希望恩维尔永远陪在自己身边，从无法忍受儿子离自己太远，到不愿儿子结识别的女子，这种依赖渐渐变成了强盛的控制欲。而恩维尔也早已习惯了来自母亲的爱，少年时期还和母亲一同洗澡，即使是处于叛逆期也会收集有关红发女人的画挂在墙上，吵架后没过多久还是会寻求母亲的慰藉，害怕孤独的恩维尔习惯了母亲的依赖，甚至表现出超乎一般孩子对母亲的依赖。这种依赖其实也是恋母情结的一个缩影。主体的变更为读者还原了两组关系的原貌，尤其是杰姆与红发女人的纠葛。通过互文，两人不同的叙事角度在相互辩证，帕慕克似乎将伦理判断交给了读者，呈现出文本的对话性与开放性。

帕慕克使用恋母情结与使用父位缺失的目的一致，都是让同样的故事核心在不同的人物关系中出现，形成多个声部在文本里反复回响，表达其想要的"呼愁"之感。

3. 命运轮回

本文提及的命运轮回有二：一是指《红发女人》中人物与人物之间演绎着相似的悲剧命运；二是指《红发女人》对《俄狄浦斯王》《列王纪》悲剧命运的承袭。二者共同构建了《红发女人》命运轮回的闭环。

首先，人物与人物之间演绎着相似的悲剧命运。父位缺失导致的恋母、弑父情节像是诅咒一般，在阿肯、杰姆、恩维尔三代人身上循环。阿肯的不辞而别似乎就是这场命运轮回的导火线，由此杰姆才能与红发女人相遇、"误杀"如同父亲一般的师傅。杰姆逃离恩格然小镇则正式开启了命运轮回，因此被恩维尔才能重演"误杀"父亲的悲剧。得益于篇幅较短，我们读完整本小说后，便能切实感受到帕慕克笔下少有的一种追逐感：杰姆更像是逃亡游戏中的主人公，被操纵者帕慕克左右命运。

其次，指《红发女人》对《俄狄浦斯王》《列王纪》悲剧命运的重演。小说第一部分对《俄狄浦斯王》进行了戏仿。恩格然小镇便是忒拜国，杰姆就是悲剧的中心俄狄浦斯，严厉的师傅是父亲拉伊俄斯，成熟的居尔维汗是母亲约卡斯塔，恩维尔则是母子乱伦之下的产物。在这种戏仿下，违背现实社会伦理道德的故事拥有了合法性，读者获得了熟悉与陌生共存的体验。小说第二部分则戏仿了《列王纪》中鲁斯塔姆杀子的故事。

例如，杰姆与儿子恩维尔互认之前，恩维尔一直用假名示人，对应了鲁斯塔姆与苏赫拉布父子两人决斗前不曾相识。古书中的情节被帕慕克巧妙地嵌入命运闭环里，即使杰姆竭力反抗，却依旧囿于既定的命运轨道，无法脱轨。

如果说帕慕克用父位缺失来隐喻如今的土耳其，那么恋母情结则是帕慕克用来驱赶"呼愁"笼罩的武器，而命运轮回则是对社会的警示。帕慕克用互文性叙事栽下一片隐喻的森林，用来表达父位缺失、恋母情结与命运轮回，同时交织如一，向读者展示出对土耳其社会问题的思考，引出"呼愁"的主题。

### （二）讲故事的人——叙事视角的转换

《红发女人》的三个部分，皆采用第一人称叙事。第一部分是少年时期的"我"在恩格然发生的一切：挖井、初次遇见红发女人、看戏、与红发女人发生关系、失手砸"死"师傅、逃跑。第二部分是"我"离开恩格然后的生活：回家、上大学、与未婚妻相识、结婚、工作、创业、回到恩格然、重逢，最终在与儿子的斗争中戛然而止。第三部分也跟"我"相关，但叙述者已由红发女人居尔维汗取代。

第一部分与第二部分的结尾都采用了快节奏的叙述，在叙事视角转换的同时，设下悬念。第一部分的末尾讲杰姆在井与小镇之间奔跑，畏罪潜逃的紧张感溢出纸张，加上与俄狄浦斯王的互文，读者和杰姆一样确定师傅已经死亡。第二部分则讲述携带枪支的杰姆与儿子恩维尔在井边争吵、扭打，恩维尔为了夺枪将杰姆的手往井壁撞击，故事在此时戛然而止。同样是紧张的情节，但由于这部分主要戏仿的是鲁斯塔姆杀子的故事，同时也确认了师傅并没有因为杰姆的失手而死，读者可能会认为死亡的悲剧不会再次降临。这样的铺垫容易让读者放松警惕，默认杰姆与恩维尔都是安全的。在紧接着的第三部分中，前面的受述者变成了叙述者，居尔维汗那平静的叙述强化了读者之前的判断，读者却难料到叙事在将要结束时，最后一幕悲剧揭开了——为了自保，恩维尔杀死了父亲。这个悲剧既在我们意料之中，又出乎我们意料，叙事视角在转换，但又有一种躲不开的故事套环。帕慕克没有怜惜这位深陷命运漩涡的杰姆，事实已经发生，只剩下读者的轻叹。

## 三、结语

"呼愁"是土耳其人的集体记忆。作为"呼愁"主题的书写者，帕慕克的职责似乎就是把土耳其人深藏的"呼愁"外显，将无名的惆怅化作有形的符号。《红发女人》也毫无例外，帕慕克用他熟悉的环境设置和擅长的写作技巧，讲述伊斯坦布尔的变迁，编织着杰姆三代人的命运悲剧，将"呼愁"浸透纸背。正是得益于篇幅精炼，《红发女人》有着更为清晰的写作脉络、更为紧凑的故事情节。回顾帕慕克的作品，我们发现《红发女人》像是帕慕克对既定创作风格的一次挣脱，帕慕克想要告诉读者其对"呼愁"的书写不再拘泥于长篇繁复的文本，简短凝练的文本同样可以展现这一主题。

相较于帕慕克前期作品中的"呼愁"，《红发女人》毫不掩饰工业文明对土耳其城市、文明造成的影响，透露出的"呼愁"更具有现代性和政治性。小说表面上是帕慕克对帝国辉煌不再的哀叹，但其内核仍能让我们发现其积极的一面。在帕慕克眼中，西化所带来的不仅是对土耳其传统的颠覆，还为土耳其提供了更加开放、多元的环境。而自小生活在"世界中心"的帕慕克也通过西化影响的正反两面，辩证结合，让人们认识到民族文化的边缘性和不同文化间的对立性，并用作品去探寻更适合当今土耳其文化传承的方式。事实上，我们从帕慕克的"呼愁"里，不仅能看到土耳其帝国的落寞，也能窥见每个国家社会发展演进中的阵痛。

# 论王维诗歌"少年"意象的建构

## ——以《少年行》和《寒食城东即事》为例

罗嘉欣① 孙长军②

**摘 要:** 关于王维诗歌意象的研究多集中在山水类的自然景物意象,鲜有对人物类意象"少年"的研究。为了对王维诗歌"少年"意象的建构进行研究,本文以《全唐诗》中《少年行》和《寒食城东即事》为主要的文本案例,借助诗歌意象建构的理论成果,分析"少年"意象的建构方式,同时探讨该意象建构的意义。该意象的建构方式主要是意象之间的组合互动、其他人物意象的衬托、自然环境的刻画。通过对"少年"意象建构过程的挖掘,还能窥探王维早期创作的心境与情感,体会王维诗歌"诗中有画"的艺术风格。

**关键词:** 王维诗歌;少年意象;意象建构;意象互动

目前,关于王维诗歌意象的研究对象以山水类的自然意象为主,人物类意象"少年"的研究还没有引起足够的重视。虽然也有不少学者探究王维诗歌中的少年精神,但是暂时未见有人将"少年"当作意象进行分析。并且,大多数学者对王维诗歌"少年"意象内涵的认识尚不全面,还只是停留在对其征战沙场的游侠形象的研究上,但实际上"少年"意象能够反映出淡泊名利、纯洁高尚等美好品格。另外,现有研究也没有关注到"意象具有建构功能"这一理论成果对"少年"意象的建构方式与意义的研究的帮助作用。此外,在文本的选取方面,多数学者都是将文本研究的视角

---

① 罗嘉欣,女,广东海洋大学文学与新闻传播学院汉语言文学专业 2018 级本科生。

② 孙长军,男,广东海洋大学文学与新闻传播学院教授。

聚焦在《少年行》主旨意义的分析方面，借此来还原唐代少年的精神面貌，但实际上王维的《寒食城东即事》也出现了"少年"，因此有必要对该文本中的"少年"意象进行补充解释。总的来说，有关王维诗歌山水意象的研究成果已经较为丰富，但是鲜有人着眼于其诗歌中的人物意象，尤其是"少年"意象的建构方式。本文不仅论述了"少年"意象内涵的发展，而且笔者在前人研究的基础上，解释了"少年"意象是如何在王维诗歌《少年行》与《寒食城东即事》里被建构出来，根据该意象在不同诗句里的建构方式，进一步分析"少年"意象的具体含义。

笔者主要以曹苇舫和吴晓在《诗歌意象功能论》① 中所提及的"意象具有建构的功能"为理论依据。该文认为意象符号之间可以相互作用和交流，同时也可以相互传递信息，最终意象的内涵会向一定的方向倾斜，从而突出某一方面的特点。基于此，笔者认为"少年"意象正是在与其他意象、物象的要素进行信息互动的过程将诗人的情感、思想表现出来，因此在对《少年行》和《寒食城东即事》进行文本细读的基础上提出了"少年"意象建构的三种方式，同时探讨该意象建构的主要意义。

## 一、王维诗歌"少年"意象的建构方式

"建构"一词源于建筑学，指建筑的建设构造。"该词在进入文学领域之后，多指在已有的文本基础上，构筑起一个可供分析、阅读的系统，使人们以此获得解析的脉络，去理解文本背后所蕴含的因由及意义。"② 王维诗歌"少年"意象的建构方式在不同的诗句里表现不同。笔者将"少年"意象的建构方式主要分为三种：意象之间的组合互动；其他人物意象的衬托；自然环境与"少年"意象的融合。通过对该意象建构方式的还原，更能理解"少年"意象具体的内涵。

### (一) 意象之间的组合互动

"每个意象都可以与别的任何意象相结合，只不过所呈现的意义各有

---

① 曹苇舫, 吴晓. 诗歌意象功能论 [J]. 文学评论, 2002 (6): 118 –125.
② 葛东辉. 论岭南作家郭小东小说的意象建构 [J]. 名作欣赏, 2020 (9): 62 –64.

不同，意象组合的多样性同时带来形式建构的多种可能性。"① 王维诗歌"少年"意象的建构主要是借助诗中其他意象、物象的组合互动完成的，也就是将这些物象、意象组合在一起，将它们所反映的信息，包括背景、结构等进行整合，最终构建出新的内涵和情感。《少年行》和《寒食城东即事》体现的意象组合形式共有三种：①单一意象与"少年"意象组合，即单个具有丰富内涵的意象与"少年"意象进行组合；②意象的相似性组合，即各个有着某种相似属性的意象与"少年"意象进行连接；③意象的差异性组合，即让"少年"意象与一组属性不同的意象互相结合。这三种意象组合方式都有助于少年意象的建构。

1. 单一意象与"少年"组合

### 少年行（其一）

新丰美酒斗十千，咸阳游侠多少年。

相逢意气为君饮，系马高楼垂柳边。②

诗中的"美酒"意象单独与"少年"意象进行组合，两者之间的联系体现在第三句的"为君饮"这三个字。动词"饮"表明美酒是被少年饮用的物品，让"美酒"与"少年"建立起行为上的联系。首先，从"美酒"的内部结构来看，诗人用"美"字而非其他的字来修饰"酒"，既说明了少年所饮的酒品质上好，也是对少年饮酒行为的肯定。其次，"新丰"地名文化标志词在被用来修饰美酒之后，使"美酒"意象具备了一层特殊的文化符号。新丰，即今西安临潼县，该城是汉高祖刘邦为实现其父重返故乡丰里的心愿而建。此后，汉高祖又将丰里有名的酿酒匠迁至新丰城，命令他们打造佳酿来满足太公的口腹之欲。③ 因此从新丰美酒的历史渊源来看，它除了是地方酒的代表之物，更有恋旧、思乡的意义。再次，诗歌第三句对"少年"饮此美酒的精神状态进行了详细的说明。"意气"二字本

---

① 曹苇舫，吴晓. 诗歌意象功能论 [J]. 文学评论，2002（6）：118－125.

② 彭定求，等. 全唐诗（上）[M]. 上海：上海古籍出版社，1986：299.

③ 赵松元. 王维的《少年行》与其游侠诗创作 [J]. 名作欣赏，2017（4）：86.

来指的是人的志向与气概，王维在此用"意气"一词，形容少年侠客尽情尽兴、慷慨豪迈的精神气质。① 正是在这样一种状态下，少年饮酒时才能做到"为君饮"的地步。最后，从美酒的象征意义来看，它不仅是对饮酒之人精神享受时的强烈歌颂，还能展示出人对前途充满自信的状态。② 此处"少年"与"美酒"结合之后，既能表达出少年对故乡的怀念之情，同时又表现出内心也怀着对未来生活的憧憬与希望。"美酒"也不再只是指酒的品质上佳，更是指少年饮酒时对未来人生前途充满自信的精神状态，以及诗人对这群少年的赞美和肯定之情。

2. 意象的相似性组合

诗人在《少年行》和《寒食城东即事》中将性质相似的一组意象放置在相近或相邻的位置，以便读者能快速思考两者的共同特征。对比单个意象与"少年"进行组合的方式，相似的一组意象的组合能够将原本单个意象的内涵双倍叠加，增强其意义的表达效果。

### 寒食城东即事

清溪一道穿桃李，演漾绿蒲涵白芷。

溪上人家凡几家，落花半落东流水。

蹴鞠屡过飞鸟上，秋千竞出垂杨里。

少年分日作遨游，不用清明兼上巳。③

《寒食城东即事》的"蹴鞠"和"秋千"是一组性质相近的意象，并且是以句式对偶的艺术手法出现。此外，这两者与"少年"意象的组合并不是任意的，它们彼此之间可以构成一定的联系。尽管它们与"少年"并不同时出现在同一行诗句里，但诗句里的动词"过"与"出"让"蹴鞠""千秋"与"少年"构成行为关系。"过"和"出"这两个连贯的动作必须由人发出，最后一句"少年分日作遨游，不用清明兼上巳"证明了做出

---

① 赵松元. 王维的《少年行》与其游侠诗创作 [J]. 名作欣赏，2017（4）：86.

② 张国荣. 论古诗词中"酒"意象的审美内涵及象征意义 [J]. 广西右江民族师专学报，2004（4）：50-54.

③ 彭定求，等. 全唐诗（上）[M]. 上海：上海古籍出版社，1986：289.

这些动作的主体是少年。因此，此处意象组合的成功是建立在意象之间能够构成联系的基础之上的。于是可以认为，"蹴鞠屡过飞鸟上"和"秋千竞出垂杨里"共同构成一个意象组合的网络。"蹴鞠"与"秋千"在功能和文化意义方面具有相似性，它们都是当时盛唐兴盛的娱乐工具，也是清明节时人们对祖先表达感恩之情的方式之一①，都体现了当时人们对生命的尊重之意。除了节日文化的性质以外，它们还都是竞技活动。大多数的体育竞技活动都具有健康积极的意义，"蹴鞠"和"秋千"作为运动生活方式出现在诗中，向外界传达出人们积极向上的生活态度。②"屡"和"竞"修饰动作发出的次数与状态，前者表示次数繁多，后者的本意是角逐，互相争胜，这里就已经说明了蹴鞠被踢次数的频繁，秋千是被争先恐后地荡出去，这同时也在表明少年对蹴鞠和秋千这两项活动的喜爱之情。所以，"蹴鞠"和"秋千"意象所承载的含义在与"少年"意象进行融合之后，被赋予了其活跃与旺盛的生命力，诗人想要表达的也是对少年积极活跃的生命状态的赞美之情。

3. 意象的差异性组合

"诗人会将那些处于情感两极，用来相互对照、映衬，甚至是矛盾的意象进行并置。"③在诗歌《少年行》里，有的意象即便是由于位置相近的关系，或者是以对偶的关系出现在诗句里，但是其内涵与性质是完全不相同甚至是矛盾的。这时候把不同属性的一组意象与"少年"结合起来，能融合两者的内涵，还能突出情感的强烈对比。

《少年行（其一）》中即便"高楼"与"垂柳"的位置相近，它们的性质也是完全不同的。并且，由于该诗缺少承接上下文的逻辑语，这就让"高楼""垂柳"意象与"少年"的联系并不明显。诗歌前三句还在叙述少年意气饮酒的过程，最后一句立马切换视角，将镜头转向了场外景物意象"高楼"与"垂柳"。这样快速切换镜头的写法淡化了事物发展的因果逻辑关系，才使这两个意象与"少年"意象的联系并不明显。但经过细致

①　赵丽萍. 唐诗宋词中的秋千意象及其文化内涵探讨［J］. 长治学院学报，2011（4）：38.
②　赵丽萍. 唐诗宋词中的秋千意象及其文化内涵探讨［J］. 长治学院学报，2011（4）：38.
③　曹莘舫，吴晓. 诗歌意象功能论［J］. 文学评论，2002（6）：120.

的解读可以发现，这两者都与少年构成物理方位的连接。"系马高楼"说的是少年将马系在高楼边，这句也点明少年饮酒时身处巍峨的阁楼，"垂柳"是被用来进一步完善高楼附近环境的描述。高楼作为一组偏正式结构词语，其语义的指向性更侧重在修饰词"高"。垂柳的外形与女子柔媚的姿态较为相近，从垂柳的生长季节和生长属性来看可知它是贯穿整个春季的绿色植物。当这两个意象的相关特征被赋予人的外形、姿态特征后，"高楼"就借指少年郎卓然挺立、高大健壮的雄姿，"垂柳"就意喻少年温润如玉的气质和生机勃勃的状态。在两者与"少年"意象进行有机融合之后，"少年"就具备了刚柔并济的特质。

### （二）其他人物意象的衬托

#### 少年行（其四）

汉家君臣欢宴终，高议云台论战功。
天子临轩赐侯印，将军佩出明光宫。①

"将军"意象出现在《少年行（其四）》的最后一句，在不少研究里都将此诗中的"将军"与"少年"理解为是同一个人，但笔者认为"将军"只是为衬托"少年"意象而存在的次要人物。回顾《少年行》的其他三首诗可知，《少年行（其一）》写少年饮酒时豪迈自信的精神状态，《少年行（其二）》表明少年已有明确的上阵杀敌的决心与志向，《少年行（其三）》写少年在战场上为实现理想所付出的实际行动。综合三首诗来看，"少年"不仅有雄心壮志，而且能力出众，屡立战功。所以，按照事情发展的逻辑来看，接下来"云台论战功"的人应该是少年，但最后佩着天子封赏的印绶从明光宫走出来的是"将军"。此处的安排看似不合理，却又十分合乎情理。《少年行（其二）》"出身仕汉羽林郎，初随骠骑战渔阳"里提到少年亲自上战场的时候是官至"羽林郎"，且是初随"骠骑"出战渔阳城。"羽林郎"是汉代禁卫军的军官，"骠骑"是古代将军的名

---

① 彭定求，等. 全唐诗（上）[M]. 上海：上海古籍出版社，1986：299.

号，此处表明"少年"是跟随将军作战。即便是在战争结束后，"少年"也不太可能立刻被加封为"将军"。因此，在最后一首诗里出现的"将军"是另一人物意象，并非代指"少年"。诗歌中这种将论功行赏的主角位置让给"将军"的写作安排，更能彰显王维对"少年"命运归宿的思考，以及对其由于天子赏罚不公所导致的怀才不遇的悲剧问题的关注。另外，也在表明此处的"少年"并不执着追求个人功名荣誉的成就，他不关心最终是否能得到奖赏，对他来说上阵杀敌只是一种爱国护民、奉献自我的行为。

### （三）自然环境与"少年"的融合

"人物不得不在一定的环境中活动，因此，作品中就必须写到环境。作品中的环境描写，不论是社会环境或自然环境，都不是可有可无的装饰品，而是密切地联系着人物的思想行动。"① 《寒食城东即事》中首联描绘了少年生活的自然环境，借此来协助建构"少年"意象。诗句中由自然景物构成的自然环境可以反映少年身上的品格和生命状态。

《寒食城东即事》中"清溪一道穿桃李"一句里，首先出现的第一个景物是"清溪"，即清澈的溪流。溪水只会在春夏两季的时候呈现清澈的状态，所以，"清溪"两字有点明环境的时间季节的作用。"桃李"是生长在溪流附近的，因为动词"穿"就已经将清澈的溪流和两岸盛开的桃花及李花联系了起来。但不论是"清溪"或者是"桃李"本身是无法主动发出"穿"这个动作的，只能凭借外力的作用来完成，因此此处更像是描述桃花、李花随风飘落与溪水产生接触作用，这是一种任由风力作用下才能形成的自然状态。当这种自然状态进一步被心理情感模拟化与"少年"的思想行动建立联系的时候，也是在喻指"少年"游春时无拘无束的闲适状态。"演漾绿蒲涵白芷"的"演漾"二字承接上句描写溪水水波荡漾的样子，将画面视角从溪边的桃李转移到了溪面上出现的自然植物。"涵"即有"滋润、浸泽"之意，"绿蒲""白芷"是被清澈透亮的溪水所滋润的植物，长此以往也会与清溪一样干净，洗清原本身上带有的污泥，这里清

---

① 张驰. 环境描写对塑造人物的作用 [J]. 语文天地，2001（2）：20－21.

澈的溪流不仅滋养了水边生长的绿色植物，而且有在溪岸边生活或游玩的"少年"，他们在这样自由、纯净的自然环境下成长，久而久之也会随着环境变得更加纯洁、高尚。

## 二、王维诗歌"少年"意象建构的意义

在探讨完"少年"意象的建构方式之后，我们已经对该意象在《少年行》与《寒食城东即事》中的具体内涵有了大致的认识。与此同时，通过对该人物意象建构过程的探讨，可以感知诗人当时的心境与思想感情，这可以作为了解诗人的一个切入点。另外，还能体会到王维早期写人诗的"诗中有画"的艺术风格。

### （一）再现诗人的创作心境与情感

对这两首诗"少年"意象建构的探讨，也是一个将诗人当时创作时表露的情感与心境再一次表现出来的过程。从王维创作这两首诗的时间来看，这两首诗都是王维早期的作品，应当都是在安史之乱之前所作[①]，而《寒食城东即事》的创作时间则更为详细，应当作于唐玄宗开元年间的一个早春时节，其具体创作年份未详[②]。王维创作"少年"意象的年轻阶段也正是青少年时期，根据德国美学家费肖尔提到的关于移情的解释，"人把他自己外射到或感入到自然界事物，艺术家或者诗人则把我们外射到或感入到自然界事物里去"[③]。移情的过程实际上就是诗人把自己的情感移注到事物里去。青少年阶段的王维在建构"少年"意象的过程也正是其移注情感的过程。

《少年行》诗里的"少年"怀着为国牺牲的理想情怀，"孰知不向边庭苦，纵死犹闻侠骨香"，从此处也可以看出这不仅是少年个人所愿，同样也是王维早年的个人理想，即边塞从军，报效祖国。即便最后"将军佩出明光宫"里说明了云台论战功的是"将军"，但也仍然未见少年有一丝

① 邓安生，等. 王维诗选译［M］. 成都：巴蜀书社，1990：223.
② 邓安生，等. 王维诗选译［M］. 成都：巴蜀书社，1990：96.
③ 曹顺庆. 中西比较诗学［M］. 北京：北京出版社，1988：260.

一毫的怨言，少年的不计较功名，实际上也表现了诗人甘于为国而战的奉献精神。《寒食城东即事》的"少年"则与《少年行》里渴望从军报国的"少年"有所不同。《寒食城东即事》描写的是"少年"清明节前夕出游的场面，诗人将他们游玩的过程记录下来。"蹴鞠屡过飞鸟上，秋千竞出垂杨里"可看出"少年"对"蹴鞠"和"秋千"这两项活动满怀热情，这是不受功业困扰时才能达到的活跃状态。另外，诗人在诗中运用了一些具有正面积极含义的意象如"白芷""桃李"等表达他对"少年"活跃状态的赞同与肯定之意。同时，这也是诗人本身内心期待经历的状态，早期的王维希望能在这种自由欢快的状态下生活。

### （二）"诗中有画"艺术风格的体现

王维擅于将绘画方面的技巧和观念与诗歌创作相融合。尤其在《少年行（其一）》和《寒食城东即事》里对"少年"意象的构造上，均能体现王维"诗中有画"的艺术风格。

中国画的构图往往采用的是"散点透视"的方式，宗白华先生指出："中国画的空间立场是在时间中徘徊移动，游目周览，集合数层与多方的视点谱成一幅超象虚灵的诗情画境。"[①] 也就是说，这种绘画技法是超越视觉空间的界限，能够让画面呈现出多个变换的观察点，画家的视点是可移动的。在王维诗歌《少年行（其一）》中就表现出了这种不断移动视点、移步换景的"散点透视"艺术手法。《少年行（其一）》中"新丰美酒斗十千"一句先是写新丰的美酒价值千金。随后"咸阳游侠多少年"和"相逢意气为君饮"将视角转向咸阳城的游侠少年身上，描写少年相逢时饮酒的画面。"系马高楼垂柳边"又将视点转向少年饮酒之地的场外环境的描写，而且是以白描的形式简单地将景物"高楼""垂柳"摆在了读者的眼前。这几句之间没有任何明显的因果逻辑衔接关系，也没有将"少年"当作一个固定的焦点进行刻画，但是随着诗人目光的移动，读者仍然能将与"少年"产生方位关系的景物意象"高楼""垂柳"结合起来去理解"少年"意象。这种变换视角的写法实际上是借鉴了中国画里"散点透视"的绘画技

---

① 宗白华. 美学散步［M］. 上海：上海人民出版社，1981：111.

巧，可见王维"诗中有画"的艺术风格也同样在其写人诗中有所体现。

王维在创作《寒食城东即事》时，同样融合了绘画艺术的技巧，他能够关注自然景物的静态与动态的表现力。18世纪德国著名美学家莱辛曾提到，绘画与诗歌在表现动态与静态事物方面存在差异。他认为绘画适宜描绘相对静态的物体，绘画艺术可以表现那些全体或者部分在空间的并列事物，这样做是为了追求物体本身形态与精神的美，而诗歌更合适表现动态事物，描绘那些全体或者部分在时间运动情况下先后发生的事物，主要是为了通过动作或者行为的描写来呈现事物的动态美。[①] 但王维打破了这种诗画的界限，他既能借鉴绘画的艺术特点将静态景物并列呈现在诗歌当中，又能运用诗歌的语言描写景物运动发展的过程，从而让这些原本静态的景物表现出活跃且有生命力的动态感。《寒食城东即事》的首联"清溪一道穿桃李，演漾绿蒲涵白芷"致力于表现大自然山水景物之间的相对静止状态，诗人通过放大这些景物局部的动态画面来衬托出整体自然环境的安静。其中的"桃李""清溪""绿蒲""白芷"本是静物，但诗人利用动词"穿""漾""涵"有意地将这些景物的动态过程凸显出来，这样做的结果是可以利用局部的动态来彰显首联整体自然环境的相对静止状态，该状态下整个环境只有大自然运动的痕迹。这种动静结合的艺术手法正是王维将绘画技法融合进诗歌创作的表现。

## 三、结语

本文主要探讨"少年"意象的建构方式，同时对该意象含义作出具体解释。通过对其进行研究能窥探出王维创作诗歌时的心境，也能深刻认识王维诗歌"诗中有画"的艺术风格，对今天的文学创作也有一定的指导意义。由于笔者能力有限，不能对王维诗歌里所有的"少年"意象作出穷尽式的考察，只是选取了有代表性的进行分析，因此文中的许多遗漏或不足之处还需要进一步的完善改正，希望在未来的学习中会有更多的进步和收获。

---

① 王瑞. 论莱辛《拉奥孔》中"诗"与"画"的界限 [J]. 伊犁师范学院学报（社会科学版），2011（1）：101－104.

# 秦观雷州时期诗歌探析

陈美娟① 闫 勖②

**摘 要**：元符元年（1098）九月，秦观被贬至雷州。雷州之贬充实了秦观的生命体验，也丰富了他的诗歌创作，他的诗作不仅书写了万里投荒的苦闷与压抑，还记录了雷州别具一格的自然及人文风光。其间，秦观延续前期善于用典、长于议论的艺术手法，又洗净铅华，力矫绮靡柔弱之风，成熟而独特的艺术技巧造就了这一时期其典雅浑厚、淡然老成的诗歌风貌。然而，壮志难酬的境遇不断冲击着秦观以儒家思想为主的精神大厦，并使其转而接受佛道思想，但内心的执念让他始终无法达观地看待仕途沉浮及人生变故。

**关键词**：秦观；雷州；主题类型；艺术特色；思想嬗变

作为一个众体兼长的作家，秦观在诗歌、散文、辞赋等方面的成就却长期为其词名所掩。鉴于学界当前对淮海词的研究已大体详备，但对于秦观的诗，尤其是他谪岭南迁后的诗歌分析仍有可待挖掘之处。因此，本文拟对秦观谪居雷州时期的诗歌作重点分析，以期为秦诗研究提供些许帮助。

## 一、秦观诗歌分期与雷州诗界定

### （一）秦观诗歌创作分期

徐培均按照秦观的生活历程，大致将他的创作分为前、中、后三个时

---

① 陈美娟，女，广东海洋大学文学与新闻传播学院汉语言文学专业 2018 级本科生。

② 闫勖，男，广东海洋大学文学与新闻传播学院讲师。

期。前期始于熙宁二年（1069）作《浮山堰赋》，止于元丰八年（1085）。中期以元丰八年考中进士为始，以绍圣元年（1094）作结。从绍圣元年三月被放出京至元符三年（1100）八月病逝，是秦观创作的后期。

前期，除却两度漫游与三次应举之外，秦观大都在家乡（今江苏高邮）读书耕作，生活平静闲适，题材上也多为记游写景、送别咏怀之作。其间也不乏描写田园生活的诗篇，如《田居四首》便记录了北宋时期淮南农村四季的劳动与生活，以及赋税的苛重，风格清新妩丽、灵动自然。此外，秦观此时已有一些风格较为绮丽的作品，如《游鉴湖》《燕舫亭》《辇下初晴》等，但数量并不多。元丰八年，曾两度落榜的秦观终于中举，并先后出任蔡州教授、太学博士、秘书省正字、国史院编修等职，诗歌创作也以酬唱抒怀、应制咏物为主。后来，秦观因党争两度遭遇政治打击，浮沉于官场，其内心亦处于仕与隐的矛盾之中。与前期相比，这一时期的作品除模山范水之作外增加了对政治曲折历程的反映，篇章十分丰富，内容与情感都更加复杂。被元好问讥为"女郎诗"的《春日》亦作于此时，可以说是对上一期绮丽诗风的进一步发展。

元祐八年（1093）九月，高太后崩逝，哲宗亲政，新党上台，元祐旧党遭到大力贬斥，秦观因依附苏轼，被视作旧党人士，于是再度陷入党争漩涡。其间，秦观接连被贬，政治生涯可谓一落千丈。起初，他被贬为杭州通判，而后又接连被贬至处州（今浙江丽水）、郴州（今属湖南）、横州（今属广西），最后被勒停除名，押送至海康（今广东雷州）编管。残酷的政治迫害，严重摧残了秦观的精神和身体，但也使他的创作步入一个全新的阶段。宋人吕本中曾在《童蒙诗训》中说："少游过岭后诗，严重高古，自成一家，与旧作不同。"① 明确指出秦观被贬岭南后，前后期诗风的巨大差异。将近七年的谪宦生活，秦观只留下了 57 首诗歌。虽然诗歌数量不多，但秦观不仅在其中寄寓了自己在流放途中的忧愤与苦闷，还以写实的笔触记录了贬谪地形态各异的山水风光与风俗物产，诗歌的表现领域比之前两期更为开阔壮大。随着生活环境及个人心态的变化，秦观此时的诗风也已洗尽铅华，变得平淡高古，渐趋老成。

---

① 周义敢，周雷. 秦观资料汇编［M］. 北京：中华书局，2001：58.

## （二）秦观雷州时期诗歌范围及数量

元符元年九月，"追官勒停横州编管秦观，特除名永不收叙，移送雷州编管，以附会司马光等同恶相济也"①。于是，秦观由横州启程赶赴雷州，并大致于元符二年（1099）的年初抵达。元符三年正月，哲宗驾崩，徽宗即位，大赦天下，元祐旧党得以内迁，秦观也复职为宣德郎。同年七月，秦观正式启程离开雷州，准备北上归京。据此，秦观寓居雷州留下的诗文作品的创作时间应始于元符二年一月，迄于元符三年七月。根据以上划定的时间范围，对徐培均《秦少游年谱长编》进行梳理，发现秦观在雷州时期共创作了28首诗歌，包括《反初》《偶戏》《病犬》《抱瓮》《读列子》《雷阳书事三首》《海康书事十首》《饮酒诗四首》《无题二首》《陨星石》《赠苏子瞻》。其间，由于使者承风望指，严加监管，创作上缺乏自由，且迁徙流动，居所不断变更，诗稿较易遗失，所以导致秦观在雷州所作诗歌现今所存不足30首。虽然诗歌数量并不多，但它们几乎占据了秦观后期创作数量的一半。因此，雷州时期可以算作秦观后期诗歌创作的一个重要时期，对其进行深入研究是十分有必要的。

## 二、秦观雷州时期诗歌主题类型

### （一）抒怀言志

在历代受贬谪文人的心目中，岭南几乎就是地缘偏僻、文教落后的代名词，尤其是瘴气丛生的自然环境更是让他们不寒而栗、避之不及。雷州地处岭南的南端，濒临大海、人烟稀少，地理环境则更加恶劣。对于接连遭遇贬谪且已年过半百的秦观来说，编管至蛮荒落后的雷州无疑是一次极为沉重的打击。而且，秦观的心胸并不似苏轼般乐观开阔，忧惧苦闷之情常萦绕于心间，难以消解，因此，诗歌便成为秦观抒怀言志，排遣愁绪的陶写之具。且看这首《病犬》：

① 徐培均. 秦少游年谱长编［M］. 北京：中华书局，2002：563.

犬以守御用，老惫将何为。踉跄劣于行，累然抱渴饥。主人恩义易，勿为升斗资。黾勉不肯去，犹若恋藩篱。屠脍意得逞，烹疱在须斯。糟糠固非意，豚矢同一时。念昔初得宠，青缯缠毯丝。饲养候饥饱，动止常相随。胡云不终始，委逐在衰迟。犬死不足道，但为主人悲。①

屡遭贬斥的诗人以病犬自喻，自陈年老体衰，恩遇已断，生存艰危，却仍然留恋藩篱，不愿离去。回忆起主人昔日恩宠甚重，自己也是忠心耿耿，寸步不离，如今却因老迈就要被无情屠杀，沦为他人口中之食，心中难免有兔死狗烹之悲。显然，秦观是以病犬被弃代指自己被贬雷州且"永不收叙"的现实境遇，其中的凄怆苦痛之情溢于言表。

虽身遭忧患，哀愁不已，但秦观并未长久耽溺于自怨自艾之中。随着时间的推移，他悲愤的心绪逐渐得到缓解，请看这首《无题·其二》：

世事如浮云，飘忽不相持。欻然如苍狗，俄顷成华盖。达观听两行，昧者乃多态。舍旃勿重陆，百年等销坏。②

《庄子·齐物论》云："是以圣人和之以是非而休乎天钧，是之谓两行。"③ 既然世事如浮云般变幻无常，那不妨就学习庄子顺遂自然、委任运化的生活态度。百年之后，是非曲直自会湮灭于时间长河之中，以此观之，此刻的忧愁愤懑不过也是自寻烦恼，徒劳无益而已。可见，受老庄思想滋养的秦观，在逐渐熟悉雷州的生活环境之后，心境也渐趋平缓达观。

## （二）风土物产

郦道元曾言："古人云五岭者，天地以隔内外，况锦途于海表，顾九岭而弥邈。"④ 这种地理位置上的阻隔造成了文化交流上的阻滞，使得雷州自古以来便受中原文化的影响甚少，因此其特有的文化传统和风俗习惯也

---

① 徐培均. 淮海集笺注 [M]. 上海：上海古籍出版社，1994：223.
② 徐培均. 淮海集笺注 [M]. 上海：上海古籍出版社，1994：1356.
③ 郭庆藩. 庄子集释 [M]. 北京：中华书局，1985：70.
④ 王国维. 水经注校 [M]. 上海：上海古籍出版社，1984：1134.

得以被长久地保留。并且，雷州地处热带季风气候区，全年温暖湿润，在地形条件的作用下，造就了其别具一格的物产资源。于是，雷州这独特的自然及人文风光触动了这位久居中原的诗人的心弦，这些有趣的见闻也自然成为他诗歌创作的素材。

《海康书事十首·其六》便描绘了雷地腊月祭祀先祖的习俗：

> 海康腊己酉，不论冬孟仲。杀牛挝祭鼓，城郭为沸动。虽非尧历颁，自我先人用。大笑荆楚人，嘉平猎云梦。①

宋代礼制将腊月供奉天神、朝拜宗庙、祭祀祖先都规定在戌日这一天，而雷州地区因纪念先祖路伏波遇害之日特将其更改为己酉日，因此秦观有所谓"自我先人用"之语。每逢这一天，雷州人民都需要杀牛打鼓、祭拜宗祠，之后设宴聚餐，联络宗族感情，场面十分热闹。在《雷阳书事三首》中，诗人还细致地描绘了一幅幅岭南人民的风俗画：或以鸡骨占卜治病，或用鼓笛送葬驱邪，或借贸易之便私订终身，不可谓不详备。

徐培均曾说："在北宋表现岭南生活的作家中，除了苏轼之外，应推少游。"② 除了反映当地的人文风俗之外，秦观同样用诗句记录了雷州当地丰富的物产资源。且看这首《海康书事十首·其十》：

> 合浦古珠池，一胎熟如山。试问池边蜑，云今累年闲。岂无明月珍，转徙涨渤间。何关两千石，时至自当还。③

合浦宋时属廉州，其有平江、青婴等数个珠池，所产珍珠数量多且品质好。此诗后四句化用《后汉书·孟尝传》的典故，意在赞扬雷州官员能够按照珠苗的生长规律下令采摘珍珠，使珠苗得以繁衍生息，百姓也能安居乐业。此外，雷州随处可见的虾鱼、滋味醇厚的"英灵春"美酒、鲜盛的菴摩勒果等都在秦诗中有所记述。

---

① 徐培均. 淮海集笺注［M］. 上海：上海古籍出版社，1994：240.
② 徐培均. 淮海集笺注［M］. 上海：上海古籍出版社，1994：9.
③ 徐培均. 淮海集笺注［M］. 上海：上海古籍出版社，1994：244.

### （三）游仙避世

游仙诗是中国古代诗歌的重要主题类型。在游仙诗里，诗人常常以求仙访道、采药炼丹、遨游仙境等为主要内容，或是表现对长生的渴慕，体现乐生恶死的人生态度，或是借此逃避现实，表达对黑暗现实的不满。总之，游仙诗并非与现实世界毫无关联，而是往往寄托了诗人的某种人生理想或生活态度。对于被贬雷州的秦观来说，现实世界的苦闷与黑暗使他自觉地转入仙境之中，寻找心灵的皈依，借此超脱现实的苦痛。且看这首《精思》：

> 精思洞元化，白日升高旻。俯仰凌倒景，龙行速如神。半道过紫府，弥节聊逡巡。金床设宝几，璀璨明月珍。仙者二三子，眷然骨肉亲。饮我霞一杯，放怀暖如春。遂朝玉虚上，冠剑班列真。无端拜失仪，放斥令自新。云霄难遽返，下土多尘埃。淮南守天庖，嗟我实何人！①

这首诗根据《抱朴子·祛惑》中项曼都之事改写而成。项曼都与人入山学习仙术，三年后与仙人乘龙飞天，遨游仙家府邸，位列仙班，后又因思念家人，在天帝面前失仪，于是被贬归家。在这首诗里，秦观自比项曼都，将紫府对应人间的朝廷。诗中描写了仙宫华丽夺目的摆设，吸风饮露的悠闲生活，应当是秦观对在朝为官那段时光的追忆。后来，秦观仕途失意，累次被谪，自知回京无望，所以借项曼都之口发出嗟叹："云霄难遽返，下土多尘埃。"显然，秦观的这首游仙诗并非表达单纯的"列仙之趣"，而是对仕途的蹉跎、现实的困顿仍抱有不甘与愤懑。

## 三、秦观雷州时期诗歌创作艺术特色

### （一）秦观雷州时期诗歌创作艺术特色

1. 用典精当、议论抒怀

严羽在《沧浪诗话·诗辨》中评价宋诗时说道："近代诸公乃作奇特

---

① 徐培均. 淮海集笺注［M］. 上海：上海古籍出版社，1994：211.

解会，遂以文字为诗，以才学为诗，以议论为诗。夫岂不工，终非古人之诗也。"① 所谓"以才学为诗"很大程度上体现在宋诗大量使用典故，而"以议论为诗"则是指诗人不借助具体形象而直接在诗歌中发表意见和看法的表现方式。在时代风气的影响下，秦观自然也难脱此藩篱。

在秦观诗歌创作的前两期，他的诗作几乎是篇篇用典、句句有典。直至雷州，这种密集用典的手法也被继承了下来。如《海康书事十首·其一》一首诗便连用多个典故：

> 白发坐勾党，南迁海濒州。灌园以糊口，身自杂苍头。篱落秋暑中，碧花蔓牵牛。谁知把锄人，旧日东陵侯。②

起句的"勾党"出自《后汉书·灵帝纪》，意为同党之人，直指自己受旧党牵连被贬雷州之事。"灌园"指的是齐国隐士陈仲子谢绝楚王入朝为相的邀请，情愿为人灌园谋生一事，诗人以此表明自己虽被贬谪，但仍坚守节操的决心。"东陵侯"指的是秦朝的东陵侯邵平，他在秦灭亡后沦为平民，家贫无所供给，最后只能靠种瓜为生。可以说，这首诗几乎从头至尾都在用典，但读来并不觉隔阂与生涩，原因就在于秦观所用典故多为熟典，且有满腔真情灌注其间，使得典故所蕴之意能与诗境浑然相融。因此，哪怕读者不知道典故的出处，但还是能通过秦观提供的意象画面来理解诗中蕴含的情感及诗人想要表达的意图。

秦观还十分擅长以议论的方式直接抒发感情，这种议论化的抒情手法在秦观被贬之前就已成熟定型，因此在雷州时期的诗歌创作中也有所体现。如《陨星石》一诗：

> 萧然古丘上，有石传陨星。胡为霄汉间，堕地成此精？虽有坚白姿，块然谁汝灵？犬眠牛砺角，终日蒙膻腥。畴昔同列者，到今司赏刑。森然

---

① 郭绍虞. 沧浪诗话校释［M］. 北京：人民文学出版社，1983：26.
② 徐培均. 淮海集笺注［M］. 上海：上海古籍出版社，1994：225－236.

事芒角，次第罗空青。俛仰一气中，万化无常经。安知风云会，不复归青冥。①

在这首诗中，秦观以星事喻人事。开篇便自比陨石，先是叙述坠地之后备受欺凌。自己身负高洁之姿，却屈居于膻腥之地，反观昔日的同僚却因攀附章惇一党，仍旧得以在朝为官，声势愈发显赫。接着转入议论，点明风云变幻，世事无常之理，个人遭际也并非不能改变，因此秦观在末尾两句仍旧寄寓希望，以为今后未必不能重返朝廷。不难发现，这首诗散文化特征极其明显，首先是诗中使用了大量的虚词及副词，如"胡为""虽有""安知""畴昔""到今"等，同时两次运用了反问的修辞手法，正是这种诗形散化的表现手法使得诗歌吸收了散文的优点，更易于生发议论。这首诗以议论化的口吻抒发了秦观对仕途蹭蹬的不平之气，同时毫无隐晦地表达了对复归朝廷的热切期望，具有散文般流动的气韵与品格，可谓以议论抒怀的佳作。

2. 善用白描、不事雕琢

元好问曾以"拈去退之山石句，始知渠是女郎诗"② 评价秦诗绮丽精工，自有佳处，但情感伤于轻靡，格调终究不高。仅凭以一首《春日》便界定秦观的整体诗风，这难免有以偏概全之嫌，但我们也可以看出，秦观被贬前的某些诗篇确有重于雕琢、柔弱绮靡的特点。然而，在秦观南迁过岭之后，便逐渐抛却早年间穷形极貌、精工刻画的创作技法，转以白描的手法写景、叙事及抒情。如这首《海康书事十首·其三》同样是写景抒情，比之前作则显得明快质朴许多：

卜居近流水，小巢依嵚岑。终日数喙间，但闻鸟遗音。炉香入幽梦，海月明孤斟。鹪鹩一枝足，所恨非故林。③

---

① 徐培均. 淮海集笺注 [M]. 上海：上海古籍出版社，1994：1335.
② 郭绍虞. 元好问论诗三十首小笺 [M]. 北京：人民文学出版社，1978：76.
③ 徐培均. 淮海集笺注 [M]. 上海：上海古籍出版社，1994：238.

起句先写雷州的居所是依山傍水而建，环境十分清幽，诗人终日都能听见飞鸟哀鸣之声。五六句的描写由室内转向室外，诗人酣睡之时，屋内袅袅炉香入梦，而海上的明月正孤独地照耀着岸边。末句转入抒怀，诗人以鹧鸪鸟自喻，虽然只需要一根枝丫便可以在深林筑巢，但只恨此地终非故乡，自己终究也无法落叶归根。这首诗通篇采用白描的手法写景抒怀，画面简洁生动。秦观不再刻意雕琢细节，反而选用生活化的意象，辅之以普通的词语进行修饰，加之排布疏宕，转换自然，因此全篇充盈一种情味极浓的冲淡之美，全然不似前期的精工富丽之貌。

**（二）秦观雷州时期诗歌创作的艺术风格**

1. 典雅浑厚

在文官政治的影响之下，宋代士人大都是集官僚、文士、学者于一身的复合型人才，他们广博的知识结构和深厚的学养积累为宋诗擅用典、好用典奠定了坚实的文化基础。秦观在登第之前，长期居家读书，学识十分丰富，因此在诗中用典可谓信手拈来，而雷州时期诗歌的典雅浑厚之风也正源于他在诗中大量使用典故。用典能让读者在品味诗歌的时候，暂时从诗歌的字面意义和抒情上抽离，转而联想到古籍中的种种情景与语境，从而使诗歌的意义变得层次丰富，古今之事得以相互交融，共同构建一个具有文化意蕴和历史纵深的诗境。秦观寓居雷州时期的诗歌创作更是常常一首诗包含多个典故，其中蕴含的历史厚度自不必多言。

2. 淡然老成

秦观雷州时期诗歌的淡然老成之貌源于他善用白描、不事雕琢的艺术技巧，而这正是宋人对平淡美这一诗学追求的突出反映。恰如黄庭坚在《与王观复书》中所说："但熟观杜子美到夔州后古律诗，便得句法简易，而大巧出焉，平淡而山高水深，似欲不可企及。文章成就，更无斧凿痕，乃为佳耳。"① 宋人作诗所追求的是一种不事雕琢的"平淡"，让读者看不出斧凿的痕迹。如上文所述，秦观雷州时期的诗歌善用白描手法，他摈弃早期的丰辞缛藻，也不重穷形尽相，只用寥寥数笔便能精准地勾勒出事物

① 郑永晓. 黄庭坚全集辑校编年［M］. 南昌：江西人民出版社，2008：940.

的主要特征，传递出意蕴丰富、余韵悠长的情感内涵。秦观所追求的不事雕琢并不等同于诗艺未成熟状态下的天然质朴，他恰恰是因为通晓雕琢过甚的缺陷，反而在人为加工之下寻求不事雕琢的"平淡美"。

## 四、秦观雷州时期诗歌的思想嬗变

### （一）思想嬗变的表现

自绍圣元年秦观被放出京后，贬所愈南，他的心境就愈发苦闷。最初被贬为杭州通判时，他还能以较为乐观的态度看待人生的变故："俯仰斜稜十载间，扁舟江海得身闲。"① 贬至处州时，生活虽步履维艰，但秦观仍心存希望："弃捐勿复陈，事定须盖棺。"② 直至雷州，秦观的苦闷压抑之情可谓达到顶点。"荔子无几何，黄柑遽如许。迁臣不惜日，恣意移寒暑。"③ 被移徙穷荒之地，秦观心如死灰，鲜果换季，时光飞逝都无法引起他内心丝毫的波澜，可见其内心的哀伤绝望。

尽管秦观无法应对仕途蹉跎而感到苦闷压抑，但在北归无望的情况下，他只得暂时屈服于现实，不得不借助某些方式继续挣扎下去。备受苦痛折磨的秦观首先在陶渊明及其诗作上找到了慰藉，所以他仿陶作了《饮酒诗四首》。"左手持蟹螯，举觞瞩云汉。天生此神物，为我洗忧患。"④ 左手持螯，右手举杯，实乃消忧解愁的人间乐事。但陶渊明超然物外，早已了却世俗纠葛，他饮酒或是借此消除田间劳作生活的疲乏，抑或是追求酒中所达成的物我两忘的人生境界，但秦观执着于个人命运，难以从名利场中抽身，因此他的饮酒仍旧带有以醉避世和借酒消愁的世俗意味。

精神上的麻痹终究是暂时的，秦观既无法习得陶渊明超然物外的生命范式，也无法保持苏轼乐观旷达的人生态度，所以当回归现实世界之后，他还是沉浸在对自身命运的悲愁哀怨之中，终其一生都不得解脱。元符三年春，秦观在绝望之际，自作挽词，想象自己在这穷荒之地与世长辞后的

---

① 徐培均. 淮海集笺注［M］. 上海：上海古籍出版社，1994：1402.
② 徐培均. 淮海集笺注［M］. 上海：上海古籍出版社，1994：105.
③ 徐培均. 淮海集笺注［M］. 上海：上海古籍出版社，1994：237.
④ 徐培均. 淮海集笺注［M］. 上海：上海古籍出版社，1994：189.

情形:"藤束木皮棺,藁葬路傍陂。……亦无挽歌者,空有挽歌辞。"① 薄棺安葬,离家万里,孤魂飘荡,无人祭奠,无人挽歌,连枯骨也无法送回故乡。秦观将这一切悲惨的遭遇都归咎于"奇祸一朝作,飘零至于斯"②,可见,他对于阻碍其仕进之路的党锢之祸始终是耿耿于怀。秦观于生前写死后之事,当是做好了在雷州终了一生的思想准备,其中自怜自哀、悲痛绝望的心迹令人唏嘘不已。

### (二) 思想嬗变的原因

在宋代"三教合一"的思想潮流之下,秦观同大多数文人一样,也建立起了以儒家思想为主,兼修佛道的思想体系,而这也正是他雷州时期诗歌思想呈现出上述变化的主要原因。

秦观出身于书香门第,自小便熟读儒家经史,而儒家经世济时的观念也主导了他的一生。"我宗本江南,为将门列戟。……议郎为名士,余亦忝词客。"③ 秦观的先祖或为武将,或为文人名士,皆于仕途上有所建业。后虽家道中落、宦途落魄,但忠君报国、读书仕进的家学传统始终影响着秦观。他仗气好奇、喜读兵书,对于建功立业,报效国家怀有极其强烈的热情与期待。这种积极入世、经世济民的人生追求在秦观备受政治打击、屡遭放逐的生命困顿中也未曾覆灭,可谓贯穿其一生,直至生命的终结。

除儒家思想之外,秦观还接受了佛、道思想的影响。他在自己编著的《逆旅集序》中云:"而浮屠老子、卜医梦幻、神仙鬼怪之说猥杂于其间……"④ 可见,秦观对于佛道两家、神仙鬼怪的学说也多有接触。此外,他常与禅师显之、参寥、辩才,道人陈太初、姚丹元等人谈佛论道,交流心得,这种信佛好道的思想在秦观接连遭遇党争牵连之后发展更甚。绍圣南贬后,秦观的心境趋于哀痛绝望。此时,佛、道两教便开始发挥其作为精神避难家园的救赎作用,秦观也希望借此超越世俗的牵累,获得自我慰藉与解脱。正是在这多重因素的影响之下,秦观构建了自身兼容并包、融

---

① 徐培均. 淮海集笺注 [M]. 上海:上海古籍出版社,1994:1323.
② 徐培均. 淮海集笺注 [M]. 上海:上海古籍出版社,1994:1323.
③ 徐培均. 淮海集笺注 [M]. 上海:上海古籍出版社,1994:143.
④ 苏晶晶. 秦观文学作品中的儒释道思想 [D]. 乌鲁木齐:新疆师范大学,2013:87–88.

通三教的思想体系，思想的多面与芜杂使他可以根据人生境遇的变化而自由出入于儒释道三家之中。

雷州之贬可谓秦观仕途生涯中最为沉重的一次打击，这意味着他积极入世，忠君报国的人生理想可能将永远止步于此，所以他不能自抑地为此感到苦闷与压抑。从治世贤臣到获罪逐臣，从意气少年到白发老翁，官场的浮沉与身体的衰微都不断冲击着他以儒学为尊的思想体系。儒家思想既不能解决现实问题，也无法帮助自己脱离精神困境，所以秦观自觉投向了佛老思想的怀抱，希望为困顿的心灵找到解脱与超越的良药。佛教出世及道教逃避现实的思想的确使秦观暂时从悲惨的现实困境中抽身而出，缓和了他内心的矛盾与痛苦，但是深入骨髓的儒家思想让他始终放不下对于仕途生涯的执着追求，致使他在谪居雷州的这段岁月中最终以哀痛绝望的心态走向了终点。

新闻传播

# 接受美学视角下的"白蛇"
# IP动画电影改编

曾倩怡① 张声怡②

**摘 要**：目前，"白蛇"IP动画电影包括《白蛇：缘起》与续集《白蛇2：青蛇劫起》。"白蛇"系列作品作为国产动画电影史上首次选择《白蛇传》进行改编的IP电影，无疑是一次成功的尝试。在当代审美语境下，除了对文学文本进行研究，接受美学理论对电影艺术分析也有着深远影响。本文从接受美学视角视域融合的实现、期待视域的突破、隐含读者的吸引、文本召唤的构建出发对"白蛇"IP电影的视听语言和主题内涵等进行分析，探寻IP动画改写与发展之道。

**关键词**：《白蛇：缘起》；《白蛇2：青蛇劫起》；接受美学；国产动画；IP；视域融合

近年来，国产动画电影不断创造佳绩，进入发展新纪元。"白蛇"是继"哪吒"后又一个被搬上大银幕的本土经典IP，电影《白蛇：缘起》与续集《白蛇2：青蛇劫起》将传统与现代元素结合，体现了我国动画电影的再突破。IP动画电影本质为商业电影，其性质决定了大众主体性与能动性的根本地位，观众既是商业意义上的消费者，也是美学意义上的欣赏者。20世纪60年代，接受美学理论的提出改变了作者本位的研究传统，彰显了接受者的地位和作用，在当代仍有着重大影响。本文试以接受美学为理论基础，对以"白蛇"母题为原型的两部IP电影进行分析，从受众

---

① 曾倩怡，女，广东海洋大学文学与新闻传播学院汉语言文学专业2018级本科生。
② 张声怡，女，广东海洋大学文学与新闻传播学院副教授。

本位出发探索国产 IP 动画电影发展之道。

## 一、对话中的"白蛇"IP 电影——视域融合的实现

早在 IP 电影产生前，人们对《白蛇传》的传播都在发展和改变其主题内容，在历史文化环境与个人经验的共同影响下，接受者会逐渐形成自己的视域。"白蛇"IP 电影正是在现代与历史的对话中进行新旧视域的融合，最终产生理解和实现商业价值。

### （一）"白蛇"原型与嬗变

蛇妖作为民间无意识产生的文化符号，其起源能追溯至早期的图腾与生殖崇拜。进入封建社会后，随着人们对自然认识的加深和父权氏族的构建，"蛇崇拜"逐渐衰落。魏晋时期的志怪小说《搜神记》用了较多笔墨塑造妩媚妖艳的蛇妖形象，借此告诫世人。唐宋时期，"农业社会下，精怪恐怖文化的普及，劝解人们不要沉迷美色，游业远方"①，蛇妖成为邪恶的代名词。时至明代，由于经济与市民文化的发展，蛇女形象得到颠覆性转变，冯梦龙的《白娘子永镇雷峰塔》，"第一次比较完整地呈现了白蛇传故事的全貌，此本人物形象丰富、情节翔实，成为白蛇传奠基之作"②。冯梦龙笔下的白蛇保留了蛇妖本质的妖性，但同时心存善意，形象更加饱满与真性情，已接近现代人对白蛇形象的认识。

作为解释学的重要代表人物，伽达默尔认为理解活动是一个"对话"的过程，接受者在自身视域的敞开下实现对文本的理解与内化，而文本通过接受者的解释得以完成并产生意义。"白蛇"IP 电影继承传说独特的文化符号以塑造人物形象，将原型的主题内涵进行创新改写，建立了审美与共情基础，最终实现了审美主客体在平等对话中的视域融合。

### （二）对历史距离进行调适

"文本理解活动在本质上乃是不同视域的相遇"③，随着自身的前见和

---

① 马宜民. 白蛇传传播主题的嬗变及其文化内涵 [D]. 南昌：华东交通大学，2018：20.
② 马宜民. 白蛇传传播主题的嬗变及其文化内涵 [D]. 南昌：华东交通大学，2018：21.
③ 朱立元. 当代西方文艺理论 [M]. 上海：华东大学出版社，2014：280.

视域，观众展开观影活动，在再次代码化的视听语言理解活动中进行新旧视域的交融。《白蛇传》作为我国古老的民间传说，只有对此效果历史作出不同时间范畴的视域结合，才能更好地实现文本价值。因此主创团队在进行跨介质文化转码时，对系列电影进行了历史与现代的调适，缩小了主客体之间的距离。

两部 IP 电影多处致敬古装剧《新白娘子传奇》，除了延续传说中为人熟知的人物符号，视听符号如经典歌曲《渡情》、西湖断桥、人物服饰等的互文不断调动观众视域，成为电影广泛的理解和共情基础。影片重现"水漫金山"和"永镇雷峰塔"等经典片段，不仅使叙事更加清晰，还能与观众的传统认知形成互通，实现视域融合。此外，在整体的叙事编排上，主创团队亦是在观众理解基础上进行了改写。《白蛇传》作为家喻户晓的故事，许仙与白素贞之间的人妖虐恋深入人心，《白蛇：缘起》讲述了白蛇与许仙的前世——阿宣的爱情故事，同时，白素贞与小青之间的情谊也在《白蛇2：青蛇劫起》中得以展现。续集序幕引出白蛇被法海镇于雷峰塔下的背景，随后青蛇在与法海的对峙中被打败，来到修罗城。"世间众生，我执念重，多嗔好斗，堕入修罗道"，青蛇的执念便是推翻雷峰塔救出白蛇。主创团队破旧立新地将白蛇去性别化，其幻化成修罗城中的蒙面男子，青蛇则是她堕入修罗城的原因。青白两蛇相伴百年的情感一直延续到续集，为双方执念的产生赋予了可读性与可塑性。"执念已然内化为女性开启自我独立的精神探索之旅，具备了某种时代意义"①，互为执念是女性角色之间的深厚情谊得到时代性改写的表现，更代表着新时代国产电影的"破劫"而出。

"我们必须学会响应我们试图理解的艺术品、文本、传统、他人和生活形式的艺术，参与或分有、倾听它们，向它们所说的东西及它们对我们讲的真理开放，于是理解便是流传物和解释者的一种内在相互作用，是我们的前结构和'事物本身'的交谈、游戏、视域融合。"② IP 电影正是在

---

① 栗心怡，刘书毓. 国产动画电影改编 传统 IP 该如何"破劫而出"［N］. 中国艺术报，2021－08－04（006）.

② 汉斯－格奥尔格·伽达默尔. 真理与方法：哲学诠释学的基本特征（上卷）［M］. 洪汉鼎，译. 上海：上海译文出版社，2004：379.

新旧视域的融合过程中，形成了对白蛇传效果历史的循环理解，完成新意义的生成。

## 二、审美经验与自我确认效用——期待视域的突破

对于商业电影而言，如何呼应观众的视域，是影片引导个体形成共情体验的关键，而对定向期待的超越，则是影片对母题改编成功的具体表现。在过两部电影中，创作者的改编对观众期待视域的把握与突破都有亮眼的发挥。

### （一）文化符号满足定向期待

"白蛇"系列电影的视听语言具有强烈的文化象征色彩，满足了本土观众的定向期待。姚斯认为，"一个相应的、不断建立和改变视野的过程，也决定着个别本文与形成流派的后继诸本之间的关系。这一新的文本唤起了读者（听众）的期待视野和由先前本文所形成的准则"[①]，受到自身视域影响，读者在阅读前会对作品产生一种心理期待，这种定向期待被称为期待视域。对于本土观众而言，文化符号是趋向期待视域的强有力文本。

作为系列电影，两部作品有着极强的互文性，创作团队采用了中国传统绘画水墨画的形式打造视觉效果，在水墨挥洒之间融合了虚实之境的变幻，以缥缈的神韵表现角色在历练过程中的阻碍。同时电影画面具有丰富的层次意蕴，将象征爱情的桃花、束缚前行的符咒、心中的执念雷峰塔等符号进行水、墨的技法描绘，在留白之中呈现出极具象征性的视觉效果。除了水墨元素，起到支撑背景作用的道家文化、具象化的《山海经》与神话形象，都在不同维度上满足了本土接受者的文化期待。

### （二）人物重释满足创新期待

在以往的文学影视作品中，创作者们的视角大多聚焦白蛇与许仙的爱情故事，笔墨着于青蛇的则为少数。香港作家李碧华所著的《青蛇》是该

---

① 汉斯·罗伯特·姚斯. 接受美学与接受理论 [M]. 金元浦，周宁，译. 沈阳：辽宁人民出版社，1987：29.

原型母题故事新编中的经典作品之一，而以青蛇作为主角的《白蛇2：青蛇劫起》可以说是现代另辟蹊径的一部影视作品。《白蛇2：青蛇劫起》通过虚拟时空构建全新世界观，人物形象的新诠释满足了观众的创新期待。青蛇作为系列电影的主要角色之一，在续集里被塑造成意志坚定的"大女主"角色，"影视作品通过叙事赋予自身一定的拟人性格，表达自我世界观的同时，引发观众对社会现象的思考"①，此举不仅满足观众的创新期待，而且实现自我效用的确定作用。在电影中，青蛇坠入修罗城后，从依靠他者到摆脱依附，最终独自去往黑风洞对抗法海，成功逃出修罗城，在历劫成长的背后蕴藏着强烈的时代意识，成就了影片内核与现代女性意识中追求自由解放的互文。同时，其因为执念而在黑风洞四季轮回间的奋力拼搏，传递出强烈的拼搏与抗争精神，唤起人们对于个人价值与自由的思考，符合了当下社会中成年观众的追求，贴合了社会期待。

"一个IP的开发需要长时间的沉淀、打磨，确保角色形象、故事情节、画面画风三个方面得到受众的关注和喜爱。"②"白蛇"IP电影能够获得观众喜爱，一个重要原因在于对角色时代性的有效把握，用电影艺术实现了改写下定向期待与创新期待之间的平衡。

## 三、技术迭代与成人化——隐含读者的吸引

21世纪的最初十年，国产动画电影创作理念经过长时间的摸索，逐渐走向成人化。"白蛇"IP电影在国内市场取得了不凡的成绩，其中一个重要因素便是改写后视听语言和主题内涵的成人化设计拓宽了影片的接受范围，国产动画在技术上的突破也给本土观众带来了惊喜。

商业电影的价值在消费中实现，观众的接受程度决定了其市场价值。对于成年观众而言，除了满足文学性的需求，影片的艺术性也十分重要，利用动画技术创造丰富的视觉效果，能够满足接受者观影的快感。伊瑟尔认为文本存在着一种"召唤结构"，即文本具有召唤读者进行阅读的内在

---

① 何羚榕，汪旭. 浅析《白蛇：缘起》共情传播路径 [J]. 现代视听，2021（9）：21–25.
② 司莹莹. 从《白蛇：缘起》浅谈中国3D动画电影IP的开发 [J]. 声屏世界，2020（19）：65–66.

属性，由于文本能够"对外部世界的信号提出疑问并加入新的信码"①，一批"隐含读者"便可以参与意义的创造，为审美阅读与意义生成带来更大的可能性。因此创作者应关注隐含读者的需求，使其最终转化为实际读者。"白蛇"IP电影的技术突破与视觉奇观的创新对更多潜在读者享受这场视听盛宴起到了带动的作用。《白蛇：缘起》是唯美的古风爱情故事，色彩总体舒缓明艳，在三维影像的立体画面中，细腻而充满传统美学意义的色彩处理，不同情节和空间中的光照、景深选择等都强化了视觉上的审美意蕴层。《白蛇2：青蛇劫起》则更多传递颓废与末日感，利用动画特效独特的优势，"四劫"时天崩地裂，幽灵怪物齐飞冲向城中生灵的压迫感给予观众沉浸式体验；动画角色丰富的面部表情，甚至细化到潮起潮落时海水涌动的效果，在日渐精进的现代动画技术下拟像更加接近真实，让更多观众看到国漫制作的技术突破成果，促使观众走进影院。

除了视听效果的呈现，IP电影在故事主题的新编上移植了传统的哲学与现代思想，总体呈现主题意蕴的成人化。在《白蛇：缘起》中，阿宣身处以捕蛇为生的村落，却拒捕蛇纳税，坚持以采草药为生，怀悬壶济世之心；初识时二人在红艳丛簇的枫叶林和峰峦之间御伞飞行，向往自由，还在开阔江面上驶孤舟入城，高声放歌，处处都蕴含着禅意和老庄思想。同时，电影对于人与妖、善与恶并没有进行二元对立的绝对性处理，在传统的爱恨情仇里探讨了人性善恶的哲理问题，传递了现代平等观念。在《白蛇2：青蛇劫起》中，青蛇的历劫成长可以看作与传统秩序的对立抗争，蕴含着对自我精神和自由的探索，电影的严肃主题更加符合成人观众社会化的审美习惯。旧瓶装新酒的成人化改写驱使更多国人观看国漫，旧IP生成了时代新语境。

## 四、"空白"下的想象与创造——文本召唤的建构

电影作为一种现代艺术，在有限的时间内展现异样世界和完整主题，需要张弛有度的情节铺排，留下适量而有效的空白引发观众思考，形成

---

① 沃尔夫冈·伊瑟尔. 阅读活动：审美反应理论 [M]. 金元浦，周宁，译. 北京：中国社会科学出版社，1991：97.

"破解"电影空白的观影驱动力。"白蛇"IP电影不俗的票房成绩表明创作者有效把握了观众心理与影片留白,尽管是为人熟悉的传说,此再观客体仍有高度可读性。英迦登认为"每一部文学作品对于确定其中的再现客体,在原则上是没有准备的,它总是要求不断地得到补充"①,这种补充是永无止境的;伊瑟尔进而提出了读者的交互作用理论,从隐含读者的意义范围出发,文本存在一个意义结构,作品中的"空白"不断刺激着读者参与作品,是文学阅读中必不可少的动力源泉。

在IP电影中,主创团队创造了一个全新人物——双面狐狸,古老传说中新形象的出现无疑会给观众带来新鲜感,意味着在该角色出现的节点都具有巨大的空白等待观众挖掘和填充,双面狐狸成为主客体进行交流的一大桥梁。在《白蛇:缘起》中,影片为观众展现了作为方圆三百里妖怪们法宝锻造工坊宝青坊的极高地位,埋下了运营整个宝青坊的狐妖之神秘背景,形成角色"空白"。而《白蛇2:青蛇劫起》中狐妖则以修罗城物资集中地万宜超市的老板形象出现,该角色的沿用不仅给旧观众带来惊喜,也给首次观影的观众带来新奇的观感,让人不禁思考狐妖何以从宝青坊也落到修罗城之中?最终在"无池"的翻腾涌动间,巨型白毛粉尾狐狸出现在主角与观众面前,埋下了众多的悬念:狐狸的尾巴究竟有多少条,宝青坊主也是万宜超市老板的真实身份究竟是什么?可以说该角色是电影最大的"空白"所在,代表着主创团队对民间传说的创造性理解和个性加工,将现代元素置于全新的结构体系里,再交由观众进行意义的赋予,构成新视域。狐妖角色的独创性与重要性让她"即使离开'白蛇'故事系统,她还能够自我构建一个新的故事系统,并最终创建一个新的IP"②。

正是作品的"空白",处于动态中的创作者与接受者的不同解读,使得作品拥有多元化的可能性,在一系列的交互活动中,不断为传统文学注入新语境中的活力,成功焕发新颜。

---

① 英迦登. 论文学作品 [M]. 张振辉,译. 开封:河南大学出版社,2008:248.
② 盘剑.《白蛇2:青蛇劫起》:"改写"、建构与突破 [J]. 当代电影,2021(9):16 - 19,182.

## 五、"白蛇" IP 再创造的反思与启示

国产动画市场经历了一段低迷时期后,《大圣归来》《小门神》《大鱼海棠》等多部作品的热映,再到《哪吒之魔童降世》取得 50 亿元总票房的成绩,终于迎来了发展的春天。在当前产业发展的新阶段中,"白蛇" IP 电影也交出了不俗的答卷,其亮点和不足为经典 IP 的改写和本土动画发展带来了启示。

### (一) 深化"中国色彩"的创造性运用

运用丰富的民族元素呈现中国色彩是我国动漫电影的一大特点,此举可以追溯到"中国学派"。中国学派电影具有浓厚的东方美学意义,但其在探索民族风格之路上并未走远。纵观流派的创作特点可以发现,仅将视听元素进行程式化美学风格的打造不能制作出真正民族性的中国故事,更不利于中国动画走出国门,将具有中国色彩的视听元素进行创新运用,才能有效传播中华文化。

在声画同构的艺术中,电影声音是不可或缺的要素之一。"电影声音的'接受现象'就是观众与电影声音艺术作品之间的一种'交流',是一个真正具有'互动性'和'意向性'创作活动"[1],亦具有接受美学视域上的结构和视野变化,好的声音能够契合电影情节和主题,为电影创造更高的艺术价值和口碑。"白蛇" IP 电影不乏具有东方美学元素的配乐。在白蛇与阿宣泛舟湖上前往宝青坊时,船夫吟唱歌曲《渡情》,穿越时空展现了爱情的唯美,随后阿宣称该歌曲已经"过时",影片原创歌曲《何须问》响起,凄美婉转的词曲不仅衬托了白蛇失去记忆和前路迷茫的烦恼,而且是对经典改编文本的致敬。歌曲演绎者周深灵动空远的声线和高超演唱技法成功诠释了古风诗意,配合国风弦乐,使观众沉浸在情感之中意犹未尽,实现主客体之间的内在交流。

除了电影声音,影片也要有效地运用民族元素。"白蛇" IP 电影先后

---

① 吴丽颖. 内在景观与双向建构:电影声音的接受美学 [J]. 当代电影, 2021 (6): 168 – 173.

成功地在北美地区和日本上映，国风电影再一次走向世界，同时也存在
"有文化门槛，电影内容与中国文化无关，女性动画形象夸张，消费怀旧
情结"① 等反面评论。在《白蛇2：青蛇劫起》中，借助现代电影制作技
术，一些《山海经》和古代神话中的形象得到了影像化，如在修罗城中加
入了罗刹族和牛头帮，"四劫"时出现了飞廉、毕方鸟、玄龟和鳏鳄鱼等。
中国元素的使用能够贴合观众的前见，满足他们的期待视域，但各种元素
短时间、高强度的出现不仅难以让观众感受传统意蕴，也使民族元素的运
用走向徒劳，留下空虚感。本土电影要想探索出独特的传播道路，除了要
在视听语言中下苦功，还要注重文化主题的深入考究，使作品不落窠臼，
展现中国风采。

### （二）传递"双向度"的人文关怀

电影艺术是人类艺术中的革命，"它并不在发出者和接受者之间直接
发生双向交流，我们并不是直接面对电影导演、摄影、演员，而是面对着
他们的完成作品、银幕上映现出的影片"②。这意味着接受者在将影片同构
的能指和所指内化为自己的视域之前，一直接受着媒介发出的信息，因此
电影核心思想的输出具有重大作用。"受众的动画接收渠道是随着动画传
播方式的改变而改变的，动画传播方式的多元化使人们可以通过各种新媒
体渠道来获取动画信息"③，观影门槛的降低和时代需求的变化，也昭示着
电影制作需要有相应的改变以满足融媒体时代下观众的需求。

纵观国内外动画电影，创造符合主流价值观的作品，深度挖掘人性光
辉，能够有效规避单向输出带来的麻木，获得高口碑的成绩。创下国产漫
画电影票房奇迹的《哪吒之魔童降世》，用"我命由我不由天"的铿锵口
号深入人心，影片不仅保留了传统神话中的文化符号，还在情节中传递新
的精神内核，是一部有深度的全年龄段动画电影。当前国外动画产业已生

---

① 白鑫鑫. 受众视角下中国 IP 动画电影的传播探析——以 IMDb 众评《白蛇：缘起》为例
[J]. 声屏世界，2021（9）：41-43.

② 殷俊，王平. 动画视听语言 [M]. 北京：人民邮电出版社，2014：4.

③ 欧阳乐，张剑. 融媒体时代受众需求的转变下国产动画电影的发展趋势 [J]. 戏剧之家，
2021（3）：136-137.

成一套固定化商业模式，在"合家欢"模式下用童真有趣的形式融入普世价值观是众多作品的制胜法宝。反观"白蛇"IP电影，尽管作出了创造性的改编，但人文内涵还停留在浅层次的抒发上，仅仅依靠文化符号的收集使用，难以借助电影媒介成功输出集体意识和中华文化，这也是当前我国动画电影亟待攻克的创意系统上的难关。结构主义人类学创始人克洛德·列维-斯特劳斯认为，文学艺术从某种意义上讲，一直在与"热"社会，即机械文明的精神作斗争。"思想自由意味着恢复被宣传工具和思想灌输所同化了的个人思想"①，电影作为一种革命性的艺术，如何借其文化与艺术价值体现人文关怀，大概是这个时代最具价值的探索之一。

### （三）重视"互联网+"背景下的交互理念

"交互"可以理解为个体之间的相互作用，观众观看影片，与电影、创作者进行的沟通、反馈，都是在交互进行。由于电影艺术的单向输出性，观众的接受有被动和滞后的特点，对于"白蛇"IP电影而言，导演黄家康也表示"电影做了很多次的外部试映，因为有了数据的帮助，让我们更清楚观众的反馈，这个过程确实是很艰难的"②。面对电影艺术的单向性和反馈的滞后性，现代互联网平台能够为电影宣传、增加原粉丝黏性，帮助观众更深刻地了解电影，对双向的交流和实现交互具有重要意义。

在信息浪潮之下，多样化的社交平台为大众降低了信息发布的门槛，使社会迎来了"全员创作"的风向，"白蛇"IP电影的宣发也高度围绕着互联网语境下观众的需求，重视交互理念。电影《白蛇2：青蛇劫起》以白蛇的一句"小青"结束，留下了"空白"，有效引发观众的想象。主创团队也由此借微博平台开展活动，鼓励粉丝将自己想象的相见场景或对话通过文字、绘画、视频的创作形式发布。此外，团队也借视频网站哔哩哔哩开展与主题曲《问花》相关的创作活动，观众可采用翻唱、演奏、剪辑和解说等多种形式参与，此类活动不仅能够提高观众的参与度，带来沉浸

---

① 赫伯特·马尔库塞. 单向度的人：发达工业社会意识形态研究 [M]. 刘继，译. 上海：上海译文出版社，2006：5.
② 黄家康，刘佳，於水.《白蛇2：青蛇劫起》：中国动画电影的类型探索与制作体系建构——黄家康访谈 [J]. 电影艺术，2021（5）：77-83.

式的体验，而且能吸引演唱者周深的粉丝、热爱音乐、热爱 IP 的群体参加，增添影片的"吸粉"能力。利用互联网进行交互活动的策划上线，能够给予观众投射个人观念的机会，自媒体的建设与创作的草根化也能够有效地解构单向性的信息传播。接受者对视听符号的接受、解构和重组是动态内化，也是用主观意识构建和输出自身文化和社会性的过程，这对接受主体与 IP 产业的发展而言有深远意义。

尽管我国当前动画产业还未成熟，仍存在主题内涵浅薄、故事叙述老套、输出困难等问题，但 IP 动画电影的制作让传统文化中的经典作品焕发生机，经典再次走入寻常百姓家，耀眼的 IP 作品一部接一部，亦让国人看到国产漫画发展的曙光。在未来的日子里，商业动画电影只有不断攻破技术难关，深入寻求商业价值与文化内涵的平衡，才能彰显文化自信，让中国经典走进全球视野。

# "梦幻联动"：短视频时代普法的突围策略研究

## ——以"罗翔说刑法"的联动视频为例

古 蕾① 黄 战②

**摘 要**：本文以视频号"罗翔说刑法"中"梦幻联动"系列普法短视频作品为研究样本，通过文献分析法、观察作品流量数据与热评内容等方法进行分析，探究三大问题：我国普法短视频目前的困境；"梦幻联动"普法短视频得以突破困境的特殊之处；"梦幻联动"普法短视频现存的问题与解决方法。一般的普法短视频内容同质化、泛娱乐化导致法律意义消解，且垂直推送机制狭隘化普法受众，而"梦幻联动"类型的普法短视频的优势是多方流量的联动，有助于扩大普法受众范围。"梦幻联动"并非可以简单套用的模式，在运营中要注意联动对象与联动内容；普法视频创作者也要增强自身的竞争力，与时俱进。此外，MCN 公司和短视频平台也应重视短视频普法的风潮，要鼓励创作、严格把关、积极引导，方能促成多方共赢的局面。

**关键词**："罗翔说刑法"；普法短视频；"梦幻联动"

据统计报告结果显示：截至 2021 年 6 月，短视频用户规模达 8.88 亿，占整体网民的 87.8%，网友平均每天花两小时用于浏览短视频。③ 短视频

---

① 古蕾，女，广东海洋大学文学与新闻传播学院汉语言文学专业 2018 级本科生。

② 黄战，男，广东海洋大学文学与新闻传播学院讲师。

③ 季为民. 互联网媒体与青少年——基于近十年中国青少年互联网媒体使用调查的研究报告 [J]. 青年记者，2019（25）：9 – 14.

成为广受欢迎的媒介工具，也为普法工作所用。相较于传统的普法形式，短视频以其快捷、生动有趣的传播特性突围。与时俱进，创新普法形式，增强普法实效，构建普法新格局，对我国普法宣传具有战略性意义。①

目前，我国普法短视频的模式主要有四种类型：名家讲法；"恶搞"普法，二创的"鬼畜"；情景剧；"梦幻联动"。"梦幻联动"一词源于跨界联动，随着短视频的发展和社交媒体连接的广谱化，聚焦主题性内容的个人视频因粉丝规模化从而具备了 IP 化的价值，越来越多的个人 IP 实现视频媒体品牌化，"梦幻联动"这一概念也随之成形②。由此，2020 年。哔哩哔哩视频网（以下简称"B 站"）开创了新的视频模式——梦幻联动：不同领域分区的视频博主合作拍摄视频，联合投稿发布视频，此合拍视频向所有参演博主的粉丝群体和不同分区的爱好群体推送，形成强大的引流力量。"罗翔说刑法"是"梦幻联动"普法短视频的先行者之一。区别于传统宣传方式的单调枯燥、平铺直叙，"梦幻联动"不局限于单一领域，打破既往形成的垂直化传播链，将法治知识渗透于不同领域，使之更能为普罗大众接受，加之拥有惊人的流量数据，可考虑为国家法治宣传所用。

截至撰文时，在中国知网中，以"普法短视频"为关键词，共检索到学术论文 59 篇，学位论文 19 篇；以"罗翔说刑法"为关键词，共检索到学术论文 4 篇，学位论文 1 篇；而以"普法短视频"和"梦幻联动"为关键词合并检索，则暂时无研究成果。由此可见，普法短视频研究虽然取得了阶段性成果，但是关于普法短视频与"梦幻联动"这一自媒体新秀模式的交互则暂时无人探究。

本文以普法短视频中粉丝数量最多的账号"罗翔说刑法"和他的"梦幻联动"系列的普法短视频为研究样本，借助 B 站内相关的流量数据和普法短视频下方的热评内容进行分析，探究"梦幻联动"普法短视频的突围策略，丰富普法短视频的研究，探索如何更好地利用"梦幻联动"模式，为普法短视频的发展提供借鉴。

---

① 张琳. 东京奥运会：传统媒体如何拥抱"短视频新闻"［J］. 新闻前哨，2021（10）：68-69.

② 熊忠辉. 个人IP的视频媒体化与传播品牌化——以"李子柒现象"为例［J］. 传媒观察，2020（2）：22-26.

如同所有的新生事物一般，普法短视频前进道路上也有着许多不可忽视的困难。由于垂直推送的机制、区域发展不平衡等原因，法治宣传依旧面临着很多矛盾突出、难以解决的困难，全面普法需要一个循序渐进的进步过程。①

## 一、普法短视频存在的问题

普法短视频时长属于短视频中的科普类，一般不超过 20 分钟，具有时长短、易理解、受众参与度高等特征。② 我国现阶段人口基数大、整体受教育程度不高，如何高效普法，是现阶段普法的首要问题。相对于传统的普法方式，普法短视频去掉了冗长的铺垫，能开门见山、简明扼要地将观点传达给观众。③ 这种"快餐式"的普法受到广大网友的喜爱，民众也能利用碎片化时间，在轻松愉快的氛围下受到普法教育潜移默化的影响。④ 由于短视频形式的普法宣传还处于发展阶段，其存在三个问题：

1. 内容同质化

普法短视频现存的较大问题是内容同质化。不同普法者的普法短视频选材比较集中，多为偷盗、酒驾等话题，普法选题不够全面，且大多都采取单口说法的模式，呈现方式也较为单调。此外，同一普法者创作的普法短视频也存在内容同质化现象，视频内容过于模板化、人物脸谱化，如"醒醒吧张律"有规范的视频模板，但其叙事方式缺乏新意，流水线式产出的内容让受众产生抵触心理，疏远普法受众，降低了普法宣传教育的成效。⑤

2. 泛娱乐化拼贴，消解法律意义

普法短视频另一个较为严重的问题是其"二创"作品泛娱乐化，消解

① 中国共产党第十八届中央委员会第四次全体会议公报 [J]. 河南教育（基教版），2014 (11)：4 - 6.

② 黄逸. 媒介化视域下短视频普法传播研究 [D]. 上海：华东政法大学，2021.

③ 董政. 寓教于乐，小剧场普法接地气 [J]. 网络传播，2019 (3)：48 - 49.

④ 余霏. 浅析传统媒体记者如何做好短视频新闻报道 [J]. 中国地市报人，2021 (5)：26 - 27.

⑤ 翁晓琪，陈乐，马晓琳. 使用与满足理论视角下科普短视频如何做到寓教于乐——以"罗翔说刑法"为例 [J]. 西部广播电视，2020，41 (24)：21 - 23.

原有的法律意义。

亚文化群体基于普法短视频的"二创"作品将原先的普法短视频拆分成片段,并通过剪辑重组成一个具有全新意义的作品,他们将原视频的组成元素进行裁剪、拼贴组合并加以重置,消解了原视频中的法律意义,在此基础上重新建构。① 在拼贴过程中,亚文化群体依照个人的和受众的喜好,随意地将普法者所要传达的法律意义解构。笔者在前文提到的"鬼畜"的短视频模式就是如此。虽然此类型的作品拥有庞大的流量,但是它们呈现出"去法律"化和泛娱乐化的特性,有时可能与原视频的价值观相悖。

3. 垂直推送的机制,狭隘化普法的受众

由于各短视频平台根据受众喜好进行垂直推送的机制,普法短视频会持续推送给那些对法律内容感兴趣的受众,而未关注法律领域的受众则可能收不到此类普法短视频的推送,关注越少,越不能得到普法知识,普法的受众逐渐狭隘化。

## 二、"梦幻联动"普法短视频的突围策略

1. 普法短视频对"梦幻联动"模式的探索

优秀的视频博主凭借独特的拍摄风格和叙事方式,打造出个人风格,形成 IP,吸引特定观众,但他们若想突破粉丝群体单一趋向的限制,需要借势而上,与其他品牌或 IP 联动,实现"1 + 1 > 2"的共赢局面。这种跨领域博主共同制作和发布的视频被称为"梦幻联动"。

在抖音,普法红人"醒醒吧张律"在 2020 年进行过跨界联动的尝试,但其更多还是按照既往个人的模式去拍摄联动视频,未能实现破圈效果。"法律张大姐"在 2022 年开始尝试跨界联动,获得了明显的流量优势,但仍存在进步空间。

在 B 站,"罗翔说刑法"是率先使用"梦幻联动"策略的博主之一,并且开设了"梦幻联动"类型的视频分栏专区,通过这几年近 20 支的联

---

① 翁晓琪,陈乐,马晓琳. 使用与满足理论视角下科普短视频如何做到寓教于乐——以"罗翔说刑法"为例 [J]. 西部广播电视,2020,41 (24):21 - 23.

动视频，形成了相对成熟的联动运营模式。近一年来，不断有新的个人普法 IP 加入"梦幻联动"的探索中。

现今短视频行业内不同品牌或 IP 间的联动还处于发展期，虽然有一时大热的联动，但大多短视频拍摄还是以"独角戏"为主，"梦幻联动"还不是常态，且"梦幻联动"普法短视频若是缺乏成熟的理论指导，未必能达到预期效果。

2. "梦幻联动"普法短视频的流量优势与深度效益

"梦幻联动"相较于其他普法视频模式有其独特的优势。

与名家讲法（单口普法）类型相比，"梦幻联动"类型的普法视频，平台会将之推送给视频合作双方的粉丝，达到 1 + 1 = 2 的效果，在普法受众数量上远超单口普法类型；在普法效果上，罗翔"梦幻联动"系列作品使受众从短剧、情景剧、生活的细节、美食、科技、动漫中切身感受到法律的存在，感受法律无所不及，从而真正从心底信任、尊重法律，比起单口普法类型的视频普法效果更好。

与以搞笑为主要目的的"鬼畜"二创类型相比，"梦幻联动"有着情景化的轻松氛围，同时秉持着严谨认真的态度，富有趣味性且避免了"鬼畜"普法泛娱乐化拼贴、消解法律意义的问题。

与情景剧类型相比，"梦幻联动"强调与不同领域的联动，将不同视频博主的优势面结合起来，避开视频内容样板化、出演人员脸谱化的缺点，为受众带来新奇感，吸引更多粉丝对"新的联动"一探究竟。

总的来讲，"梦幻联动"能打破垂直推送的机制局限，扩大受众面，其合作形式严肃中带有趣味，且持续更新视频叙事模式和内容成分。所以，"梦幻联动"是一个值得推广和借鉴的普法短视频新模式，在不久的将来，会有越来越多的品牌或 IP 进行"梦幻联动"，推动普法短视频行业发展。

## 三、"罗翔说刑法""梦幻联动"作品的普法成果

"罗翔说刑法"作为一个现象级的普法短视频的大 IP，大量文献分析了其成功传播的原因：第一，通过一系列荒诞搞笑的"张三"犯罪故事，普及法律的知识和逻辑思维，荒诞与理性的碰撞引起了人们的关注；第

二，将刑法知识与时事热点案例相结合，用新奇的标题吸引年轻人，并用法律知识与自身最朴素的三观感染观众；第三，B 站弹幕的助力，让科普视频不只是传播者向受众的单向传播，而是成为一个受众也参与知识共享的平台。当然，罗翔对真善美和公正的倡导是其吸粉的主要原因，这种正直获得观众由衷的喜爱与敬佩。

下文笔者对其中较为出彩的"梦幻联动"作品展开分析。

1. "梦幻联动"之与动漫区博主的合作

罗翔与动漫区博主凉风合作的《撕别人家作业犯法吗?》（播放量 837 万），发布于 2020 年 4 月，这是罗翔第一次尝试与其他领域博主合作发布视频。热评第一"凉风造谣说罗翔老师来参加了节目，请问该判什么罪"，讨论的便是与法律有关的搞怪问题，也有不少评论在讲述从视频中学到的法律知识。

同样跨动漫领域的还有《细数柯南中黑衣组织五大罪行》，相较于与凉风合作的视频仅仅是由凉风选取法律案件让罗翔进行点评，这一支视频泛式挑选出受年轻人追捧的动漫《名侦探柯南》，由泛式讲解动漫，并与罗翔问答，普及动漫中相关的法律知识，真正做到了与动漫区"梦幻联动"。热评"下次试试联动《地狱少女》；感觉有些地方可以用法律来解决，没有极限一换一的必要"，引发了群众对校园暴力和家庭暴力以及相关法律的运用方式的热烈讨论。

2. "梦幻联动"之与网络短剧领域博主的合作

《应聘保洁被骗光所有积蓄，朱一旦向罗翔求助!》发布于 2020 年 7 月，正是应届生寻找工作之时，该作品一经发布便产生巨大反响。朱一旦作为网络短剧类型博主，全网有近两千万粉丝，其视频内容多为黑色幽默，反映生活贫富差距。这支视频延续了朱一旦的剧情风格，罗翔扮演一个场外救援的律师，融入剧情的角色设定使得朱一旦的受众欣然接受罗翔的出现。

评论区中有大量的网友讲述着他们经历过的网络贷款诈骗套路，提醒毕业生小心各种工作套路。热评"抛开联动，是真的有深度，视频中的故事在现实生活中已经屡次上演，真的是需要引起深思了"，引发大家对网络贷款的思考与讨论，同时如何运用法律武器保护自身权益等法律知识也出现在热评之中。该视频收获巨大的流量与普法成功的正反馈，为罗翔"梦幻联动"系列作品赢得好的开端，由此开始，罗翔特意在其主页新建了一个名为"梦幻联动"的栏目。

3. "梦幻联动"之与美食区领域博主的合作

与美食区博主盗月社合作的《投辣既遂》采用 vlog 的形式，视频中，"盗月社"成员与罗翔一同享用湘菜，谈论辣与湖南食物，在其中穿插一些奇葩法律知识，如"与张三比赛吃辣，张三被辣死，是否需要负法律责任""真香既遂""牢饭"等带有法律色彩的"美食梗"由此得名。

罗翔通过讲解这些奇葩荒谬的法律故事，普法于无形之中，向人们普及法律意识、规则意识。

4. "梦幻联动"之与谈话区、采访区博主的合作

罗翔与果麦印刷厂合作的视频是《做自己，先要明白自己是谁》，果麦印刷厂属于口播知识科普类视频区。该视频采访了罗翔，探讨了其人生梦想、择业观等，其基调较为严肃。

果麦印刷厂金句频出，总结了罗翔受大家喜爱的原因："人们都是喜欢看一些正义被实现的东西，罗翔老师对正义理想主义般的坚守满足我们内心对公正的期待。"果麦印刷厂采用煽情剪辑手法，引发了评论区对罗翔的喜爱，以及对公平、公正、人生、法律的期许的表达和讨论。

5. "梦幻联动"之与知识科普区博主的合作

《和！罗！翔！老！师！一！起！rap！》是罗翔与科技领域毕导进行的"梦幻联动"，热评大量出现关于法律与毕导个人 IP 的梗，促使毕导的粉丝们也对法律知识产生浓厚的兴趣，普法效果十分明显。评论区的法律讨论氛围浓厚，许多出自毕导粉丝的评论，在一开始可能只是为了调侃毕导，但是跟评认真地回复法律知识，也促使他们对法律问题感到好奇，切实地促进了法律知识的传播。

罗翔与野生动植物科普领域的博主小亮的《被 B 站同学纠错，红领绿鹦鹉到底是不是保护动物？》的"梦幻联动"采取"隔空喊话"的方式，进行了一定的创新。

"梦幻联动"普法短视频，与漫画区、短剧区等本身带有强大的故事魅力的博主联动，获得的流量效果最佳，普法效果最强（见表1）；而日常

化的 vlog、访谈、科普等，能使观众更了解普法者生活化的一面，从而对其产生好感。在形式方面，以合作方的风格为视频基调，一反普法的严肃常态产生的效果最佳。

表1 "梦幻联动"数据对比

| 联动对象 | 较平日增加播放量/万（平均202.9万播放量） | （点赞1000以上）热评与法律知识相关度 |
|---|---|---|
| 漫画区博主 | 489 | 14/25　56% |
| 短剧区博主 | 575 | 22/26　84% |
| 美食区博主 | 234 | 4/21　19% |
| 谈话区博主 | 150 | 4/28　14% |
| 科普区博主 | 100 | 18/26　69% |

此外，罗翔也尝试过和同行向高申进行联动，被观众戏称为"联合狩猎、兄弟联动"，这类视频的流量与其他"梦幻联动"视频相差甚远，间接反映了"梦幻联动"跨界普法的力量之大。

### 三、普法短视频"梦幻联动"模式的应用问题及优化策略

#### （一）"梦幻联动"的应用问题

其他普法区博主应用"梦幻联动"时效果不佳，问题可能在于过分保留个人风格，没有通过联动尝试差异，还有联动内容过于套路化。

"律师张大姐"总体基调较上述的普法者都较为严肃，所以获得了很多真正需要法律援助群众的观看与信任，然而在联动视频中，没有根据合作方适时改变风格，与合作者及其粉丝的融合度较差，未能达到"梦幻联动"的效果。

"醒醒吧张律"在2022年以前联动的对象多为美妆、情感、短剧领域的视频博主，他们的视频基调趋同，以短、平、快、精英人设、俊男美女为吸引点，张律本身就是情景短剧的创作者，因此在联动时不需要迁就对

方的风格，可以维持个人基调，但这也埋下了脸谱化和模板化的弊端；2022年张律开始根据B站的受众喜好调整自己的视频风格，《我们的愤怒瞬间#我是律师》与B站搞笑区博主邢三狗子进行"梦幻联动"，获得超过B站以往作品三倍以上的播放量，观众也因此次"梦幻联动"与风格的调整而对他改变既往的印象。

"梦幻联动"更适合已经成熟的普法IP。基于后台推送算法，刚起步的账号发布单一垂直的内容更能迅速发展与壮大。B站一些粉丝体量较少的普法短视频账号也曾经尝试过与其他领域的博主联动，虽然流量上有所增长，但不能产生实质性的影响和深远的效果。

另外，"梦幻联动"需要博主实地相聚，才能制造更好的效果，产生更大的影响。

### （二）"梦幻联动"的优化策略

1. 普法视频创作者要发展自身的竞争力，与时俱进，协力发展

参与"梦幻联动"的各方若都处于创作初期，还未形成自己固定的风格，没有较大的流量支撑，那么使用"梦幻联动"的模式创作反而难以实现共赢，因为"梦幻联动"本质上是"借势"。创作初期的博主可以与成熟的大IP联动以提升热度，但须适可而止，避免成为大IP的附属品，而失去个人风格和竞争力。"梦幻联动"是双刃剑，运用得当方能扩大自身优势。

受新冠疫情的影响，人员不能聚集，这曾是"梦幻联动"面临的一个巨大挑战。为应对疫情带来的影响，"梦幻联动"也在进化，如小亮与罗翔的"隔空喊话""四国特工"，通过视频剪辑的方式将参与"梦幻联动"的各方集合到一起，遵守疫情防控的同时实现"梦幻联动"。

要实现"梦幻联动"，需要重视：

（1）联动对象。

从流量效果来看，普法博主选择短剧区漫画区此类带有剧情特性的博主为联动对象最佳，其次是生活区博主，再次为谈话领域类型博主，与同类型普法博主的"兄弟联动"流量效果最差。

（2）联动风格。

由于普法自身的严肃性，普法短视频"梦幻联动"的调性风格最好依

从于联动对象更为活泼的视频风格，这样更容易出圈，达到强大的普法效果。

已有较为成熟风格的普法者要避免作品脸谱化；进行"梦幻联动"普法时，不可傲慢地固守自己的风格。"梦幻联动"的"梦幻"，强调了普法短视频要走的路线——出其不意，联动内容范围无限制、无拘束，才能更好地出圈、爆红，视频设计过于脸谱化与固守风格，则很难达到出其不意的效果，有可能会竹篮打水一场空，白白地浪费了联动的流量。

（3）联动内容。

"梦幻联动"普法的题材与内容可以相对夸张、猎奇；虽然业界会对此有一些争议，但不得不说"猎奇"与"夸张"在互联网上是具有强大吸引力的靶标。

短视频普法的内容可以相对简洁明了，不需要过分深入，甚至晦涩难懂。普法的目标并不是要使普罗大众都成为专业的法律人，而是要使民众知法守法，有规则意识，懂得维护自己的法律权益，以及履行对他人的法律义务。

2. MCN 公司要预测形势，顺应潮流，树立正能量形象

虽说目前普法短视频出圈的速度不及美妆短剧等领域，但全民普法是国家的战略性要求，利用短视频下沉普法是未来普法的必然趋势，MCN 公司应多孵化普法类型的账号以迎接全民普法的社会潮流。

MCN 公司应整合资源，合理增加对"梦幻联动"策划安排，用"法治人设"给网红正能量包装。老陈警官与"东厂太监"的"梦幻联动"，使得"东厂太监"成功"洗白"，从"搞笑丑角"摇身成为"反诈宣传代言人"，成功出圈，收获粉丝。与普法者联动，显然也能获得如此"灵丹妙药"般的效果。

3. 短视频平台要鼓励创作，也要严格把关，积极引领普法风潮

"梦幻联动"的普法短视频主打活泼搞笑，让观众在轻松愉快的氛围里学习法律知识，但有一定影响法律权威的风险。因此，"梦幻联动"普法短视频须有更严格的审查机制，参与联动的其他人员要正其言行。

为响应国家号召和维护平台自身的调性与形象，短视频平台运营者应当给予普法类型的"梦幻联动"作品相应的流量鼓励和扶持。B 站对罗翔

老师的大力推广足以见其格局，这也值得其他短视频平台运营方模仿和学习——B站鼓励、协助罗翔老师与不同领域的博主进行"梦幻联动"，甚至在其广告中喊出了"到B站学法律的口号"。这样的做法，一来能响应国家的全民普法号召，得到官方的宣传与认可，二是承担起企业家对社会的责任，更好地树立企业品牌自身正能量的形象。[①]

## 四、结语

笔者通过分类研究与比较现存普法短视频的特点，发现"梦幻联动"类型视频以其独有的流量优势和创新特性为普法短视频提供了一种突围策略，通过分析"罗翔说刑法"与其他普法博主的流量数据、受众反应、"梦幻联动"类型视频的呈现方式，总结得出普法短视频应用"梦幻联动"模式的问题与注意要点，并且基于国家全民普法的战略性要求的宏观角度对短视频平台、MCN公司等企业提出了相应的倡导。

总而言之，笔者认为"梦幻联动"这类视频模式前景良好，是未来短视频的发展趋势，更应成为普法的好工具，故希望有更多学者能深耕这个领域，更多短视频普法者能够切身实践，促成国家全民普法的宏伟目标。

---

① 金琴芳. 普法短视频内容生成及传播效果研究 ［D］. 上海：华东政法大学, 2019.

# 全媒体时代新闻专业教育改革探究
## ——基于招聘网站岗位信息的分析

罗淑英① 　徐海玲②

**摘　要**：随着信息技术的快速发展，信息传播方式发生了巨大变革，新的传播方式推动着新闻工作形式的改变。高校为了适应传统媒体而实施的培养模式，遇到了来自全媒体时代更为严峻的挑战，经由传统培养方案培养的新闻学子，无法应对全媒体时代复杂多变的媒介环境。笔者在本文中运用词频分析法，探寻业界对人才的需求趋势；运用案例分析法分析我国新闻教育事业的现状与困境；运用比较研究法，阐明外国新闻教育和国内新闻教育的差异，总结国外的经验。在此基础上，针对我国新闻教育事业提出科学及合理的改革策略，以期促进我国新闻教育事业积极健康发展，确保高校能为业界输送更为优质且能更好适应全媒体时代背景需求的复合型新闻人才。

**关键词**：新闻教育；全媒体；教育改革；教育发展

网络、数字媒体技术的飞速发展，为传媒产业带来了前所未有的大变局，传统媒体与网络等新型媒体呈现相互融合的趋势。随着两者融合程度的不断加深，全媒体时代悄然来临，对新闻从业人员提出了新的需求。无论是新的媒体平台，还是新的媒体传播方式，都需要新闻工作者进行能力和思想上的调整与适应。

"全媒体"人才成为媒体重要诉求。行业的发展离不开人才的支撑，

---

① 罗淑英，女，广东海洋大学文学与新闻传播学院新闻学专业 2018 级本科生。
② 徐海玲，女，广东海洋大学文学与新闻传播学院讲师。

同样新闻事业的繁荣也依赖于人才的"全面开花"。而在新闻传播人才的培养和输送过程中，高校的教育是至关重要的一环。若要明确且清晰地了解市场人才的需求，就必须仔细分析媒体招聘信息，这些信息中所蕴含的高校教育与市场人才需求之间的差距，能够明显暴露出高校在培育新闻人才过程中的缺失与问题。①

如何提升新闻从业者的专业能力和媒介素养，如何为新闻传播事业的发展源源不断地输送优质人才等焦点问题，是当下学者研究新闻行业发展的重点方向。通过真实的数据与理性的分析，系统地了解目前我国新闻学教育的现状与不足，笔者希望通过知悉媒体业界的人才需求条件，为国内高校在全媒体时代下开辟适应时代需求的、针对新闻教育事业改革的道路提供一臂之力。

## 一、全媒体时代下媒体人才的需求分析

全媒体时代，新闻媒体行业中与全媒体相关的岗位数量在逐渐上升。新岗位的出现意味着对应聘者的需求与以往相比有所不同。为了及时掌握新闻业界对从业者的要求，本文选取了 2021 年至 2022 年 4 月超过 40 家媒体共 100 条招聘信息作为研究样本，运用词频分析方法解析上述样本，了解当下媒体行业对新闻从业者的需求，并以此作为支点对我国高校新闻专业教育给予针对性的改革策略。

### （一）分析招聘信息文本

1. 样本选取

笔者收集并整理了 2021 年至 2022 年 4 月超过 40 家国内主要媒体的共 100 条招聘信息，以此作为基础研究样本，信息源自所选取媒体的官网、微信公众号等发布平台，涵盖电视、广播、报纸、杂志等多种媒体形态。在选取样本时，遵循以下原则：一是选取时间，确保信息能反映最新需求。二是所选媒体本身的传媒影响力、知名度、受众规模都达到一定程度。三是所选媒体形态丰富，地域分散，具有分析价值。四是选取的招聘

---

① 丁秋晨 . 基于传统媒体招聘信息的新闻人才需求研究［D］. 沈阳：沈阳师范大学，2018.

信息的要求较为全面、具体，具有词频分析的价值。五是所选媒体的招聘岗位贴合新闻类专业，排除技术岗。收集到的 100 条招聘信息中，各类媒体分类情况如表 1 所示：

表 1　各类媒体分类情况

| 媒体形态 | 电视台 | 报纸 | 广播电台 | 杂志 | 网站 |
|---|---|---|---|---|---|
| 媒体数量 | 9 | 20 | 2 | 6 | 4 |

### 2. 分析方法

对收集的 100 条招聘信息的分析主要采用词频分析法①。使用该研究方法需要人工剔除无实义词语和非研究关键词语，如"岗位""要求""能够"等，由后位的词语向前替补，经过手动勘误后的词频统计结果更接近真实需求，具有实际研究价值。

### （二）解读分析结果

通过归纳和整理，使对所搜集的招聘信息形成文本内容，然后利用词频分析法，对各类技能或素养进行分类展开分析。得知招聘信息中相关词汇的使用频度，可以帮助我们把握当前传媒招聘的热点与动向。

表 2　词频分析排名前 50 名的关键词

| 排名 | 关键词 | 词频 | 词性 | 排名 | 关键词 | 词频 | 词性 |
|---|---|---|---|---|---|---|---|
| 1 | 新闻 | 165 | 名词 | 5 | 专业 | 95 | 名词 |
| 2 | 媒体 | 152 | 名词 | 6 | 策划 | 71 | 动词 |
| 3 | 能力 | 126 | 名词 | 7 | 编辑 | 65 | 名词 |
| 4 | 工作 | 96 | 动词 | 8 | 相关 | 63 | 动词 |
| 9 | 优先 | 58 | 动词 | 30 | 功底 | 26 | 名词 |

---

① 邓珞华. 词频分析——一种新的情报分析研究方法［J］. 大学图书馆通讯，1988（2）：18 – 25.

（续上表）

| 排名 | 关键词 | 词频 | 词性 | 排名 | 关键词 | 词频 | 词性 |
|---|---|---|---|---|---|---|---|
| 10 | 具备 | 53 | 动词 | 31 | 产品 | 26 | 名词 |
| 11 | 视频 | 50 | 名词 | 32 | 创意 | 23 | 名词 |
| 12 | 传播 | 48 | 动词 | 33 | 热点 | 23 | 名词 |
| 13 | 具有 | 48 | 动词 | 34 | 国际 | 23 | 名词 |
| 14 | 经验 | 46 | 名词 | 35 | 报道 | 22 | 动词 |
| 15 | 负责 | 45 | 动词 | 36 | 采写 | 22 | 动词 |
| 16 | 制作 | 44 | 动词 | 37 | 以上学历 | 22 | 名词 |
| 17 | 运营 | 44 | 动词 | 38 | 敏感 | 22 | 形容词 |
| 18 | 熟悉 | 42 | 动词 | 39 | 互联网 | 21 | 名词 |
| 19 | 采编 | 41 | 动词 | 40 | 稿件 | 21 | 名词 |
| 20 | 文字 | 39 | 名词 | 41 | 语言 | 20 | 名词 |
| 21 | 内容 | 38 | 名词 | 42 | 中文 | 20 | 名词 |
| 22 | 本科 | 38 | 名词 | 43 | 拍摄 | 20 | 动词 |
| 23 | 完成 | 34 | 动词 | 44 | 撰写 | 20 | 动词 |
| 24 | 传播学 | 30 | 名词 | 45 | 要求 | 19 | 名词 |
| 25 | 沟通 | 29 | 动词 | 46 | 节目 | 18 | 名词 |
| 26 | 良好 | 28 | 形容词 | 47 | 思维 | 18 | 名词 |
| 27 | 团队 | 28 | 名词 | 48 | 意识 | 18 | 名词 |
| 28 | 平台 | 27 | 名词 | 49 | 进行 | 18 | 动词 |
| 29 | 记者 | 27 | 名词 | 50 | 业务 | 17 | 名词 |

1. 学历要求

由图1可知，媒体单位所发布的招聘信息中，学历要求大多数为本科，占比达88%，剩余的是硕士占比9%，专科占比3%。换句话说，拥有学士学位就拥有了进入新闻行业的敲门砖，虽然学历不等同于能力，但也是一种硬性标准。对学历有较高要求的，主要是一些主流大牌媒体，如人民日报、新华社、中国日报等，其中有个别岗位还要求有一定的海外经历和工作经验，体制内的单位则对毕业院校也有要求，要求其毕业院校排名靠前。还有部分媒体在招聘信息中表明只招收或优先考虑985和211院校毕业生，此种现象说明名校毕业生在招聘者筛选简历环节更容易受到青睐。

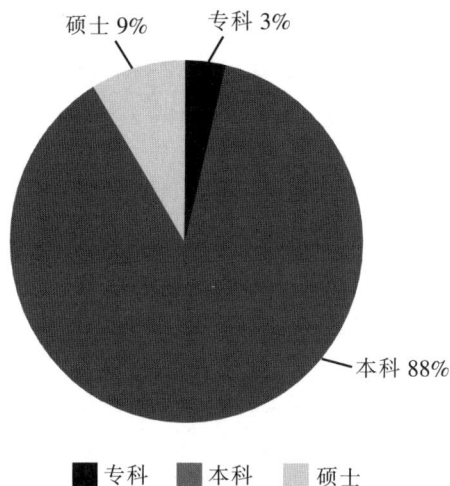

图1　媒体单位招聘信息学历类要求词频占比

2. 能力经验要求

除了学历要求外，关于各种各样"能力"的要求也是大部分企业单位对应聘者提出的期望。"能力"是除"新闻"和"媒体"外出现频率最高的词汇，高达126次，"专业""经验""功底"等相关词汇也被大量提及，说明业界十分关注新闻人才的能力与经验。

能力的要求并不单一，而是多元化，如"表达能力""写作能力""抗压能力""合作能力""思考能力""策划能力"等，诸如此类。其中值得特别关注的是表达能力，不管是文字表达还是语言表达，都是相关从业新者的基本素养，尤其是当前全球化时代，不局限于用一种语言传播，所以对外语的掌握和运用的能力是十分重要的。此外，考虑到新闻行业的工作强度和内容，抗压能力和合作能力也是不容忽视的。"能力"不是一朝一夕可以获取的，需要求职者在工作过程中长期积累，而这是衡量一个人能否胜任新闻工作的首要条件。实际上，从很大程度来说，分析媒体行业对新闻人才的需求，也是在探讨媒体从业者的能力需要。

3. 媒介技术要求

全媒体时代背景下，媒介融合不断发展，采编播报只是从事新闻行业最基本的要求，与新闻生产、制作相关的新软件不断出现，这考验着新闻从业者的快速吸收和掌握新技术的能力。众多招聘信息也体现出这一点，要求应聘者能熟练使用 Photoshop、Premiere、AE、H5 等相关制作软件或掌握相关技术，熟悉使用各种社交软件，如微信、微博、抖音、小红书等，个别还涉及海外媒体，如 Facebook、Twitter 等。表格制作（Excel）、文档处理（Word）、陈述展示（PPT）这类办公软件的使用操作则是最为基本的软件技能。需要账务的技能排名如表 3 所示。

表 3　需要掌握的技能排名

| 排名 | 关键词 | 词频 |
| --- | --- | --- |
| 1 | Photoshop | 9 |
| 2 | Premiere | 6 |
| 3 | H5 | 3 |
| 4 | AE | 3 |
| 5 | PPT | 3 |
| 6 | Facebook | 1 |
| 7 | Twitter | 1 |
| 8 | AI | 1 |
| 9 | KOL | 1 |
| 10 | VR | 1 |

4. 其他要求

除了上述所提及的要求，还有些媒体单位对年龄作出了限制，如"年龄要求 35 周岁以下""年龄不超过 30 周岁"等，这表明媒体工作者偏向年轻化。从业者年轻化有利于快速接受新事物、新技术，保持团队活力，但同时媒体业也是个需要经验积累的行业，对于荣获过业界高级别奖项的、资历较深的、职务较高的岗位可以适当放宽年龄限制，如某单位对应聘编辑记者岗位的应聘者就说明"获得过中国新闻奖，或中国播音主持金话筒奖者，年龄、专业和学历可适当放宽"，还有一些媒体招聘单位在"政治面貌"上会标明优先考虑"中共党员"。

"作品"一词词频为 5，有的招聘单位会要求应聘者连同其个人作品和简历一同发至企业邮箱，将作品部分纳入考虑范围，作为重要参考，这也是了解应聘者能力的一种快速渠道。

通过以上的分析，我们对于当下媒体业的人才需求情况有了大概的认知，基于此，我国高校新闻专业教育就可以根据以上需求趋势，做到"精准定位"，了解业界目前所需的人才类型，培育适合时代发展需求的复合型新闻人才，提升新闻教育的发展质量。

## 二、全媒体时代我国新闻专业教育现状和困境

我国传统的新闻教育模式已无法完全应对全媒体时代下对新闻人才提出的挑战，其存在的问题日益明显。[①] 在解决问题之前有必要对我国高校新闻专业教育现状进行梳理，这样方能找到"病症所在"，然后"对症下药"，针对问题，尝试寻求发展方向。

本文通过在中国科教评价网上搜索新闻学院得出的新闻学专业高校的排名情况，选取了中国人民大学新闻学院和复旦大学新闻学院进行对比分析，期望能对我国高校新闻专业教育现状和困境有更清晰的认知。

### （一）高校新闻专业教育培养目标

各级各类学校所树立的培养目标是根据我国教育的宗旨和自身发展情况确立的，对受教育者的身心发展提出了具体的要求。从中国人民大学与复旦大学两所高校新闻专业学生的培养计划可以了解到，目前我国新闻专业教育的培养目标、发展现状与困境。两所高校新闻学院的部分培养目标与培养要求如表 4 所示。

---

① 陈志生．全媒体时期体育赛事传播立体化对新闻专业教育产生的影响［J］．北京体育大学学报，2017，40（11）：86 - 92.

表4 两所高校新闻学院的部分培养目标与培养要求

| 新闻学院 | 培养目标 | 培养要求 |
|---|---|---|
| 中国人民大学新闻学院（2021年培养目标） | 培养具有复合型知识结构、全面专业技能和优秀发展潜质的新闻传播人才 | 学习和掌握马克思主义新闻观，熟悉国家大政方针；有深厚文化素养和文字、口头专业表达能力；熟练运用现代传播技术从事新闻传播活动，新闻业务基本功扎实；熟练运用一门外国语 |
| 复旦大学新闻学院（2010年培养目标） | 培养新闻学知识和技能，熟悉中国新闻、宣传政策法规，在新闻、出版和宣传部门从事编辑、记者和管理的高素质人才 | 拥有新闻学基本理论，进行新闻业务的基本训练；了解马克思主义新闻学原理；有扎实的人文基础知识；熟练新闻采访、写作、编辑业务技能；熟练掌握一门外国语 |

由表4可看出，在媒体融合的趋势日益明显的今天，我国高校在坚持对学生进行政治素质教育的同时，也把学生的专业素质和广博的知识素养作为教育重点。高校除了理论上的知识传授，还要求学生进行新闻实践训练，为毕业后从事新闻行业打下基础。在培养要求中都提及对外国语的要求，或是熟练账务，或是熟练运用，由此可知全球化时代下对于跨文化传播的要求不断提高。

与此同时，也可看出培养目标不够符合实际。例如，培养方案基本相同，没有太大的实质性差别，使得培养出来的新闻学子缺乏个性，毕业后在工作岗位上无法发挥个人的优势与特色，无法做到很好地适应全媒体时代。又如，培养目标所涵盖领域过窄，总体上较强调新闻理论知识的传授，忽视了对学生的新闻意识、职业精神、批判意识和社会服务精神等方面的培养。①

## （二）高校新闻专业教育课程设置

中国新闻教育从 1918 年 10 月创办至今，经过不断摸索，形成了较为系统的课程设置，大体分为公共基础课程和专业教育课程两部分。从中国人民大学与复旦大学的新闻学专业的课程设置来看，我们可以了解到我国目前高校新闻专业教育的课程设置现状。

表 5　中国人民大学新闻学专业部分课程

| 课程类型 | 课程名称 | 课程学分 | 课程名称 | 课程学分 |
|---|---|---|---|---|
| 必修 | 新闻传播大讲堂 | 1 | 马克思新闻观与当代中国新闻事业 | 2 |
| | 全媒体传播实验 I | 1 | | |
| | 基础写作 | 2 | | |
| | 外国新闻传播史 | 2 | 新闻实务基础 | 2 |
| | 中国新闻传播史 | 2 | 新闻摄影 | 2 |
| | 数字传播技术应用 | 2 | 传播理论 | 2 |
| | 传播研究方法与论文写作 | 2 | 战略传播 | 2 |
| | | | 影像技术 | 2 |
| | 新闻传播伦理与法规 | 2 | 舆论学概论 | 2 |
| | 传媒经营与管理 | 2 | 社会学概论 | 3 |
| | 新闻采访写作 | 2 | 政治学概论 | 3 |
| | 新闻编辑 | 2 | 专业实习 | 4 |
| | 新闻评论 | 2 | 毕业论文（设计） | 4 |
| 选修 | 杂志编辑 | 2 | 新闻可视化原理与应用 | 2 |
| | 数据新闻 | 2 | 融媒报道出镜支持 | 2 |
| | 深度报道 | 2 | 算法新闻 | 2 |

---

① 赵福妹. 媒介融合时代我国本科新闻教育的现状与发展研究［D］. 上海：上海师范大学，2019：28.

表6 复旦大学新闻学专业部分课程

| 课程类型 | 课程名称 | 学分 | 课程名称 | 学分 |
|---|---|---|---|---|
| 专业必修课程 | 新闻摄影 | 3 | 新闻传播法规与伦理 | 2 |
| | 中国新闻传播史 | 2 | 中华人民共和国新闻事业史 | 2 |
| | 新闻采访与写作 | 3 | 网络传播基础 | 2 |
| | 媒介融合概论 | 2 | 新闻传播前沿讲座 | 2 |
| | 新闻编辑与评论 | 3 | 媒介经营管理 | 2 |
| | 深度报道 | 2 | 教学小实习 | 2 |
| | 外国新闻传播史 | 2 | 教学大实习 | 4 |
| | 对外报道 | 2 | | |
| | 广播电视新闻 | 2 | 毕业论文 | 4 |
| 专业选修课程 | 跨文化传播 | 2 | 英文报刊选读 | 2 |
| | 传播学研究方法计算机辅助新闻 | 2 | 公共事务报道 | 2 |
| | 业务舆论学 | 2 | 视觉传播 | 2 |
| | 整合营销传播 | 2 | 融合报道 | 2 |
| | 大众传媒与文化 | 2 | 多媒体制作 | 2 |
| | 体育和娱乐报道 | 2 | 政治传播 | 2 |
| | 摄影专题（全英语课程） | 2 | 出版学导论 | 2 |
| | | | 营销传播策划 | 2 |
| | 财经报道 | 2 | 外国新闻法制 | 2 |
| | 杂志研究 | 2 | 中国报纸和中国社会 | 2 |

表5和表6反映了中国人民大学新闻学专业与复旦大学新闻学专业的课程设置与学分分布状况，通过这些数据，可以看出我国高校新闻专业课程设置有如下几个特点：第一，对在本科修读的四年期间取得的学分均有较高的要求。第二，在课程设置中，以理论知识课为主，实践性课程占比较少，学分较低。全媒体时代要求从业的媒体人士具备更全面的复合型技能，学生仅有扎实的理论知识是不够的，需要娴熟的专业技能加持，如此

才能在媒介生态不断变化的环境下站稳脚跟。第三，各高校新闻学专业的课程结构和课程内容大体相似，不管是通识课程还是专业课程，安排较单一，且专业实践体系化、规范化程度需进一步加强。第四，全媒体时代，为了适应数字技术发展，我国部分高校新闻学院对课程设置进行了一定程度的调整与改革，增设了与媒体融合相关的课程，如中国人民大学设立了全媒体传播实验、数字传播技术应用等课程。

面对信息技术与新媒体的崛起，网络对于传统媒体的渗透之势愈演愈烈。① 能否培养出适应媒介变化的复合型新闻传播人才，课程设置是至关重要的因素。不平衡的课程设置比例在一定程度上限制了我国本科新闻教育的发展。②

### （三）高校新闻专业教育师资分布

教师在教育中发挥着无可替代的作用，是衡量一个学校声誉和学术研究能力的重要标准。研究新闻专业教育必定得谈及师资队伍情况，因为这影响着新闻学子所受的专业教育质量。本文期望透过剖析中国人民大学与复旦大学两所院校新闻学院的教师结构分布情况，总结近年来新闻专业师资力量的现状。

就复旦大学新闻学院而言，截至 2022 年 4 月 19 日官网显示，其在职工作人员共有 77 人，分别是新闻学系 26 人，传播学系 14 人，广播电视学系 13 人，广告学系 9 人，党政教辅 15 人，其中新闻学系教授 15 人，副教授 9 人，研究员 2 人。

截至 2022 年 4 月 19 日，中国人民大学新闻学院官网公布的教职工名单中，在校职工共有 95 人，其中教授 39 人，副教授 22 人，讲师 10 人，编审 1 人，以及部分党政教辅人员。

从中国人民大学新闻学院官网，可了解到其新闻专业的教师主要由专职教师组成，缺乏兼职或特聘教授。如此的师资结构普遍存在于我国高校

---

① 李丁，肖焕禹．全媒体时代体育新闻教育的特征、困境与转型 [J]．天津体育学院学报，2013，28（6）：524－529．

② 赵福妹．媒介融合时代我国本科新闻教育的现状与发展研究 [D]．上海：上海师范大学，2019：32．

新闻专业教育中，师资的不平衡与我国高校教师的录用制度有关。高校新闻专业教师岗位对应聘者教育背景有较高要求，偏向于理论研究方向，但新闻是需要理论与实践两手抓的。高学历意味着拥有丰富的理论知识研究水平，但不一定具备丰富的实践经验，且高校现有的教师或许因长期在校教学，未能与业界及时交流，可能导致知识结构更新不够及时，个别高校来自业界的教师资源比较匮乏，缺少新闻传播学科的尖端领军人才。当然也有少数高校意识到此问题，不断完善师资队伍的建设，使其达到一定平衡，如建立实践基地，设立与学校所在地的媒体单位的联合培养计划以及业界导师的引入等，这些均为高校和业界之间的联系搭建起桥梁。

## 三、全媒体时代下新闻专业教育的改革策略

数字信息技术发展瞬息万变，传媒行业正经历着前所未有的大变革，作为向传媒行业输送人才的重要渠道，高校新闻专业教育需要审时度势，调整人才培养模式，以适应复杂多变的全媒体时代。

根据前文对当今主要媒体企业单位发布的招聘信息的分析，能够得知对新闻媒体从业人员的硬性标准。以此作为基点，在充分了解我国新闻教育事业的现状与困境后，综合考虑和参照国外优秀的新闻教育发展经验，为国内高校新闻专业教育发展提出以下几方面改革策略。

### （一）优化培养目标，重视实践课程

鉴于当下全媒体融合趋势的不断深化，考虑到业界需求，有理由作出以下判断，即现今新闻专业本科的培养目标无法完全满足社会需求，有必要优化人才培养模式。笔者在中国科教评价网查阅了国内20所新闻学排名领先的高校的培养目标，发现近期没有什么实质性改变，几乎依旧以过去的教育目标为基础。为了更好应对全媒体时代对新闻人才的高要求、高挑战，高校应优化培养目标，过去仅注重对学生专业知识和技能培训进行栽培，这已无法满足社会的需要。高校不能局限于原有的专业课程设置，而是应当在此基础上，为学生提供能够广泛涉猎交融学科的相关渠道，让学

生拥有开阔的视野，如此便能帮助学生更好地应对时代发展的挑战。① 重视对学生专业思辨能力、媒介融合意识及团队合作意识的培养，这才是媒介融合时代新闻教育的重中之重。②

根据 2018 年教育部《关于提高高校新闻传播人才培养能力 实施卓越新闻传播人才教育培养计划 2.0 的意见》，我国新闻教育的新目标是培养造就一大批具有家国情怀、国际视野的高素质全媒化复合型专家型新闻传播后备人才。③ 该文件指出，高校新闻教育应 "主动适应信息社会深刻发展和媒体融合深度发展趋势"，完善人才培养方案，健全相关课程体系，促进跨学科教育，重视实践训练，利用好校内外实习实践平台，培养未来从事新闻舆论工作的行家里手。

### (二) 丰富教学方式，充实评价体系

我国高校新闻专业的教学方式多以传统的课堂讲授为主，有时是老师在讲台上讲课，单方面输出，学生在讲台下作笔记，单方面输入，师生之间不能进行良性互动，导致教师无法收到来自学生的课堂反馈，这种填鸭式教育使得学生缺乏辩证性思维与批判性思维的训练。我们可以借鉴英国高校新闻教育在这方面的经验，除了传统的课堂授课以外，可以添加与大班对应的小班讨论会、与座谈会类似的导师面谈会等形式，这些别具一格的教学方式不仅能将课堂效果最大限度发挥出来，还能对学生起到引导与启发的作用，让学生学会思考与观察，并表达自己的观点，在教学交流中，吸收他人好的观点，不断修正自己的观点，实现思维的碰撞。④

经过前期学习的积累，在后期如何对学生进行科学有效的评估，是新闻教育中另一个重要的话题。我国的考核方式主要是以考试成绩作为衡量标准，但这过于片面，新闻学科是实践性较强的学科，学生在实践方面的表现也应纳入评估范围内。关于学生评价体系，我国一贯以来的风格单一

① 李倩. 媒介融合趋势下的新闻教育改革 [D]. 长沙：湖南师范大学，2013.

② 王杨. 媒介融合时代高校新闻教育面临的二元选择——美国密苏里新闻教育模式的启示和思考 [J]. 中国报业，2013 (10)：13-15.

③ 李蓉. 新形势下高校新闻传播教育人才培养模式初探 [J]. 传媒评论，2019 (10)：62-65.

④ 岳芹芹. 媒介融合背景下我国新闻教育改革 [D]. 石家庄：河北经贸大学，2015：37.

且固定，相反国外许多新闻高校则更加灵活与科学。就拿英国威斯敏斯特大学的新闻学院来说，不同年级、不同专业的学生，学院一般都会根据他们所修的专业课程的特点，选择不同的考核方式，而不是"一纸定终身"，靠试卷作出最终评价。理论课的评价主要以论文的方式进行，而实践课则与理论课有所不同，是以学生的作品为评定标准，最后学生的总成绩由论文成绩与作品成绩综合构成。灵活多样的评价体系不会出现每个学生的评价都千篇一律的现象，不会把学生的发展固定化，更能凸显他们的个性，提高学生适应全媒体复杂多变的媒介环境的能力。[①]

### （三）完善师资队伍建设

全媒体时代，媒体行业对新闻学院教师提出的高要求，不亚于其对学生的要求。为了确保新闻教育能够很好地应对新挑战，我国需要调整和提升新闻教师的水平。在改善教师队伍结构方面，可以参考国外新闻学院对教师的要求，即同时具备学术性和实践性。

首先，提升专职教师的媒介素养、技术运用以及实践教学能力。结合上文可知，我国高校新闻系教师大部分是完成学业后直接入校任教，虽然学历很高，理论丰富，但是实践经验相对匮乏。为了提高教师的专业技能和教学水平，高校应当鼓励教师"走出高校，走上媒体前线"，在实际媒体工作中，不断打磨自身能力，将理论应用于实践，并在日后教学中直接向学生传递自身实际经验与心得。

此外，引进媒体业界精英，高校聘请从业经验丰富的媒体人员作为新闻专业教师，进入课堂教学，或是邀请资深媒体人士到校开讲座和研讨会，可以培养学生对媒体行业的感知。比如，英国高校的新闻专业，长期与媒体企业单位保持友好联系，能够聘请资深媒体从业者，用其丰富的行业经验与学养来指导学生。在我国，中国人民大学新闻学院原院长赵启正先生就曾担任中国国务院新闻办公室主任，推动了我国的政府新闻发言人

---

① 岳芹芹. 媒介融合背景下我国新闻教育改革［D］. 石家庄：河北经贸大学，2015：38.

制度的发展。① 复旦大学新闻学院原院长米博华先生曾任中国青年报记者、人民日报社副总编辑等，有丰富的业界工作经历。

## 四、结语

我国的新闻教育已有百年之久，历经岁月的洗礼，不断发展，不断壮大。但是随着媒介融合的深度推进，全媒体时代悄然而至，如何在信息技术日新月异的当下，永葆新闻教育事业的蓬勃生机，是摆在新闻教育面前的严峻挑战，也是业界学者一直以来的研究方向，学者们的研究成果也给予了许多改革策略与路径选择。

顺时而动，应势而为。针对全媒体时代下对新闻教育事业提出的高要求，也为了更好地向媒体业界输送更优质的复合型媒体人才，高校新闻院系理应采取积极的应对措施，进行新闻专业的调整与改革，将培养复合型新闻人才作为高校教育培养目标。除此之外，在新闻职业素养方面，要树立学生的新闻专业精神，积极开展德育培养，增强学生的社会责任感与服务意识。

但值得注意的一点是，高校在高度重视数字媒体技术，培养适应全媒体时代的学生的同时，也不能"忘本"，即关于新闻专业的基础功依旧需要牢牢掌握，这是入行的门槛，也是作为一名优秀新闻人必须具备的品质。只有坚守初心，提高对全媒体时代下复杂多变的媒介生态的认知，根据时代发展和业界需求不断修订、完善人才培养方案，才能更好地培养新闻人才，促进我国新闻教育事业的积极健康发展。

---

① 李炳呈. 美国白宫新闻秘书与我国政府新闻发言人的比较研究［D］. 广州；暨南大学，2018.